FEUER
WERKE
VERLAG

Das Buch

Laura hat ihren Job in Deutschland verloren und würde am liebsten den ganzen Tag im Pyjama verbringen. Doch ihr reicher Bruder schickt sie kurzerhand nach Irland, wo er an einem traumhaften Küstenstreifen mal eben so eine kleine Burg gekauft hat. Laura soll diese als Feriendomizil herrichten und ist wenig begeistert: Kalte Duschen, widerspenstige Handwerker und die herrische Pub-Wirtin machen es ihr in dem kleinen Fischerdorf anfangs ganz schön schwer – und dann ist da noch ihr gutaussehender Nachbar Jack, der scheinbar ganz eigene Pläne hat …

Die Autorin

Hanna Holmgren liebt das Leben – an bunten und an grauen Tagen.

„Es liegt schließlich an uns selbst, welche Tage wir an uns heranlassen“, ist ihr Motto. Schon als Kind begann Hanna, ihre Erinnerungen an wunderbare Orte und Momente in einem Reisetagebuch festzuhalten und formte bleibende Geschichten daraus. Im Laufe der Zeit entwickelten sie sich zu vollwertigen Romanen und wurden schließlich zu ihrer größten Leidenschaft. Heute bedeutet das Schreiben für sie pure Entspannung. Es bringt ihr Sonnenstrahlen, Sandkörner und Meeresrauschen in ihr heimisches Arbeitszimmer und lindert das ständige Fernweh bis zur nächsten Reise, die ihr noch immer als wichtigste Inspirationsquelle dienen. Seit Hanna Holmgren ihr früheres Berufsleben hinter sich gelassen hat, widmet sie sich voll und ganz dem Schreiben von romantischen Wohlfühl-Romanen.

Ausgerechnet Liebe

Die kleine Burg in Irland

Ein Roman von Hanna Holmgren

Mehr zur Autorin finden Sie auf
www.hannaholmgren.de,
www.instagram.com/hannaholmgren.autorin,
www.facebook.com/hannaholmgren.autorin und
www.feuerwerkeverlag.de/holmgren

Abonnieren Sie auch unseren Verlags- und Autoren-Newsletter und erfahren Sie so als Erster von unseren Neuerscheinungen, Autorennews und exklusiven Buch-Gewinnspielen:
www.feuerwerkeverlag.de/newsletter

Originalausgabe Juli 2023

Maracuja GmbH, Laerheider Weg 13, 47669 Wachtendonk
Herstellung: Books on Demand GmbH
Printed in Europe
Umschlaggestaltung: Grit Bomhauer, grit-bomhauer.com
unter Verwendung von © Depositphotos - Aquir014b | mexrix | Patryk_Kosmider | AndrewMayovskyy | alenalihacheva | Arcady © Adobe Stock - noppharat | Tonpong |
Lektorat: Claudia Grundschok, Berlin

ISBN: 978-3-949221-74-3

Kapitelübersicht

Kapitel 1

HABE gerade eine Burg gekauft. Du hast doch so viel Zeit. Kannst du hinfliegen und sie anschauen?

Laura starrte auf ihr Handy, auf dem soeben die Textnachricht eingegangen war. Sie saß mit angezogenen Beinen in ihrem Lieblingssessel und trug noch ihren Schlafanzug, den kuscheligen karierten aus Flanell. Der Vermieter hatte die Heizungen bereits Anfang April abgestellt, und Laura mochte es nun mal warm. Ihre Haare hingen in wirren braunen Strähnen herunter und waren heute noch keiner Bürste nahegekommen.

Es war Dienstag, elf Uhr, aber da sie gerade ihren Job verloren hatte, war das Vertrödeln des Vormittags wohl das Mindeste dessen, was sie sich gönnen konnte.

Eine Burg gekauft, soso. Bei den meisten Menschen hätte Laura diese Nachricht für einen dummen Scherz gehalten. Doch sie kam von ihrem Bruder Lars, und das bedeutete möglicherweise, dass er es ernst meinte. Vor ein paar Jahren hatte er sich mit einer Cyber-Security-Firma selbstständig gemacht und war damit in erstaunlich kurzer Zeit stinkreich geworden. So stinkreich, dass er manchmal nicht wusste, wohin mit dem Geld. Erst kürzlich hatte er sich ein sechs Kubikmeter großes Terrarium für Geckos zugelegt, ohne sich vorher jemals für Reptilien interessiert zu haben. Seither musste seine Haushälterin zähneknirschend in dem mächtigen Glaskasten für Hygiene und eine gleichbleibende Luftfeuchtigkeit sorgen. Ja, eine Haushälterin leistete er sich auch, sie kam dreimal in der Woche und putzte einmal im Monat sogar die riesigen Glasscheiben seines Lofts.

Laura las die Nachricht ein zweites Mal. Auch wenn Lars im Allgemeinen die Empathie einer rostigen Dampfwalze hatte, mochte sie ihren Bruder meistens und gönnte ihm das viele Geld, für das er auch viel arbeitete. Der zweite Satz ärgerte sie aber. Zeit war eines der wenigen Dinge, von dem sie im Moment gerade deutlich mehr hatte als ihr erfolgreicher Bruder. Das musste er ihr nicht zusätzlich unter die Nase reiben.

Genau drei Wochen war es jetzt her, fiel ihr in diesem Moment ein. Heute vor drei Wochen war sie morgens in das Reisebüro für Mittelmeer- und Afrikareisen geradelt, in dem sie vier Jahre lang ihr Geld verdient hatte. Schon kurz nach halb zehn waren die ersten Kundinnen erschienen, zwei Frauen in den Fünfzigern, die aufgeregt erzählt hatten, dass sie ihre seit geraumer Zeit erste Reise ohne Kinder und Ehemänner planten. Laura hatte sie ausgiebig beraten und ihnen schließlich ein fantastisches Hotel auf Kreta herausgesucht, mitsamt geführter Wanderung über die Insel, einem Bootsausflug nach Santorin und noch ein paar Wellness-Behandlungen als kleines Extra. Dazu die günstigsten Flüge, denn zu teuer durfte es auch nicht werden. Als die beiden Frauen, rundum glücklich und mit einem großen Paket Reiseunterlagen in ihren Handtaschen, das Reisebüro verließen, hatte Laura sich gut gefühlt. Es war wirklich ein schöner Job, den sie da hatte.

Und dann war Herr Heimeier, der Besitzer des Reisebüros, hereingekommen, hatte zu ihrer Verblüffung das *Open for your dreams*-Schild an der Tür zu *Sorry, we're closed* umgedreht und seine Angestellten zu einer kurzen Besprechung zusammengerufen. Bedauernd hatte er ihnen eröffnet, dass gestiegene Mieten und eine sinkende Nachfrage nach qualifizierter Beratung ihn dazu bewogen hatten, den Laden dichtzumachen. Er dankte ihnen für die Mitarbeit und erklärte ihnen, dass sie noch vier Wochen ihr Gehalt bekommen würden, er sie aber schon ab übernächster Woche freistellte, damit sie sich in dieser Zeit neue Jobs suchen könnten. Die Arbeitszeugnisse sollten sie sich Freitag in seinem Büro abholen.

Wie gelähmt war Laura an diesem Tag heimgefahren. Mit sechsundzwanzig arbeitslos zu werden, so plötzlich und unerwartet, das war wie ein Schlag in die Magengrube. Nach dem, was Herr Heimeier gesagt hatte, war die Zeit der Reisebüros ohnehin vorbei, und am besten sollten sie alle umschulen, sie seien ja noch so jung. Wann immer Laura diese Worte einfielen, musste sie schlucken, und wenn sie versuchte, über ihre Zukunft nachzudenken, war da nur eine dicke Mauer in ihrem Kopf. Alle rieten ihr, sie solle möglichst rasch aktiv werden und sich nach einem Job oder einer neuen Ausbildung umsehen. Bisher aber hatte sie sich nur jeden Morgen müde und lustlos gefühlt. Ohne Arbeit zu sein, war anstrengender und viel weniger lustig, als es aussah. Dass Lars ihre Arbeitslosigkeit für seine Zwecke beanspruchte, ärgerte sie, doch schließlich siegte die Neugier.

Was für eine Burg?, schrieb sie zurück.

Die Antwort lautete lapidar: *Komm auf einen Kaffee in die Firma. Bin bis drei im Meeting.*

Laura tippte *Okay*, aber der Messenger zeigte an, dass die Nachricht nicht mehr gelesen wurde und der Empfänger offline war. Vermutlich war Lars bereits in seine nächste Besprechung gerauscht und ging selbstverständlich davon aus, dass sie der Aufforderung folgte. Was sie auch tun würde. Lars' Firma verfügte über die besten und teuersten Kaffeemaschinen, die der Markt hergab, und immerhin war das ein Anlass, sich anzuziehen und zu duschen. Während sie sich die Haare föhnte, fiel ihr ein, dass ihr Bruder gar nicht geschrieben hatte, wo sich diese ominöse Burg befand. Sofort begann sie mit ihrem durch das Reisebüro geschulte Gehirn zu überlegen, um welches Land es sich handeln könnte. Südfrankreich vielleicht, ein schnuckeliges Château? Die Provence wäre herrlich um diese Jahreszeit. Es war Anfang Juni, bald würde die Lavendelblüte beginnen. Oder Spanien?

Lauras Laune hob sich weiter, während sie das Haar kämmte. Je südlicher, desto besser, das war schon immer ihr Motto bei Urlaubsreisen gewesen. Sie malte sich eine Burg in Andalusien im maurischen Stil aus, die Alhambra in klein, sozusagen. Wenn ihr Bruder so ein Anwesen gekauft hatte, würde sie ihn überreden, ihr dort mindestens einmal im Jahr Urlaub zuzugestehen. Ob wohl ein Pool dabei war? Oder vielleicht konnte sie Lars dazu bringen, einen anzuschaffen? Laura liebte Pools. Im Geiste ging sie schon die Fluganbieter nach Sevilla, Granada und Málaga durch. Manchmal war es doch großartig, einen reichen Bruder zu haben!

Kapitel 2

DIE Empfangssekretärin in Lars' Firma war eine kompetent wirkende Blondine mit perfektem Make-up und sorgfältig manikürten Fingernägeln. Als Laura ihr gegenüberstand, ärgerte sie sich, dass sie selbst nur Jeans und T-Shirt und keinerlei Lippenstift trug und sich die Haare zu einem Pferdeschwanz gebunden hatte. In den letzten zwei Wochen hatte sie sich überhaupt nur einmal geschminkt, und das war an dem Tag gewesen, an dem sie neue Bewerbungsfotos hatte machen lassen. Die CD mit den Bildern, die ihr das Fotostudio mitgegeben hatte, lag noch immer ungenutzt in ihrem Wohnzimmer herum. Wenigstens hatte sie Lidstrich und ein bisschen Wimperntusche aufgetragen, sodass sie sich in der hochprofessionellen Atmosphäre des Unternehmens nicht komplett nackt fühlte.

Die Sekretärin begrüßte sie betont freundlich und winkte sie durch in Richtung von Lars' Büro, das sich im ersten Stock befand. Es war selbstverständlich das Eckbüro, mit großen Fenstern zu zwei Seiten. Die Tür stand offen, was hier zum Unternehmensprinzip gehörte. Als Laura auf sie zuging, hörte sie das leise, produktive Murmeln aus den Besprechungsräumen und das Klackern vieler Finger auf Tastaturen. Die meisten Angestellten waren junge Männer, die mit Headsets arbeiteten und unverständliche Codes in ihre Computer tippten. Sie fand es immer wieder eindrucksvoll, dass ihr nur sechs Jahre älterer Bruder, der Junge, mit dem sie Kastanien gesammelt und sich um die Fernbedienung gestritten hatte, inzwischen mehr als vierzig Angestellte hatte, die noch dazu alle – vermutlich inklusive der Empfangssekretärin – mehr Geld für ihre Arbeit bekamen, als sie im Reisebüro je verdienen würde. Verdient hatte, korrigierte sie sich selbst. Ab nächstem Monat würde sie überhaupt nichts mehr verdienen.

Lars saß auf einem mächtigen Bürostuhl hinter dem großen, mit technischem Equipment übersäten Schreibtisch. Er schaute aber nicht auf die zwei riesigen Monitore, sondern hatte die Füße auf einen knallroten Sitzsack gelegt und hielt ein Tablet in seiner Hand. Laura hätte ihn gern einmal dabei überrascht, wie er während der Arbeitszeit Candy Crush spielte oder TikTok-Videos ansah, doch wie immer war er schneller als sie und legte sein elektronisches Spielzeug weg, als sie den Raum betrat.

„Hey, Laura, klasse, dass du da bist!", sagte er und strahlte sie an. „Ich hab einen tollen Task für dich, einen richtig guten Vorschlag, solange du gerade zwischen zwei Jobs hängst. Noch dazu quasi in deinem Fachbereich."

In Lauras Gedanken tauchte sofort wieder das Bild des kleinen Schlösschens im maurischen Stil auf. Lars hatte sich erhoben, und sie umarmten sich kurz, eher formell als herzlich. Laura liebte ihren Bruder, aber sie waren wohl zu verschieden, um sich wirklich nahezustehen.

„Dann erzähl mal. Was hat es mit dieser Burg auf sich?", fragte sie, als sie zusammen am Besprechungstischchen in der Ecke saßen und Lars' persönliche Assistentin Steffi sie mit Cappuccino versorgt hatte.

„Ja, meine Burg! Du weißt doch, ich wollte immer Burgherr werden, wenn ich groß bin."

Laura erinnerte sich gut an die Familienurlaube im Rheintal und in Südtirol. Burgen und Schlösser hatte ihr Bruder tatsächlich besonders gern besichtigt, sogar noch als er sich als pubertärer Teenager beschwert hatte, die Sommerferien mit den Eltern und der doofen kleinen Schwester verbringen zu müssen.

„Jetzt hat sich die Gelegenheit ergeben, und ich habe zugeschlagen. Meine eigene Burg! Warte, ich zeig dir ein Foto." Er wischte ein paarmal auf dem Tablet hin und her, dann drehte er es so, dass sie den Bildschirm sehen konnte.

„Tadaah! Das ist Ballylavorn Castle."

Laura starrte auf das Foto. Es zeigte einen grauen Klotz in einer graugrünen Landschaft unter blassgrauem Himmel. Keine richtige Burg, eher ein steinerner Turm mit unregelmäßigen Zinnen und schmalen Fenstern. Keine maurischen Torbögen, keine provenzalischen Lavendelfelder, nicht einmal Neuschwanstein-mäßige

Türmchen und Balkons, nur ein großer Quader aus dunkelgrauem Stein.

„Wo ist das denn?“, fragte sie gedehnt. Die Landschaft schien hauptsächlich aus Hecken und Bruchsteinmauern zu bestehen, dahinter war etwas zu sehen, was eine Wiese oder ein Acker sein mochte.

„Irland. County Clare“, sagte Lars. Entweder er bemerkte ihre mangelnde Begeisterung gar nicht, oder es war ihm egal, denn er fuhr mit ungebremstem Elan fort: „Es ist ein spätmittelalterlicher Wohnturm, erste urkundliche Erwähnung irgendwann um Fünfzehnhundertschlagmichtot. Cool, oder? Man hat es mir über Bekannte für einen Appel und ein Ei angeboten. Klar, der Unterhalt wird eine Stange kosten, und wahrscheinlich muss ich auch noch ein paar Tausend reinbuttern, um es richtig gemütlich zu machen, aber hey, meine eigene Burg! Gerade mal fünf Stunden mit dem Flieger von hier! Ich kann Kunden und Partner dorthin einladen, für Whisky-Verkostungen oder rustikale Wanderwochenenden. Und ansonsten vermieten wir die Burg an Touristen. Sie muss keinen großen Profit abwerfen. Die Einnahmen daraus sollten nur mittelfristig einigermaßen die laufenden Kosten decken, das reicht mir schon. Wenn mehr dabei herumkommt, ist es natürlich auch nett, aber darum geht es mir nicht. Meine eigene Burg!“

Er strahlte wie ein kleiner Junge, der zu Weihnachten eine Playmobil-Ritterburg bekommen hatte und sich nun mit Rüstung und Lanze auf einem Streitross galoppieren sah. Laura dagegen blickte immer noch zweifelnd auf den grauen Klotz auf dem Foto.

„Wo ist das, sagtest du? Irland?“

„Ja. County Clare, im Westen der Insel. Eine aufstrebende Tourismus-Gegend, hat man mir gesagt. Mit Klippen ganz in der Nähe.“

„Klippen“, echote Laura deprimiert. Wer wollte schon Klippen? Ihre Kunden wollten Sandstrände, möglichst lange und schöne, und wenn sie selbst die Wahl hatte, fand sie einen großen Hotelpool allemal attraktiver als jede Art von natürlichem Strand. Aber ein Pool in Irland? Wohl kaum.

„Also, du fliegst hin. Steffi hat schon eine Flugverbindung für dich rausgesucht. Ich war selbst ja noch gar nicht da, also begutachtest du die Burg, beauftragst und beaufsichtigst die restlichen Sanierungsarbeiten und machst alles so weit fertig, dass man dort Urlaub machen kann. Ich habe mir in sechs Wochen ein paar Tage geblockt, um freizunehmen, aber es wäre schön, wenn du bis dahin fertig wärst. Die Burg ist weitgehend saniert und ausgebaut, es sind also nur kleinere Arbeiten nötig. Du stellst bitte auch einen hübschen Ordner mit den regionalen Tipps und Ausflugszielen zusammen, sodass unsere Gäste nicht erst ewig zur Touristen-Information tingeln müssen. Du weißt ja, wie so etwas aussehen muss und was die Touris alles brauchen. Und du stattest das Gebäude so weit aus, dass man es vermieten kann. Vielleicht kannst du auch vor Ort schon eine Reinigungskraft finden. Im zweiten Schritt könntest du die Immobilie dann in den entsprechenden Internet-Plattformen einstellen, mit Fotos und allem Drum und Dran. Eine Website und einen Buchungsplan erstellen und so weiter. Aber das kommt danach. Ich zahle dir Flüge und Spesen, meinetwegen auch noch ein bisschen Taschengeld, damit du die örtlichen Pubs und Sehenswürdigkeiten in Ruhe ausprobieren kannst. Du kriegst quasi einen Urlaub umsonst, und wenn du magst, kannst du das Projekt dann sogar als Referenz in deinem Lebenslauf unterbringen, wenn du dich nach einem neuen Job umschaust. Klasse, oder?“

Laura schnappte nach Luft. Das ging definitiv über „hinfliegen und anschauen“ hinaus, es war praktisch ein neuer Job, wenn auch ein zeitlich befristeter. Als kleine Schwester war sie es durchaus gewohnt, von Lars herumkommandiert zu werden. Sie musste sich erst selbst daran erinnern, dass sie erwachsen war und er ihr eigentlich nichts zu sagen hatte.

„Es klingt schon spannend“, meinte sie zögernd, „aber eigentlich wollte ich mich auf die Jobsuche konzentrieren. Mein Erspartes reicht nur ein paar Monate, und ich muss ja auch meine Miete bezahlen.“

„Ach so“, gab er uninteressiert zurück, „wenn es sein muss, übernehme ich deine Miete hier, während du drüben bist. Dann erwarte ich allerdings auch, dass du dich für meine Burg richtig ins Zeug legst, okay?“

„Warum ausgerechnet Irland?“ Die Frage platzte aus Laura heraus.

Nun wirkte Lars doch ein kleines bisschen gekränkt. „Warum nicht? Schöne Landschaft, eine coole Burg, Guinness und, äh, der Atlantik direkt vor der Tür. Whisky! Und Guinness, sagte ich das schon?“

„Ich bin kein großer Fan von Guinness“, bemerkte Laura, während sie sich, noch immer enttäuscht, von dem spanischen Schloss ihrer Fantasie verabschiedete.

„Es gibt auch noch anderes Bier dort, wenn ich mich recht erinnere. Ziemlich viele Sorten sogar. *The Irish Water.* Ich war schon ein paarmal in Dublin, und an Alkoholika mangelt es da wirklich nicht.“

Er lehnte sich zurück und musterte sie nun etwas ungeduldig. „Also, was ist? Dein Flieger geht nächsten Montag um, lass mich sehen …“ Er wischte wieder über das Tablet, vermutlich zu den E-Mails. „Ja, richtig, Montag um acht Uhr fünfzehn. Steffi mailt dir die Infos zu.“

Laura zögerte nach wie vor. In ihr nagte das Gefühl, dass sie eigentlich für diese Aufgabe ein richtiges Gehalt aushandeln müsste. Sie hatte nur keine Ahnung, welche Summe angemessen wäre, und sie war nicht selbstbewusst genug, um sich irgendeine Zahl aus den Fingern zu saugen. Vermutlich war das der Grund, warum ihr Bruder so erfolgreich war und sie nicht.

Wollte sie diesen Job überhaupt machen? War Irland wirklich besser als ihr Lieblingssessel? Andererseits würde sie sich dieses Jahr ganz sicher keinen anderen Urlaub leisten können …

Lars ließ ihr keine Zeit für weitere Überlegungen. „So, ich muss jetzt in mein nächstes Meeting. Viel Spaß! Und mach ein paar schöne Fotos, wenn du dort bist.“

„Das muss ich wohl – mit diesem Bild werden wir bei deinen Touristen nämlich keinen Blumentopf gewinnen“, gab sie schnippisch zurück. Gleichzeitig fühlte sie, wie ihr gebeuteltes Selbstbewusstsein sich doch noch regte. Sie war schließlich vom Fach! Sie würde aus diesem hässlichen Klotz die schickste Ferienlocation machen, die diese Insel zu bieten hatte.

Aber Lars hatte das Büro bereits verlassen.

Kapitel 3

RATLOS stand Laura in ihrem Schlafzimmer. Morgen ging der Flieger, den Steffi für sie gebucht hatte, und ihr Reiserucksack war noch komplett leer, wenn man von ihrer Brieftasche mit Ausweis, Geld und Reiseunterlagen absah. Und von der Packung Taschentücher und einer Miniaturflasche Haarshampoo, die beide schon seit ihrem letzten Spanienurlaub darin lagen. Was würde sie in Irland brauchen?

Eine Regenjacke, klar. Ihre übliche Urlaubscheckliste lag auf dem Bett neben dem leeren Rucksack. Auf diese Checkliste war sie sehr stolz, sie hatte sie schon für mehrere Freundinnen kopiert, und alle hatten sie gelobt für die clevere Einteilung in Strandurlaub, Aktiv-Urlaub, City-Trip, Camping oder Ferienwohnung. Die wenigsten Sachen aber würden sich für die Reise nach Irland eignen. Weder *Sommerkleid, bügelfrei* noch *Sonnenschutz (Brille, Hut, Sonnencreme, After-Sun-Lotion)* kamen wohl infrage.

Seufzend checkte sie am Handy noch einmal die Wettervorhersage für die Kleinstadt Ennis, die, wie sie gelesen hatte, der Verwaltungssitz von County Clare war. Wechselhaftes Wetter bei siebzehn Grad, das schien die Prognose für heute, morgen und ungefähr die nächsten zwölf Monate zu sein. *Erleben Sie ein Urlaubsland mit absolut zuverlässigem Wetter!*, notierte sie im Stillen ironisch für die Werbeunterlagen.

Ebenfalls auf dem Bett lag die To-do-Liste, die ihr Steffi in Lars' Auftrag zugemailt hatte, und dort war als Kontakt vor Ort auch der Name des Maklers genannt, von dem Lars die Burg gekauft hatte. Ein gewisser Mick Duffy, dazu seine Telefonnummer mit der Vorwahl 353.

Schon der erste Punkt auf der Liste – *Renovierung abschließen* – bereitete Laura Kopfzerbrechen. In den Kaufunterlagen, die Steffi ihr ebenfalls gemailt hatte, war zu lesen, dass der Innenausbau der Burg weitgehend abgeschlossen sei. Was hieß denn bitte *weitgehend abgeschlossen*? Es gab einige Fotos von den Innenräumen, die zeigten, dass eine moderne Einbauküche vorhanden war, auch wenn diese sich mit ihren hell furnierten Fronten vor der dunklen Steinwand etwas merkwürdig ausnahm. Es schien auch zwei Badezimmer zu geben. Mindestens ein Schlafzimmer beinhaltete ein Bett und einen Schrank, von der Decke hing allerdings nur eine Glühbirne in einer Baufassung. Die gesamte Immobilie sei teilmöbliert, stand da außerdem. Einladend klang das nicht gerade. Niemals hätte Laura für einen ihrer Kunden so etwas als Ferienhaus gebucht.

Ansonsten priesen die Kaufunterlagen die solide, denkmalgeschützte Substanz und die fantastische Lage des Objekts. Laura hatte sich diese fantastische Lage auf Google Maps angeschaut. Ballylavorn Castle war auf dem Satellitenfoto deutlich als graues Rechteck zu erkennen. Es lag im graugrünen Nirgendwo, zwei Kilometer entfernt von der winzigen Ortschaft Kilfarosan, die aus einer Hauptstraße und etwa drei Dutzend Häusern bestand, wovon eins ein Pub beherbergte. Außerdem gab es eine kleine graue Kirche nebst Friedhof. Mindestens zehn Kilometer entfernt war die Küste mit den Klippen, von denen Lars geschwärmt hatte. *Strandnah!*, würde in den Reiseunterlagen stehen.

Ihr Handy piepte. Es war eine Nachricht aus einer WhatsApp-Gruppe, der Clique von Mädchen, mit denen sie vor sieben Jahren das Abitur gemacht hatte. Sie hatten die Gruppe L-Chat genannt, denn sie setzte sich zusammen aus Lea, Lisa, Lena 1, Lena 2, Lilly und Laura selbst. Eine Zeit lang hatten sie eine Freundin namens Marina als *L ehrenhalber* aufgenommen, aber Marina hatte sich in diesem Chat nie wohlgefühlt und die Gruppe irgendwann verlassen.

Der L-Chat bestand nun schon seit etlichen Jahren, in denen sie sich zwar nur selten trafen, einander jedoch mehr oder weniger über ihr Leben auf dem Laufenden hielten. Lilly hatte letztes Jahr ein Baby bekommen und postete regelmäßig Fotos und Videos davon, wie Klein-Linus seinen Brei bekam, wie er mit Kuscheltieren warf oder sonstige Dinge tat, die Mütter für niedlich hielten. Das war okay, fand Laura. Irgendwann wollte sie vielleicht auch mal ein Baby haben und würde anderen mit Fotos auf die Nerven gehen. Lea hatte sich seit Jahren nicht mehr gemeldet, sie hatte Jura studiert und war dann irgendwann im Job-Nirwana verschwunden. Die anderen aber posteten alle paar Wochen Fotos von Cocktails, neuen Schuhen, neuen Freunden oder von ihren Urlauben.

Auch diesmal war es eine solche Nachricht. Lena 2 schrieb: *Bin auf einer Fortbildung – Gruß aus Berlin* und schickte ein Foto des Frühstücksbuffets in ihrem Hotel. Laura klickte das Bild rasch wieder weg. Bisher hatte sie im L-Chat noch nichts von ihrer Arbeitslosigkeit erzählt. Und das fühlte sich seltsam an. Früher hatten sie einander alles berichtet, auch die blöden oder traurigen Sachen – wenn zum Beispiel eine Bewerbung abgelehnt worden war oder wenn ein Freund Schluss gemacht hatte. In letzter Zeit aber schien bei den anderen alles glatt zu laufen: Lilly mit ihrem Baby, Lena 2 mit ihren beruflichen Erfolgen und Lena 1, die mit ihrem wohlhabenden Verlobten dauernd Urlaub an den coolsten Orten machte, in Havanna oder auf den Malediven. Laura hatte beschlossen, erst wieder etwas in den Chat zu schreiben, wenn sie berichten konnte, dass sie einen neuen Job hatte, und das war bisher noch nicht eingetreten. Also klickte sie wahllos auf einen Daumen-hoch-Emoji und warf das Handy dann zurück auf ihr Bett.

Das Packen machte dieses Mal keinen Spaß. Genervt stopfte sie die Regenjacke, zwei Paar Jeans, einen Schlafanzug, Unterwäsche und Socken in den Rucksack, dazu genau die Hoodies und Shirts, die sie hier auch im Alltag trug. Das Ganze fühlte sich überhaupt nicht nach Urlaub an, es war nur ein Arbeitseinsatz im Ausland!

Kurzentschlossen zückte sie einen Kugelschreiber und notierte unter der To-do-Liste: *Urlaub machen!* Sie wusste noch nicht, wie sie das anstellen würde, aber selbst wenn sie mit Todesverachtung Guinness trinken müsste, irgendetwas würde sich schon ergeben.

Kapitel 4

ERST im Shuttlebus zum Flughafen fiel Laura auf, dass sie noch niemals ohne Rückflug-Ticket irgendwohin gereist war. Sogar bei dem dreimonatigen Trip durch Australien hatte sie einen festen Termin für die Rückkehr gehabt. Diesmal war es anders: Steffi hatte ihr lediglich den Hinflug gebucht und gemeint, Laura solle sich melden, sobald sie absehen könne, wie lange die Arbeiten in der Burg dauern würden. Es war ein merkwürdiges Gefühl, so planlos zum Flughafen zu fahren, ein bisschen abenteuerlich.

Du liebst doch Abenteuer in fremden Ländern!, erinnerte Laura sich selbst, während sie den großen, inzwischen doch ziemlich schweren Rucksack aus dem Bus hievte. Es war ein solider, knallblauer Markenrucksack, den sie sich vor zwei Jahren von ihren Eltern zu Weihnachten gewünscht hatte und mit dem man schweres Gepäck komfortabel transportieren konnte, selbst wenn man damit umsteigen oder die U-Bahn benutzen musste. Nun ja: Wenn sie ehrlich war, mochte sie am liebsten perfekt durchgeplante Abenteuer. Die Sorte Abenteuer, bei denen man einen gut aussehenden Reiseleiter und einen sauber ausgestalteten Zeitplan für Tag eins, Tag zwei und so weiter hatte. Die Sorte Abenteuer, die sie immer für ihre Kunden gebucht hatte. Dieses Abenteuer hier fühlte sich völlig anders an, auch wenn es nicht nach Afrika oder Südamerika ging.

Flughäfen hatte sie schon immer gemocht, zumindest beim Abflug. Die professionelle, leicht hektische Atmosphäre assoziierte sie normalerweise mit dem Verreisen. Allerdings war die Stimmung am Gate diesmal anders als sonst. Die meisten Urlaubsflieger gingen freitags oder am Wochenende. Jetzt, an einem Montagmorgen am Gate für den Linienflug nach London, gab es keine fröhlichen, aufgeregten Urlauber mit albernen kurzen Hosen oder bunten T-Shirts. Der Großteil der Mitreisenden bestand aus Menschen in dunklen Anzügen, die kleine Köfferchen bei sich hatten und gelangweilt Kaffee aus

Pappbechern schlürften, während sie routiniert auf das Boarding warteten. Dazwischen gab es einige teuer aussehende, modisch gestylte Frauen, die teilweise zwar wie Laura Jeans trugen, diese aber mit eleganten Lederjäckchen und Handtaschen von Balenciaga kombinierten. Ganz offensichtlich flogen sie zum Shopping nach London, denn schon jetzt sprachen sie hauptsächlich von den Läden und davon, in welchem der Restaurants bei Harrods sie zu Mittag essen würden. Laura nahm an, dass sie alle entweder reiche Eltern oder reiche Ehemänner hatten.

Sie seufzte. Ein Shoppingtrip nach London, das würde ihr auch gefallen, sogar ohne Balenciaga-Tasche. Stattdessen würde sie sich bei der Ankunft beeilen müssen, um ihren Anschlussflug nach Shannon zu erreichen, und dabei die Daumen drücken, dass auch ihr Rucksack diesen Anschlussflug erwischte. Er war einfach zu groß gewesen, als dass sie ihn als Handgepäck hätte deklarieren können.

Ungewohnt war es für Laura auch, allein zu reisen. Immerhin war es kein Billigflieger, den Steffi gebucht hatte. Obwohl der Flug nur kurz war, gab es Kaffee und ein eingeschweißtes Croissant sowie Orangensaft als Frühstück. Laura hatte kaum zwei Schluck von dem bitteren Heißgetränk zu sich genommen, als das Flugzeug schon wieder in den Landeanflug ging.

Ihr Chef, Herr Heimeier, hatte seine Angestellten immer dazu angehalten, bei Flügen mit Zwischenstopps genügend Zeit einzuplanen. „Wir sind ja im Urlaub und nicht auf der Flucht“, hatte er seinen Kunden immer jovial erzählt, und zu den Mitarbeiterinnen sagte er: „Nichts verdirbt einem eine Reise so sehr wie ein verpasster Anschlussflug.“ Lars’ Assistentin Steffi folgte offenbar einem anderen Prinzip: Zeit war Geld, und ganz konkret war jede Minute am Flughafen verschwendete, teuer bezahlte Arbeitszeit. Darum musste Laura in London von einem Gate zum anderen rennen, um rechtzeitig zum Boarding da zu sein. Kurz verirrte sie sich und geriet versehentlich in eine Gruppe Japaner, die den Gang zwischen den Duty-free-Shops blockierten, um dort eine Gratis-Probe Whisky zu ergattern. Nun war sie doch froh, dass sie den Reiserucksack aufgegeben hatte und nur eine leichte Schultertasche bei sich trug. „Sorry! Sorry! Beg your pardon!“, murmelte sie eilig, während sie sich ihren Weg durch die Menge bahnte. Sie war zutiefst erleichtert, als sie sich, etwas verschwitzt und zerzaust, auf den Fensterplatz des Fliegers nach Shannon fallen lassen konnte.

Das Flugzeug startete, durchbrach die Londoner Wolkendecke und segelte bald durch strahlenden Sonnenschein. Laura konnte sich fast einbilden, doch in einem Urlaubsflieger Richtung Süden zu sitzen. Rasch machte sie ein Selfie mit dem Flugzeugfenster und dem blauen Himmel als Hintergrund. Vielleicht würde ihr ein passender Text für den L-Chat einfallen, wenn sie gelandet war.

Beim Reisen wusste man ja nie ganz genau, was einen erwartete. War der Hotelpool wirklich so schön wie auf dem Foto auf der Website? Sah man das Meer vom Balkon aus oder nur dann, wenn man sich auf den Toilettensitz stellte und aus einem Dachfenster spähte? Lag das gemietete Chalet tatsächlich in einer ruhigen Grünanlage – oder wurde gerade nebenan ein zwölfstöckiger Hotelneubau hochgezogen? Im Reisebüro hatte sie sich immer Mühe gegeben, all diese Dinge vorher herauszufinden, aber Überraschungen konnte man nie völlig ausschließen. Wenn die Ungewissheit zu groß war, das wusste sie genau, wurde es unbehaglich. So unbehaglich wie die Aussicht auf eine teilmöblierte Burg, deren Renovierung weitgehend abgeschlossen war, nahm Laura an.

„Fliegen Sie heim?“

Überrascht wandte Laura ihren Blick weg vom Fenster, hin zu der Frau neben sich, die sie auf Englisch angesprochen hatte.

„Heim?“, fragte sie verwirrt.

„Ja, nach Hause. Sind Sie keines von diesen jungen Mädchen, die nach London gehen, um dort zu arbeiten?“ Die Frau, eine ältere Dame mit dunkel gefärbtem Haar und ziemlich viel Foundation im Gesicht, die einen Ton zu dunkel für ihre eigentliche Hautfarbe war, blickte sie freundlich an.

„Nein“, sagte Laura, „ich fliege nicht heim. Ich komme nicht aus Irland.“

„Ah. Jetzt wo Sie es sagen, höre ich es auch. Vom Kontinent? Ich habe meinen Sohn in London besucht. Er hat dort Familie, müssen Sie wissen. Meine Schwiegertochter ist Engländerin.“

Ein beredtes Seufzen folgte, und Laura wusste nicht, was sie erwidern sollte. Die Frau wollte sich offenbar unbedingt unterhalten, während Laura eigentlich keine große Lust auf Small Talk hatte.

„Sie machen also Urlaub in Irland? Das ist schön! Die Westküste ist herrlich um diese Jahreszeit."

„Nein, ich arbeite", gab Laura sachlich zurück.

„Tatsächlich? Dann bleiben Sie länger?"

Offensichtlich gab es keine Möglichkeit, diesem Gespräch zu entrinnen. Laura beschloss, die Gelegenheit zu nutzen und ihre Englischkenntnisse aufzufrischen. Immerhin schien die Frau ihr freundlich gesinnt zu sein.

„Das kann ich noch nicht sagen. Ich muss mich dort um ein touristisches Projekt kümmern", sagte sie. Es klang etwas hochtrabender als beabsichtigt, doch die Dame ließ sich davon nicht irritieren.

„Was ist das für ein Projekt?"

„Eine alte Burg, die zu einer Ferienimmobilie werden soll."

Wort für Wort spürte Laura, wie sie besser in die Sprache fand. In der Schule hatte sie sowohl Englisch als auch Spanisch gelernt, hatte die Sprachen im Reisebüro-Alltag jedoch selten gebraucht. So war sie nun doch froh, mit der Dame plaudern zu können. Sollten ihr ein paar Vokabeln fehlen, war das weniger schlimm als später vor Ort, wenn sie womöglich mit Handwerkern oder anderen Dienstleistern verhandeln müsste. Also erzählte sie von sämtlichen Einzelheiten über Ballylavorn Castle, die sie kannte, auch wenn das nicht besonders viele waren.

„Kommen Sie zum ersten Mal nach Irland?", fragte die Frau weiter, nachdem sie aufmerksam zugehört hatte.

Laura nickte mit einem schwachen Lächeln.

„Wie wundervoll! Ich bin mir sicher, Sie werden sich verlieben."

„In das Land? Das glaube ich kaum."

Über die Idee des provenzalischen Châteaus war Laura noch nicht hinweggekommen, und sie schaute wieder zum Fenster hinaus. Von Irland war bisher nur eine lückenlose Wolkendecke zu sehen.

„Bestimmt! Wer zum ersten Mal nach Irland kommt, verliebt sich unweigerlich. In die Insel und in die Bewohner." Die Dame tätschelte Lauras Arm. „Vielleicht verlieben Sie sich außerdem in einen hübschen jungen Iren, das kann gut sein, in Ihrem Alter."

„Auch das glaube ich kaum", wiederholte Laura, die langsam genervt von dem Gespräch war.

„Doch, doch", erwiderte die Frau hartnäckig. „Die Iren sind so charmant, viel charmanter als die Männer auf dem Kontinent."

Innerlich seufzte Laura. Sich zu verlieben war genau das, was sie jetzt überhaupt nicht gebrauchen konnte. Allein das Wort „charmant" hinterließ ein unangenehmes Gefühl in ihrer Magengrube. Ihr letzter Freund war auch charmant gewesen, hatte sie mit Komplimenten überhäuft und ihr das Blaue vom Himmel versprochen. Und dieses Blaue hatte sich als eine Ansammlung bedeutungsloser Luftblasen entpuppt. Auf eine Wiederholung konnte Laura wirklich verzichten.

Ihre Sitznachbarin konnte das selbstverständlich nicht wissen. „Ja, irische Männer sind charmant", sagte sie jetzt. „Und wissen Sie, woran das liegt?"

Sie machte eine Pause, bevor sie weitersprach, sodass Laura sich gezwungen sah, den Kopf zu schütteln.

„Es liegt an den irischen Müttern", fuhr die Dame fort, „die irischen Mütter bringen ihren Söhnen bei, eine Frau zu respektieren."

„Tatsächlich?", fragte Laura höflich.

„Aber ja. Jeder irische Mann weiß, dass es die Mutter ist, die das Sagen hat. Und dass die Frauen immer am besten wissen, was gut für die Familie ist. Daran halten sie sich."

„Was Sie nicht sagen."

Das klang ja großartig – eine ganze Insel voller herrischer Schwiegermütter. Glücklicherweise kam in diesem Moment die Ansage, dass man Shannon Airport mit nur wenigen Minuten Verspätung erreichen würde und alle Passagiere ihre Plätze einnehmen sollten. Während sie den Gurt schloss, nahm sich Laura fest vor, sich unter keinen Umständen jemals in einen irischen Mann zu verlieben.

Das Flugzeug senkte sich langsam der Wolkendecke entgegen und tauchte dann in sie ein wie in eine sehr große Badewanne mit extra viel

Schaum. Die Sonne verschwand, und vor dem kleinen Flugzeugfenster wurde es dunkler. Regentropfen bildeten dünne, blasse Fäden an der Scheibe. Laura hätte gern etwas von der Landschaft gesehen, über die sie flogen, aber draußen war alles grau. Man konnte nicht einmal erkennen, welche Höhe das Flugzeug inzwischen hatte, doch schließlich tauchten nach und nach Konturen unter ihnen auf. Etwas, das auf den ersten Blick wie eine Lichterkette aussah, stellte sich als Autobahn heraus, immer ein Auto nach dem anderen, jedes davon hatte die Scheinwerfer angeschaltet. Der Horizont verschwamm auf diffuse Weise. War da das Meer? Es war unmöglich zu erahnen. Als das Flugzeug schon weit unten war, konnte man eine Stadt erkennen, vielleicht auch ein großes Dorf, und daneben die blinkenden Lichter des Flughafens.

Immer wenn sie in einem landenden Flugzeug saß, musste Laura kurz die Augen schließen und die Zähne zusammenbeißen. Statistisch gesehen war die Landung die gefährlichste Phase des Flugs, hatte sie einmal irgendwo gelesen. Oder war es der Start gewesen? Sie konnte sich nicht erinnern, und wenn das Flugzeug jetzt explodierte, wäre es ärgerlicherweise zu spät, um diese Information zu googeln.

Ja, Laura reiste gern, aber alles in allem war sie dennoch ein kleiner Feigling, das wusste sie.

Kapitel 5

DAS Flugzeug war sicher gelandet und kein bisschen explodiert. Laura half der älteren Frau, ihr Handgepäck aus dem Fach über den Sitzen zu holen, und drängte sich dann zusammen mit den anderen Passagieren die Gangway hinunter. Der Flughafen war nicht besonders groß, und bald stand Laura am Laufband der Gepäckausgabe. Dort geschah erst einmal eine ganze Weile gar nichts. Laura trat ungeduldig von einem Bein auf das andere. Hinter der Absperrung wartete hoffentlich dieser Mick Duffy auf sie, und sie wollte nicht, dass er wieder wegfuhr, ohne sie mitzunehmen.

„Ja, hier auf der Insel gehen die Uhren anders. Daran merkt man gleich, dass man zu Hause ist.“ Die Frau mit dem übertriebenen Make-up war von Laura unbemerkt neben sie getreten. Sie klang, als sei sie stolz auf die Verspätung, als sei das ihr ganz persönlicher und zutiefst irischer Verdienst.

Laura hatte keine Lust mehr, ihr zuzuhören. Sie war gereizt, hatte wegen des Flughafenlärms Kopfschmerzen und wollte endlich am Ziel ihrer Reise ankommen, anstatt hier herumzustehen. Um sich abzulenken, ließ sie ihren Blick über die anderen Fluggäste gleiten, die alle mehr oder minder geduldig neben dem regungslosen Gepäckband standen. Diese Menschen waren deutlich durchmischter als die Linienflug-Passagiere nach London. Es gab ein paar Leute in Business-Kleidung, von denen die meisten regelmäßig auf ihre Uhren oder Handys schauten, aber auch etliche Backpacker, ein paar Familien mit kleinen Kindern und außerdem zahlreiche Personen in Alltagskleidung, deren Reisezwecke Laura nicht erriet.

Ein Mann fiel ihr besonders ins Auge, weil sie ihn partout nicht einordnen konnte. Einerseits sah er ziemlich geschäftsmäßig aus, er trug ein dunkles, schickes Hemd unter einer Barbour-Jacke, dazu schwarze Jeans mit einem Ledergürtel. Andererseits stand er so gelassen da, als hätte er alle Zeit der Welt. Er hatte auch noch kein einziges Mal auf sein Handy geschaut, seit sie warteten, während Laura selbst sofort nach der Landung ihrem Bruder und ihren Eltern ihre Ankunft mitgeteilt und das Selfie aus dem Flieger mitgeschickt hatte. Er sah gut aus, fand Laura. Ziemlich groß und schlank war er und hatte kurzes hellbraunes Haar mit einem rötlichen Stich, der in dem sehr kurz getrimmten Bart noch deutlicher hervortrat. Sie hätte gern nachgesehen, ob die Augen blau oder grün waren, doch dafür stand sie zu weit entfernt.

In diesem Moment ging auf ihrem Handy eine Nachricht ein. Sie erwartete eine Antwort von ihrem Bruder, aber es war ein neues Posting im L-Chat, und zwar von Lena 1:

Laura, ich hab gehört, dein Reisebüro ist pleite, und du bist geschasst? Du Arme! Und dahinter drei heulende Emojis.

Laura starrte auf das Display. Verflixt. Sie hätte diese Nachricht selbst posten sollen. Sie hätte wissen müssen, dass irgendjemand den Tratsch hörte, und wenn sie ehrlich war, hätte sie auch darauf wetten können, dass es Lena 1 sein würde. Die hatte ihre Ohren überall. Es piepte noch einmal, und diesmal postete Lena 2 *Oh Mann!* und ebenfalls ein weinendes gelbes Gesicht. Dann wieder Lena 1: *Erzähl mal, was passiert ist, Laura! Wie geht es dir?*

Schnell schaltete Laura das Handy aus. Das Mitleid der alten Freundinnen fühlte sich unangenehm an, wie eine zu große Portion Eiscreme, von der man gleich wusste, dass sie später schwer im Magen liegen würde. Und bei Lena 1 hatte sie ohnehin den Verdacht, dass diese eher auf eine Versager-Story hoffte, als dass sie echtes Mitgefühl empfand.

Endlich begann das Laufband sich zu bewegen. Laura stopfte das Handy wieder in die Tasche und lenkte ihren Blick auf die Gepäckstücke, die sich, einzeln und in großzügigen Abständen, durch die Gummilappen der Öffnung schoben und auf sie zu trieben. Ein paar Reisekoffer. Eine unförmige Reisetasche. Eine schwarze Kiste, die vermutlich eine Gitarre oder ein Cello oder so etwas beinhaltete – mit Musikinstrumenten kannte Laura sich überhaupt nicht aus. Dann – ha! – leuchtete es blau auf dem Gepäckband auf, und der wohlbekannte Rucksack kam ihr entgegen. Nach wie vor etwas durcheinander von den WhatsApp-Nachrichten und ihren gemischten

Gefühlen trat Laura vor. Es machte sich doch immer wieder bezahlt, ganz am Anfang des Laufbands zu stehen, lobte sie sich selbst. Sie griff zu, und der Rucksack flog ihr buchstäblich entgegen. Für den Bruchteil einer Sekunde wunderte sie sich, weil sie mit viel Kraft zugepackt hatte und der Rucksack ihr leichter vorkam als vorhin, aber die Freude, den Flughafen endlich verlassen zu können, überwog. Die Frau mit dem Make-up, die immer noch bei ihr gestanden hatte, rief ihr herzlich hinterher: „Genießen Sie den Aufenthalt, junge Dame!“

Laura nickte ihr knapp zu und drängte sich rasch in Richtung Zoll. Bloß weg hier.

„Entschuldigen Sie bitte, das ist mein Rucksack.“

Laura drehte sich um und sah direkt in das Gesicht des Mannes mit den rötlichen Haaren. Grün, die Augen waren eindeutig grün.

„Wie bitte?“, fragte sie, noch verwirrter als vorher.

Der Mann lächelte höflich. „Sie haben versehentlich meinen Rucksack genommen“, sagte er auf Englisch.

„Unsinn!“ Laura runzelte die Stirn. Der Ärger, der eigentlich Lena 1 gegolten hätte, bahnte sich seinen Weg an die Luft. Was fiel diesem Typen ein? „Das ist eindeutig mein Rucksack!“

„Nein, es ist meiner. Vielleicht haben Sie das gleiche Modell?“

Der Mann sah überhaupt nicht so aus, als würde er mit einem Rucksack reisen. Vielleicht war das eine Anmache auf irische Art, von einem dieser Männer, deren Mütter sie angeblich so gut erzogen hatten?

„Lassen Sie mich in Ruhe“, fauchte Laura und wandte sich ab.

Der Mann überholte sie mit zwei raschen Schritten und stellte sich vor sie. „Dies ist wirklich mein Rucksack! Sie wollen doch nicht meine Socken und mein Aftershave stehlen, nicht wahr?“

Das fand Laura kein bisschen lustig. Von dem angeblichen Charme der irischen Männer hatte dieser hier jedenfalls nichts abgekriegt. „Reden Sie keinen Blödsinn. Ich will nichts als endlich raus aus diesem Flughafen!“

„Dann nehmen Sie sich doch Ihr Gepäck und gehen!“ Der Mann zeigte in Richtung des Laufbands. Dort bewegte sich gerade ein knallblauer Rucksack langsam auf das Ende der Gepäckausgabe zu.

Ein knallblauer Rucksack, der deutlich dicker und schwerer aussah als der, den Laura eben über die rechte Schulter gehängt hatte.

„Mist!“ Laura ließ den fremden Rucksack fallen und lief so schnell sie konnte auf das Laufband zu. „Sorry!“, rief sie noch über die Schulter zurück.

Sie kam zu spät: Der Rucksack verschwand bereits wieder im Inneren der Gepäckförderanlage. Sie würde warten müssen, bis er irgendwann noch einmal an der anderen Seite auftauchte.

Verlegen blickte sie in Richtung der Zollabfertigung. Dort stand immer noch der Mann mit der Barbour-Jacke. Er hatte den Rucksack, seinen Rucksack, inzwischen an sich genommen und hob eine Augenbraue, als er ihren Blick auffing. Sie zuckte entschuldigend mit den Schultern. Er schüttelte mit leicht spöttischem Gesichtsausdruck den Kopf und schlenderte dann in aller Seelenruhe durch das Drehkreuz. Was für ein unangenehmer Typ!

Kapitel 6

ALS Laura endlich aus dem Flughafen trat, waren die meisten anderen Passagiere bereits fort. Lediglich zwei der Familien waren auf dem Standstreifen für Kurzzeitparker noch damit beschäftigt, ihre vielfältigen Kinder und Gepäckstücke in Autos zu verstauen. Laura sah sich um: Weit und breit war niemand zu sehen, der auf sie zu warten schien oder gar ein Schild mit ihrem Namen hochhielt, wie sie das von den Hotel-Shuttles gewohnt war.

Sie seufzte tief. Obwohl sie unter einem Vordach stand, wehten ihr einige Regentropfen ins Gesicht. Dann fiel ihr ein, dass sich irgendwo in ihrem Rucksack ein Ausdruck von Steffis E-Mail mit der Telefonnummer von Mick Duffy befinden musste. Sie ärgerte sich über sich selbst, dass sie die Nummer nicht in ihrem Handy gespeichert hatte. Also suchte sie eine einigermaßen trockene Stelle, stellte den Rucksack auf den Boden und kramte das inzwischen zerknitterte Papier hervor. Mit klammen Fingern tippte sie die Nummer und lauschte dem Freizeichen. Niemand nahm ab. Was nun? Auf dem Blatt stand auch die Adresse der Burg, aber selbst wenn sie sich allein dorthin durchschlagen würde: Sie hatte keinen Schlüssel. Frustriert ließ sie sich auf den Rucksack sinken, doch der war auch keine Hilfe. Er kippte zur Seite, und sie landete unsanft auf dem Betonboden.

„Kann ich Ihnen helfen, junge Dame?“

Die Frage, in einem merkwürdigen englischen Singsang gestellt, kam von einem der Taxifahrer, dessen Wagen neben dem Gehsteig stand und der soeben sein Seitenfenster hinuntergelassen hatte.

„Eigentlich soll ich abgeholt werden.“ Laura kam wieder auf die Füße und gab dem Rucksack, der ihr jetzt schon zum zweiten Mal einen Streich gespielt hatte, einen kleinen Tritt.

„Um welche Uhrzeit, wenn ich fragen darf?“

Sie blickte auf die große Uhr über dem Eingang. „Vor zwanzig Minuten, glaube ich. Ich bin spät dran, vielleicht ist er schon wieder weggefahren."

Der Taxifahrer grinste. „Sie sind nicht von hier, oder?"

„Äh, nein."

„Wenn Ihr Chauffeur ein Ire ist, wird er schon noch kommen, keine Sorge."

„Woher wollen Sie das wissen?"

„Na ja. Zwanzig Minuten, das ist doch gar nichts. Als der liebe Gott die Zeit geschaffen hat, hat er dafür gesorgt, dass es jede Menge davon gibt."

Laura sah den Taxifahrer mit großen Augen an. In diesem Moment näherte sich ein nasser grauer SUV ohne Eile und bog in die Taxispur ein.

„Jede Wette, dass das Ihr Chauffeur ist", meinte der Taxifahrer gemütlich. Er lehnte sich ein Stück aus dem Fenster, um zuzusehen, wie sich der SUV, ein Japaner mit einigen Schlammspritzern auf der Stoßstange, auf Laura zubewegte und dann zum Stehen kam.

„Na also", meinte der Taxifahrer befriedigt und ließ das Fenster wieder hochgleiten.

Immer noch ohne Eile öffnete der SUV-Fahrer seine Tür und kam auf Laura zu.

„Laura Heller? Willkommen in Irland! Ich bin Mick Duffy."

Laura überlegte kurz, ob sie ihn auf seine Verspätung hinweisen sollte, aber dann überwog ihre Erleichterung, dass er überhaupt aufgetaucht war.

„Freut mich!", murmelte sie und ergriff die Hand, die er ihr entgegengestreckt hatte.

Mick Duffy war vermutlich Ende dreißig, ein hellhaariger Mann von großer, kräftiger Statur, ohne dass man ihn wirklich als dick hätte bezeichnen können. Sein Lächeln reichte quer über die geröteten Wangen, fast bis zu den blonden Koteletten hin.

„Dann wollen wir mal!" Er packte ihren Rucksack und warf ihn schwungvoll auf die Rückbank. Anschließend hielt er ihr galant die Tür zum Beifahrersitz auf.

„Freue mich sehr, dass Sie gut angekommen sind, Laura. Ich darf doch Laura sagen? Es heißt immer, die Deutschen legen so viel Wert auf Höflichkeit, aber wir jüngeren Leute hier benutzen nur die Vornamen. Nachnamen sind was für die Babyboomer, hab ich recht? Und Sie sehen sogar jünger aus, als ich erwartet habe. Guten Flug gehabt?"

Laura nickte, etwas überfordert von dem Wortschwall des Maklers, und er fuhr fort, ohne auf eine Antwort zu warten:

„Großartig, dass sich endlich jemand der Burg annimmt! Wissen Sie, mein Vorgänger – also der Makler, der das Objekt in den letzten zwei Jahren verkaufen wollte, Dave O'Hara – nichts gegen Dave, da kommt kein schlechtes Wort über meine Lippen, oh nein! Wo war ich? Dave ist schon älter, über siebzig, er hätte Sie bestimmt ‚Miss Heller' genannt, aber für so etwas fehlte ihm das Gespür. Er könnte Ihnen ein Reihenhäuschen in Ennis vermitteln, kein Problem, doch für besondere Objekte wie dieses muss man das richtige Händchen haben. Mir war gleich klar, dass man dafür Menschen mit Weitblick und Fantasie braucht, Menschen mit einer Vision. Denn da steckt richtig Potenzial drin, das habe ich sofort gesehen. Schön, dass Sie jetzt hier sind! Wir fahren etwa eine Stunde, und ich kann Ihnen gern schon mal ein paar Dinge erzählen …"

Laura lehnte sich zurück. Mick Duffy sprach ebenfalls mit einem leichten Singsang in der Stimme, und obwohl sie ihn besser verstand als den Taxifahrer vorhin, fand sie es auf die Dauer anstrengend, seinem Redestrom zu folgen. Das SUV hatte beheizte Sitze, und anstatt zuzuhören, blickte sie nach draußen in die verregnete Landschaft. Anfangs fuhren sie auf einer Schnellstraße. Erst war Laura irritiert, ohne zu wissen, warum, bis ihr klar wurde, dass sie auf der falschen Straßenseite fuhren, weil hier Linksverkehr herrschte. Noch verwirrender waren die Kreisverkehre, die im Uhrzeigersinn befahren wurden. Falls sie einen Mietwagen brauchte, würde sie gut aufpassen müssen.

Nachdem sie die Schnellstraße hinter sich gelassen hatten, gelangten sie auf eine kurvige Landstraße. Rechts und links gab es steile Böschungen, die größtenteils mit Hecken bewachsen waren. Jedes Mal, wenn ihnen ein Auto entgegenkam, bremsten beide Wagen abrupt ab und streiften die Hecken, während sie sich aneinander vorbei schoben. In dem Moment, als Laura fürchtete, sie würden sich gegenseitig die Außenspiegel abfahren, hob Mick Duffy grüßend die Hand, und der andere Fahrer oder die Fahrerin taten es ihm gleich. Danach gab Mick wieder Gas, bis die nächste Begegnung anstand. Zuerst dachte Laura, Mick würde dauernd irgendwelchen Bekannten begegnen, aber nach dem dritten Mal war ihr klar, dass es offenbar Sitte war, einander auf diese Weise zu grüßen – so wie Wanderer im Gebirge sich grüßten, egal ob sie sich kannten oder nicht.

Endlich entdeckte sie den Namen Kilfarosan auf einem Hinweisschild. Dahinter eine Fünf. Waren damit fünf Meilen gemeint oder fünf Kilometer? Egal, es konnte nicht mehr weit sein.

„Da vorn beginnt das Dorf. Es gibt einen Laden, wenn Sie eine Kleinigkeit einkaufen wollen. Für einen Großeinkauf lohnt es sich, nach Tesco zu fahren, das ist ungefähr zwölf Meilen entfernt. In Kilfarosan müssen Sie auf jeden Fall ins Pub gehen, da bekommen Sie auch etwas zu essen. Und zu trinken natürlich!“ Er lachte. „Aber jetzt fahren wir nicht durchs Dorf, ich bringe Sie direkt zur Burg.“

Laura konnte einen Blick auf das Ortsschild und eine Ansammlung kleiner Häuser werfen, dann bog Mick in einen Hohlweg ab, der noch schmaler war als die bisherigen Straßen. Sie erinnerte sich, dass die Burg ein paar Kilometer außerhalb des Dorfes lag. Und nach einer weiteren Kurve lag Ballylavorn Castle direkt vor ihr.

Mick musste kurz anhalten, um ein rostiges Tor aufzuschließen, das die Zufahrt versperrte, und Laura blickte auf den grauen Turm, der sich vor ihr erhob. Die Grundfläche schien annähernd quadratisch zu sein. Rundum verlief ein etwa ein Meter hoher Sockel aus Stein. Einige Stufen führten zu einer bogenförmigen hölzernen Tür. Wie hoch mochte das Gemäuer sein? Fünfzehn Meter vielleicht? Es war schwer zu schätzen. Es wirkte definitiv eher wie eine Kulisse für einen Fantasyfilm denn wie ein Ort, an dem man Ferien machen wollte. Die schmalen Fenster sahen aus wie Schießscharten. Laura erwartete beinahe, dass sich dahinter etwas bewegte und dann ein Pfeil auf Mick Duffy zuschoss, der immer noch mit dem Tor beschäftigt war. Das Tor öffnete sich quietschend, und Mick stieg wieder ein, um das Auto gleich darauf neben dem Sockel auf dem matschigen Untergrund zu parken.

„Da sind wir! Was meinen Sie?“ Grinsend zeigte er auf den Burgturm.

„Großartig“, erwiderte Laura schwach.

„Ein bisschen überwältigend, nicht wahr? Und alles echt altertümlich. Kommen Sie, Sie werden staunen.“

Er lud den Rucksack aus dem Auto, zückte einen Schlüssel und öffnete die hölzerne Tür. Zögernd folgte ihm Laura in das Gebäude, vorbei an einer kriminell steilen Wendeltreppe und durch einen kleinen Flur in ein dunkles, muffig riechendes Zimmer hinein. Dann drückte Mick auf einen Schalter, und zu ihrer Erleichterung wurde der Raum sofort komplett erhellt.

Sie standen in einer Art Halle mit steinernem Boden. An der rechten Wand hatte man die neue Küche eingebaut, die sie in dem Exposé gesehen hatte: helle Schränke vor der dunklen Steinwand. In der Mitte des Raumes erblickte Laura einen riesigen Refektoriumstisch, und zu ihrer Überraschung gefiel ihr das. Es sah irgendwie cool aus. Darüber hing ein Leuchter, der aus einem alten Wagenrad gefertigt war.

„Der Speisesaal, das erste Schmuckstück Ihrer Burg. Reicht bequem für zehn Personen.“ Mick klang stolz. Ihren Rucksack hatte er neben der Tür abgestellt.

Laura wanderte einmal um den großen Tisch herum. Die Luft war wirklich nicht die beste hier drin, aber der Raum selbst hatte einen gewissen mittelalterlichen Charme. Für Lars’ Whiskyproben war das definitiv das perfekte Ambiente.

„Ich habe Ihnen für heute Abend ein paar Sandwiches in den Kühlschrank gelegt. Kommen Sie, ich zeige Ihnen den Rest.“

Laura folgte Mick die Wendeltreppe hinauf. Sie bestand aus Steinstufen, die teilweise ziemlich schief und ausgetreten waren.

„Wenn es Ihnen zu gefährlich ist, können Sie die Treppe auch sanieren lassen. Aber ich meine, das ist doch eigentlich genau das, was man will, wenn man in eine Burg kommt.“

Sie meinen, man will sich den Fuß verstauchen?, hätte Laura gern gefragt, aber ihr fiel kein englisches Wort für *verstauchen* ein.

Mick ging höher und höher und öffnete dabei immer wieder Türen, die an den Seiten der Treppe abgingen. Drei Schlafzimmer, eines davon möbliert, eine Toilette, ein Bad, das zum Glück recht modern aussah. Dann kam ein kleiner Treppenabsatz, von dem drei weitere Stufen zu einer etwas größeren Tür abzweigten. Laura hatte das Gefühl dafür verloren, in welchem Stockwerk sie inzwischen waren.

„Bitte sehr, meine Dame, der Rittersaal!“

Er ließ ihr den Vortritt. Auf der engen Treppe bedeutete das, dass sie sich an ihm vorbeidrücken musste, und das war enger, als ihr lieb war. Schließlich öffnete sie die Tür und stand in einem großen, hellen Raum.

„Das Prunkstück des Gebäudes“, sagte Mick stolz.

Den Namen Rittersaal verdiente der Raum schon allein dadurch, dass er zwei veritable Ritterrüstungen beinhaltete, die einen großen offenen Kamin rechts und links flankierten. Durch mehrere Fenster – oder Schießscharten – drang Tageslicht aus drei verschiedenen Richtungen in den Raum.

Laura kniff die Augen zusammen und öffnete sie dann wieder. Der Raum war komplett vollgestopft mit Mittelalterdekorationen. Wobei der Möchtegern-Innenarchitekt den Begriff Mittelalter offenbar großzügig aufgefasst hatte: Alles, was im weitesten Sinne alt wirkte, hatte sich hier versammelt. Es gab altmodische Waffen, die man mit Draht an der Wand befestigt hatte, wacklige Stühle verschiedenster Formen, mehrere verschnörkelte Tischchen aus Schmiedeeisen, eine kitschige Burgfräulein-Puppe auf dem Kaminsims, angelaufene Kerzenständer und vieles mehr. Das Sofa, das vor dem Kamin prunkte, war ganz bestimmt nicht wirklich alt, sondern eine billige Nachbildung der Polsterliegen, auf der sich Kaiserin Josephine gerekelt hatte. Laura war nicht besonders gut in Geschichte, aber sie war sich ziemlich sicher, dass das hier mit einer mittelalterlichen Burg so wenig zu tun hatte wie Julius Caesar mit einem Taschenrechner.

„Unten in der Abstellkammer habe ich Ihnen einen Sack Torfbriketts hingestellt, damit Sie sich heute Abend schon vor Ihrem fantastischen Kaminfeuer entspannen können. Herrlich, nicht wahr? Die richtige Kulisse für eine schöne Frau wie Sie!“ Mick strahlte schon wieder über das ganze Gesicht.

Plumpe Komplimente weckten wie immer Lauras Fluchtreflex. Außerdem war sie erschöpft von der Reise und von seiner anstrengenden Fröhlichkeit, und auf einmal wünschte sie sich vor allem, sofort eines der Schlafzimmer zu beziehen und sich dort für eine Weile hinzulegen, ohne dass jemand sie ansprach.

„Vielen Dank. Ich glaube, ich komme jetzt allein zurecht", sagte sie spröde.

„Ach ja? Ich hätte Ihnen gern noch den Rest gezeigt, auch den Schuppen und …" Micks Lächeln war einem überraschten Ausdruck gewichen.

„Ich werde das alles schon finden, mit der Zeit." Jetzt wollte sie ihn wirklich so schnell wie möglich loswerden.

„Wenn Sie meinen …" Er ließ seine Autoschlüssel um den Finger kreisen und sah nun fast beleidigt aus.

Da er ihr einziger Ansprechpartner hier war, war es vermutlich nicht so schlau, ihn komplett vor den Kopf zu stoßen.

„Darf ich Sie anrufen, wenn ich noch Fragen habe?", fragte Laura mit einem zaghaften Lächeln.

Mick war sofort versöhnt. „Aber sicher! Meine Nummer haben Sie? Es wird mir eine Freude sein, Sie zu beraten. Gut möglich, dass wir auch weiterhin Geschäfte miteinander machen. Falls Sie möchten, komme ich gelegentlich vorbei, wenn ich in der Nähe bin."

„Das wäre nett." Laura ging vorwärts auf ihn zu, und Mick blieb nichts anderes übrig, als die Treppe hinunter zurückzuweichen.

„Dann mal schönen ersten Abend in Ihrer eigenen Burg!"

Gleich darauf war er verschwunden, und Laura schloss erleichtert die Tür hinter ihm. Endlich Ruhe! Sie schulterte ihren Rucksack und schleppte ihn hoch in das möblierte Schlafzimmer. Dort ließ sie sich auf die rustikale Tagesdecke des Bettes sinken. Es war erst sechs Uhr abends, doch sie war komplett erschöpft. Das war also Lars' Burg. Sie war sich noch nicht sicher, ob sie sie mochte. Aber es war wie immer, wenn man an irgendeinem neuen Ort ankam: Man musste ein Revier in Beschlag nehmen, um sich ein kleines Zuhause zu schaffen. Also hängte sie ihre Jacke an einen Haken neben der Tür, holte ihre warmen Socken und ihren Pyjama aus dem Rucksack, legte beides aufs Bett und steckte zuletzt das Ladegerät ihres Handys in die Steckdose neben dem Nachttisch. So, nun war dies unweigerlich ihr Zimmer.

Die Sandwiches aus der Küche – es war plastikverpackte Supermarkt-Ware, ein BLT und eines mit Curried Chicken – holte sie sich ebenfalls hierher und aß sie, ans Kopfkissen gelehnt, während sie auf Insta die neuesten Bilder abgelegener Urlaublocations durchscrollte. Sie fand, dass dies das Beste war, was sie aus diesem Tag noch machen konnte.

Kapitel 7

LAURA erwachte voller guter Vorsätze. Nur kurz duschen, frühstücken, und dann würde sie sofort ihre Aufgaben anpacken und alles in die Wege leiten. Je eher sie anfing, desto eher würde sie wieder abreisen können.

Aber schon das Badezimmer machte ihr einen Strich durch die Rechnung. Das Wasser, das aus der Dusche kam, war eiskalt und wurde auch nicht wärmer, als sie den Griff der Armatur auf *hot* drehte. Eine ganze Weile stand sie an die kalten Fliesen gedrückt da und ließ das Wasser laufen, aber auch nach etlichen Minuten blieb das Ergebnis eisig. Musste sie einen Boiler oder so etwas anschalten? Hatte Mick Duffy das gestern erwähnt? Laura ärgerte sich über sich selbst, weil sie ihm nicht besser zugehört hatte.

Sie wickelte sich in ein Handtuch und machte sich in Bade-Flipflops auf die Suche nach dem Heißwasserkessel. Sie fand ihn in einem kleinen Kämmerchen ziemlich weit oben an der Wendeltreppe. Er war kalt und gab keinen Mucks von sich, keine Gasflamme, kein leuchtendes Lämpchen oder sonst irgendein Lebenszeichen. Es gab einen Kippschalter, und Laura drückte auf gut Glück darauf, aber nichts passierte.

In diesem Moment klopfte es unten. Eine Klingel existierte nicht, das hatte sie gestern schon bemerkt, nur einer dieser altmodischen Türklopfer, und irgendjemand hatte ihn gerade betätigt.

„Ich komme!“, rief sie hektisch. Wo waren ihre Kleider? Ach ja, im Schlafzimmer. Sie hastete die Treppe hinunter und wäre in den Flipflops fast über die unebenen Stufen gestolpert. Rasch zog sie sich an und lief dann zur Tür, um sie zu öffnen.

Vor der Burg stand die Frau mit den meisten Sommersprossen, die Laura je gesehen hatte. Die kleinen braunen Flecken gingen über das ganze Gesicht, den Hals und sogar die Ohren, und sie waren dunkler als das mittelblonde lockige Haar, das zu einem flüchtigen

Pferdeschwanz zusammengebunden war. Die Frau mochte Ende zwanzig sein, und sie trug eine braune Papiertüte in der Hand.

„Hi, ich bin …“, sagte sie, und dann nannte sie einen Namen, den Laura nicht richtig verstand. Nisha? Der Nachname lautete Murphy, da war sie sich immerhin sicher.

„Laura Heller, hallo.“

Die Sommersprossige lächelte freundlich. „Ich habe gehört, dass du hier bist, und dachte, du brauchst vielleicht ein Frühstück.“ Damit streckte sie Laura die Tüte entgegen. „Sorry, dass ich so früh dran bin, aber ich arbeite in Kilfarosan im Heimatmuseum, und das macht um zehn Uhr auf.“

„Oh, danke.“ Laura nahm die Tüte erfreut entgegen. „Möchtest du hereinkommen?“, fragte sie zögernd.

Sie fühlte sich nicht gerade optimal gerüstet, hier Gäste zu empfangen, aber die Fremde sah nett aus – zu nett, um sie einfach so gehen zu lassen. In der dunklen, unwirtlichen Burg fühlte sich Laura allein. Es konnte nicht schaden, das Gemäuer mit etwas Leben zu füllen.

„Klar, gern! Ich war noch nie drin!“ Nisha blickte mit funkelnden Augen an der grauen Turmfassade hinauf, als sei das hier ein echtes Märchenschloss.

Laura führte sie in den Speisesaal und packte die Tüte auf dem großen Tisch aus. Sie enthielt eine Packung Toastbrot, ein Glas Marmelade, ein Päckchen Butter, eine Plastikflasche mit Milch, ein Päckchen Schwarztee und ein paar Bananen. Offenbar waren das nach Meinung der Sommersprossigen die Zutaten für ein perfektes Frühstück, und Laura war sehr dankbar. Die Sandwiches waren aufgegessen, und das Einzige, das Mick außerdem in den Kühlschrank gelegt hatte, waren ein paar Dosen Bier gewesen.

„Das ist so cool!“, meinte Nisha begeistert und sah sich in dem Raum um. „Als ich klein war, sind wir manchmal über den Zaun geklettert und haben versucht, in die Burg reinzukommen, aber es war immer abgeschlossen. Damals stand hier alles leer. Vor etwa fünfzehn Jahren hat ein Typ aus Dublin das Gebäude gekauft und fing an, es zu renovieren. Ich glaube, er wollte es als Ferienhaus nutzen. Er ist auch fast fertig geworden. Dann kam die Finanzkrise, und alle Arbeiten wurden gestoppt."

Prüfend blickte sie zu Laura, die gerade den Schrank nach Tassen und Tellern absuchte.

„Du bist aus Deutschland, richtig? Vielleicht hast du es gar nicht mitgekriegt, aber die Krise hat in Irland richtig hart zugeschlagen. In den Jahren davor wurde hier überall gebaut, allen ging es großartig. Sie nannten es den Celtic Tiger, jeder kaufte plötzlich Häuser oder Grundstücke, und wir fühlten uns wahnsinnig reich. Und dann, 2008 … Plötzlich konnte niemand mehr die Kredite bezahlen, und alles kam zum Erliegen. Den Typen aus Dublin haben wir nie wieder gesehen. Die meisten Handwerker blieben auf ihren Kosten sitzen." Sie legte fast zärtlich eine Hand auf die steinerne Wand gegenüber der Küchenzeile. „Nicht alle begrüßen es, wenn Investoren aus dem Ausland die hiesigen Immobilien aufkaufen, aber ich finde es toll, dass du hier bist."

„Ich habe nicht …", wollte Laura einwenden, doch Nisha unterbrach sie:

„Hey, lass dich davon nicht ärgern! Ich hätte das gar nicht sagen sollen, vergiss es einfach. Es geht uns wieder besser, die Leute investieren jetzt in alle möglichen neuen Wirtschaftszweige. Es hat nur niemand Geld übrig, um solche wundervollen alten Burgen zu renovieren."

„Na ja. Ich muss erst einmal prüfen, was alles gemacht werden muss." Laura hatte inzwischen einen Teekessel gefunden und den Herd angeschaltet. Zumindest der schien zu funktionieren. „Es gibt zum Beispiel kein warmes Wasser in der Dusche."

„Ich kann dir die Telefonnummer von O'Tooles Handwerksbetrieb raussuchen. Allerdings sitzt da Mary Donahue am Telefon und geht nie ran, wenn es klingelt. Sie ist schwanger und dauernd auf dem Klo, soweit ich weiß. Connor hat erzählt, dass Oisín Harlow neulich zehn Tage lang versuchte, sie anzurufen, als er krank war und seine Heizung tropfte. Es ist vermutlich besser, wenn du heute Abend in den Pub kommst und direkt mit Fred O'Toole sprichst."

„Okay." Laura war verwirrt von den vielen Namen und privaten Details.

„Und wegen des heißen Wassers – am besten fragst du Jack, ob du bei ihm duschen kannst, bis die Heizung repariert ist.“

„Wer ist Jack?“

„Dein nächster Nachbar, Jack O'Reilly. Hast du ihn noch nicht kennengelernt? Er wohnt zweihundert Meter hier die Straße runter. Er ist nett, bestimmt kannst du sein Bad benutzen.“

Der Kessel pfiff, und Laura goss das Wasser in zwei Tassen mit Teebeuteln. Der blumige Duft nach schwarzem Tee durchzog den klammen Raum. Es war, als würde die Burg selbst den Geruch genüsslich in sich aufnehmen – sie wirkte sofort ein bisschen wohnlicher.

Laura ergriff eine der Tassen mit beiden Händen. „Vielen Dank, dass du vorbeigekommen bist. Ehrlich gesagt: Ich wusste gar nicht, wo ich anfangen soll.“ Zaghaft lächelte sie ihre Besucherin an.

Nisha lächelte zurück und nippte an dem heißen Tee. „Ach, ehrlich gesagt war ich vor allem neugierig auf die Burg. Aber wenn ich helfen kann, gern.“

Laura fiel etwas ein. „Hattest du nicht gesagt, dass du in einem Museum arbeitest? Ich möchte für künftige Mieter eine Liste mit Sehenswürdigkeiten erstellen. Das Museum kann ich gleich darauf schreiben.“

Nun lachte die Sommersprossige amüsiert. „Na, ob unser Heimatmuseum so eine Sehenswürdigkeit ist? Die meisten Besucher sind Schulklassen aus der Umgebung. Es ist nicht besonders groß. Da gibt es in der Region viel Großartigeres.“

„Tatsächlich?“

Laura musste zweifelnd geklungen haben, und leicht gekränkt antwortete Nisha: „Mir ist die Gegend ziemlich vertraut.“

Auf keinen Fall hatte Laura ihren Gast beleidigen wollen. „Es wäre toll, wenn du mir ein paar Tipps geben könntest. Ich kenne hier nichts und niemanden und bin wirklich froh, wenn du mir ein bisschen hilfst.“

Nisha nickte nachdenklich. „Warst du schon auf dem Dach?“

„Auf dem Dach?“

„Ja, oben auf dem Turm. Es muss doch eine Möglichkeit geben, auf das Dach zu kommen.“

Die beiden Frauen sahen sich an und fingen gleichzeitig an zu grinsen.

„Los, wir schauen nach!“ Laura winkte Nisha, ihr zu folgen, und lief im nächsten Moment schon die Treppe hinauf.

Ganz oben am Ende der steinernen Wendeltreppe befanden sich ein paar Holzstufen und dahinter eine sehr schmale Tür. Sie klemmte, und Laura dachte erst, sie wäre abgeschlossen, aber dann gab sie doch mit einem Quietschen nach, und zu zweit traten sie ins Freie.

Der Eindruck der Weite war atemberaubend. Durch den gestrigen Regen hatte Laura noch nichts von der Landschaft gesehen. Heute war es zwar bewölkt, aber die großen, schweren Wolken zogen vom Wind getrieben über die Landschaft hinweg. Da und dort drang das Licht der Sonne hindurch und teilte das grüne Land in helle und dunkle Bereiche ein. Die Luft war klar, und man konnte weit über die sanften Hügel blicken, zwischen denen sich kleine Ansammlungen von Häusern zu Dörfern gruppierten. Schafe, wie winzige Abbilder der Wolken, betupften grüne Weiden. Bruchsteinmauern zogen in unergründlichen Mustern Linien durch die Landschaft. Und irgendwo im Westen, wo der Himmel heller und die Wolken weißer waren, begann das Meer.

Laura atmete tief durch. Das hier war schön. Es gab keine Lavendelfelder und keine bunte Blütenpracht, wie es sie um diese Zeit am Mittelmeer gegeben hätte, es war ganz anders als all das, und dennoch wirkte es märchenhaft und großartig.

Nisha zeigte nach Osten. „Da siehst du Kilfarosan“, meinte sie.

Nicht weit von der Burg entfernt war das Dorf zu erkennen. Es zog sich, wie Laura schon auf dem Satellitenbild gesehen hatte, entlang einer kurvigen Straße. In der Mitte befand sich ein kleiner grauer Kirchenbau, an den sich ein Friedhof anschloss. Die meisten Häuser waren weiß und hatten grau oder schwarz gedeckte Dächer.

„Siehst du das grüne Haus dort? Das ist das *Kilfarosan Arms*, unser Pub. Nach der Kirche das wichtigste Haus, noch vor meinem Museum“, meinte Nisha gut gelaunt.

„Und wo ist das Museum?“

„Am anderen Ende des Dorfes, das flache Haus ganz hinten."

Im Norden und Osten wurde die Landschaft grauer. Laura versuchte zu erkennen, was sich dort befand, und Nishas Blick folgte ihrem.

„Das ist der Burren."

„Was ist der Burren?" Sobald Laura die Frage ausgesprochen hatte, wurde sie ihr peinlich. Sie hätte sich wirklich besser vorbereiten sollen! Aber überrumpelt von den Plänen ihres Bruders und immer noch gelähmt von der Arbeitslosigkeit hatte sie sich kaum über die Gegend informiert, in die sie gereist war.

Falls Nisha überrascht war, ließ sie es sich zumindest nicht anmerken. „Burren heißt übersetzt ‚steiniger Ort'. Es ist eine Karstlandschaft, unser hiesiger Nationalpark. Es gibt zahlreiche Höhlen, Ruinen und megalithische Anlagen."

„Von hier aus sieht es ziemlich kahl aus", bemerkte Laura.

„Der Boden besteht hauptsächlich aus Kalkstein", erklärte Nisha, während sie Laura zu beobachten schien. „Oliver Cromwell, der englische Lordprotektor, soll gesagt haben: ‚Kein Baum, an dem man einen Mann aufhängen, kein Tümpel, worin man ihn ersäufen, keine Erde, in der man ihn verscharren könnte.'"

„Klingt ja verlockend."

Nisha lachte wieder. Sie schien überhaupt gern zu lachen. „Tatsächlich ist es eine wundervolle Wandergegend. Und es gibt dort etliche Sehenswürdigkeiten für deine Liste."

„Tja, dann muss ich wohl dort auch einmal hin", meinte Laura wenig begeistert, „sobald sich die Handwerker hier an die Arbeit gemacht haben."

„Ich kann dir gern die Gegend zeigen. Donnerstagnachmittag habe ich frei. Wenn du möchtest, hole ich dich ab und fahre dich ein bisschen herum. So, jetzt muss ich aber gehen. Wie gesagt: Komm am besten heute Abend in den Pub, dann lernst du alle kennen, die du hier kennen musst. Unter anderem meine Großmutter – ihr gehört der Pub. Du bekommst da auch ein Abendessen, wenn du willst. Bestell einfach das Tagesessen, es ist eigentlich immer gut."

„Wirst du auch dort sein?“, fragte Laura hoffnungsvoll. Es wäre viel leichter, in eine fremde Gaststätte zu gehen, wenn sie dort eine Verabredung hätte. Gern eine Verabredung mit Nisha.

„Heute nicht, ich bin mit einer Freundin in Ennistymon verabredet. Keine Sorge, hier in Irland lernt man in einem Pub schnell die Menschen kennen.“

Das klang ermutigend. „Prima, dann werde ich dort vorbeischauen.“

Nisha verschwand durch die schmale Tür nach unten. Laura trat an die Brüstung – ein ungleichmäßiger Zickzack aus Zinnen und Mauersteinen – und konnte beobachten, wie die junge Frau unten in einen Kleinwagen stieg und über den Feldweg davonbrauste.

Nach diesem Besuch fühlte sich Laura deutlich besser als zuvor. Sie ging zurück in den Speisesaal, schaffte es, einen Toaster zu finden, und saß schon ein paar Minuten später bei einem gemütlichen Frühstück an dem großen Holztisch. Der Duft des gerösteten Brotes hatte aus dem großen Saal endgültig ein passables Esszimmer gemacht. Rundherum gesättigt fühlte sie sich sogar wohl genug, um endlich wieder etwas in der Chat-Gruppe zu schreiben. Sie stieg noch einmal auf das Dach, machte rasch ein Foto von dem Blick in Richtung Meer und textete: *Alles gut bei mir! Habe einen neuen Job: Bin in Irland und renoviere eine Burg.*

Das entsprach zwar nicht ganz der Wahrheit, aber es klang hoffentlich cool genug, um die Mitleidsbekundungen der alten Schulkameradinnen zu stoppen.

Immer noch ungeduscht, doch voller Energie machte sie sich dann an die Arbeit. Mit Block und Stift ging sie von einem Zimmer zum anderen. Was war alles zu tun? Der Heißwasserkessel musste repariert werden. Zwei der Schlafzimmer waren noch in ihrem Rohzustand. Offenbar waren hier Elektriker am Werk gewesen, denn die Kabel waren alle verlegt, aber es fehlten noch die Lichtschalter und Steckdosen. Außerdem würde man die Wände streichen müssen. In mehreren Zimmern fehlten die Lampen, und Teppiche gab es gar keine.

Nachdem sie mit ihren Überlegungen so weit gekommen war, fiel ihr ein, dass es vermutlich sinnvoll war, wenn sie sich zuerst um ihre eigenen Bedürfnisse kümmerte. Sie brauchte Vorräte und eine ordentliche Küchenausstattung – im Moment gab es hier außer Toaster und Wasserkocher nur ein paar nicht zusammenpassende Tassen und zwei oder drei ältliche Töpfe mit unebenem Boden, die vermutlich irgendjemand – Mick? – aussortiert hatte und der zweifelhaften Meinung war, dass kaputte Töpfe immer noch besser waren als gar keine Töpfe.

Und sie hatte nicht einmal ein Auto, um einkaufen zu fahren! Am besten wäre es gewesen, wenn sie direkt am Flughafen einen Mietwagen genommen hätte. Sie hätte einfach hinter Mick herfahren können. Hätte, hätte, Fahrradkette … Wenn sie ehrlich war, fürchtete sie sich ein bisschen vor dem Linksverkehr, aber irgendwann würde sie sich dieser Angst stellen müssen. Nur – wo sollte sie hier mitten im Nirgendwo ein Fahrzeug herbekommen?

Schließlich räumte Laura den großen Rucksack komplett leer, schulterte ihn und machte sich zu Fuß auf den Weg zum Dorfladen. Die Straße war sehr schmal, und jedes Mal, wenn ihr ein Auto entgegenkam, musste sie auf die Böschung klettern, um Platz zu machen. Oft passierte das allerdings nicht. Zwischen der Burg und dem Dorf kam sie an einem einzigen Haus vorbei, einem sehr hübschen weißen Cottage mit dunkelbraun gestrichenen, altmodischen Fensterläden. Dies musste das Haus von Jack sein, jener Nachbar Jack, bei dem sie vielleicht duschen könnte. Der Name an der Tür lautete O'Reilly, aber der Carport neben dem Häuschen war leer, und auf ihr Klingeln hin öffnete niemand. Nun ja, sie hatte sich vorhin, so gut es ging, mit dem kalten Wasser gewaschen, das würde für heute reichen müssen.

Abgesehen davon war es ein hübscher Weg, und etwa eine Viertelstunde später stand sie vor dem Dorfladen. Laura kaufte ihre Vorräte normalerweise im Supermarkt ein. Sie hatte sich eine lange Liste geschrieben und wollte eigentlich alles in Ruhe zusammentragen. Aber so funktionierte das hier nicht.

„Guten Morgen, junge Dame“, sagte ein freundlicher älterer Herr hinter der Ladentheke.

An diese Anrede, *young lady*, hatte sie sich inzwischen schon fast gewöhnt.

„Sie sind die Deutsche von der Burg, richtig? Ich bin Oisín Harlow, aber nennen Sie mich ruhig Oisín, das tun alle. Was kann ich für Sie tun?“

Den Namen hatte Laura außen auf dem Ladenschild gelesen. „Oschin“, so sprach der Verkäufer ihn aus.

„Ich möchte ein paar Vorräte einkaufen“, sagte Laura, kramte ihre Liste hervor und schaute sich zweifelnd um. Der Laden schien ihr sehr klein. Sie würde mit den Basics anfangen. „Salz, Zucker, Spaghetti, Öl, Milch, Eier.“

„Kein Problem.“ Der ältere Herr stapelte die Sachen mit wenigen Handgriffen auf die Theke.

„Zwiebeln? Dosentomaten? Orangensaft? Käse?“, fuhr Laura fort.

„Cheddar hab ich in Scheiben oder im Stück.“

„In Scheiben, bitte.“ Zuversichtlicher geworden, ging Laura zu den anspruchsvolleren Punkten ihrer Liste über. „Haben Sie auch Glühbirnen? Und Fensterreiniger?“

„Ja, sicher. Es gibt bestimmt ’ne Menge zu tun dort oben, oder? Da haben Sie sich einen hübschen alten Kasten angelacht, wenn ich das so sagen darf.“

Laura war sich nicht sicher, ob das ironisch gemeint war, also fuhr sie einfach fort: „Führen Sie auch Küchenutensilien? Eine Bratpfanne, einen Pfannenwender, ein Schneidbrett?“

Es schien nichts zu geben, was der ältere Herr nicht aus irgendeinem Regal ziehen konnte. Währenddessen redete er munter weiter: „Die Burg stand viel zu lange leer. Wissen Sie, wir hier aus Kilfarosan wollten eigentlich, dass *An Taisce* das Gebäude übernimmt. Das ist die Organisation, die sich um unser Kulturerbe kümmert. Aber Ballylavorn Castle war natürlich nicht wichtig genug. Und jetzt wurde es nach Deutschland verkauft. Na ja. Was brauchen Sie noch? Einen Dosenöffner vielleicht?“

„Ja, genau.“ Der Dosenöffner hatte auf ihrer Liste gefehlt. Und weil es in dem Laden wirklich alles zu geben schien, fragte sie weiter: „Ein paar Teller und Besteck?“

„Haben wir da.“ Oisín holte tatsächlich einen Karton mit einem zwölfteiligen Essgeschirr aus einem der hinteren Schränke, und Laura sah fasziniert zu, wie er, ohne danach suchen zu müssen, auch noch eine kleine Kiste mit Essbesteck auf die Theke stellte.

„Was haben Sie sonst noch alles hier?“, fragte sie neugierig.

„Was immer die Leute brauchen. Ich kann Ihnen auch einen Werkzeugkasten verkaufen. Oder Fensterlack, falls Sie den benötigen.“

Die Fenster in der Burg hatten alle recht neu ausgesehen. „Wandfarbe?“

„Kein Problem.“ Der ältere Herr deutete in eine Ladenecke, in der tatsächlich einige Farbeimer standen, die Farbroller gleich daneben.

Zum ersten Mal fiel Laura ein, dass sie all diese Dinge ja zurücktragen musste. „Wenn ich es mir recht überlege, brauche ich die Wandfarbe heute noch nicht“, sagte sie rasch.

„Auch gut. Kommen Sie wieder, wann immer Sie wollen.“

Den Rucksack vollgestopft bis oben hin und mit einer Plastiktüte in jeder Hand trat Laura den Heimweg an. Ein leichter Nieselregen hatte eingesetzt, und der Rucksack drückte schwerer auf ihre Schultern als damals, als sie sich von einem Ex-Freund zu einer fünftägigen Hüttentour durch die Karawanken hatte überreden lassen. Nach dieser Reise hatte sie die Beziehung zügig beendet, und ihre Schultern hatten noch länger geschmerzt als ihr Herz, was vermutlich viel über diese Beziehung aussagte.

Sie war trotzdem recht gut gelaunt, als sie auf der Burg ankam. Nun war sie ausgerüstet, konnte sich ihre neue Unterkunft einigermaßen wohnlich herrichten und fühlte sich bereit für all die Herausforderungen, die sie erwarteten.

Kapitel 8

AM frühen Abend brach Laura auf, um zum Pub zu gehen. Im letzten Moment fiel ihr sogar noch ein, für den Heimweg eine Taschenlampe einzustecken, denn zumindest der erste Teil der Landstraße war unbeleuchtet. Auf dem Hinweg brauchte sie die Lampe nicht, weil noch genügend Tageslicht vorhanden war. Es war dennoch spannend und durchaus ein bisschen unheimlich, durch die Dämmerung über die regenfeuchte Straße zu gehen, hin zu einem Pub, in dem sie niemanden kannte. Einzelne Nebelfetzen zogen über Hügel und schienen an den Bruchsteinmauern hängen zu bleiben. Die Luft duftete nach feuchter Erde.

Das Dorf selbst wirkte still, aber das *Kilfarosan Arms* sah einladend aus: Helles Licht drang durch farbige Kassettenscheiben, und Laura konnte Musik und Stimmen hören, als sie vor der Tür innehielt, um Mut zu schöpfen. Vor dem Pub standen einige Bänke, die aus halben Baumstämmen gemacht waren, doch sie waren nass und unbesetzt. Eine Tafel wies darauf hin, dass man heute zwischen Colcannon und Seafood Chowder wählen konnte. Was um alles in der Welt mochte das sein? Auf jeden Fall wurde beides mit Soda Bread serviert.

Vielleicht wäre Laura noch länger vor der Tafel stehen geblieben und hätte gezögert, aber praktischerweise setzte der Regen wieder ein und gab ihr damit den nötigen Stoß. Sie öffnete die Tür und betrat das Pub.

Für einen Moment schienen sämtliche Gespräche zu verstummen, und nur die Musik, die aus einer Stereoanlage hinter der Bar kam, dudelte weiter. Laura fühlte etliche fremde Augenpaare auf sich gerichtet, während sie zum Tresen ging. Dahinter stand eine kleine, kräftige Frau mit grauem, dauergewelltem Haar und Brille, die ebenfalls zu ihr blickte. Sie sah in ihrer grauen Bluse mit dem Blumenmuster und dem dunklen Wollrock nicht wirklich aus wie eine Pub-Wirtin, eher hätte die Kleidung zu einer ältlichen Bibliothekarin gepasst oder zu der Direktorin einer Mädchenschule. Nicht, dass Laura jemals eine irische Mädchenschule gesehen hätte – so etwas kannte sie nur aus den Büchern, die sie als Kind gelesen hatte.

„Guten Abend“, sagte die Herrin des Pubs nicht laut, aber streng, und offenbar war in der Begrüßung eine Mahnung an die anderen Gäste mitgeschwungen, denn sofort wandten sich die meisten der Anwesenden ab und begannen wieder mit leisen Gesprächen.

„Laura, nicht wahr? Nisha meinte, dass du heute kommen würdest.“

Die Frau musterte sie von oben bis unten, und Laura fiel prompt ein, dass sie heute nicht geduscht hatte. Sie konnte förmlich die Stimme ihrer eigenen Mutter hören: *Du könntest auch mal wieder deine Haare waschen!* Aber natürlich sagte die fremde Frau nichts dergleichen.

„Chowder oder Colcannon?“, fragte sie nur. „Und was möchtest du trinken?“

„Chowder, bitte. Und ein Guinness“, meinte Laura schüchtern, in der Hoffnung, damit den örtlichen Geschmack zu treffen. Sie schob sich auf einen der Barhocker vor dem Tresen.

Die Frau schien zumindest befriedigt. „Kommt sofort.“

Während die Wirtin in die Küche ging, konnte Laura sich umschauen. Obwohl heute ein Wochentag war, war das Pub gut besucht. An der Theke saßen vier Männer und tranken Bier. In einer Ecke warfen ein paar Halbwüchsige Pfeile auf eine Dartscheibe. Das Spiel wurde von nichts als konzentriertem Schweigen der Teilnehmer begleitet. Auch die meisten Tische waren besetzt. Auf Reisen war es Laura immer leichtgefallen, neue Bekanntschaften zu machen, insbesondere dann, wenn sie selbst mit zwei oder drei anderen unterwegs gewesen war. Am einfachsten war es, mit einer kleineren Gruppe von Leuten ihres Alters Blickkontakt aufzunehmen, und wenn das geschehen war, konnte man ein paar Worte wechseln …

Heute war sie allein, und hier saßen überwiegend Gruppen von Menschen unterschiedlichen Alters beisammen – die jüngsten schienen höchstens sechzehn zu sein, den ältesten schätzte sie auf mindestens achtzig. Familien? Oder vielleicht Arbeitskollegen? Laura fühlte sich fremd in dieser Gesellschaft. Immer wieder blickte jemand zu ihr, aber niemand ging auf ihre Versuche des Blickkontaktes ein, und sie meinte, in den leisen Unterhaltungen die Wörter „Ballylavorn Castle" und „Deutschland" zu hören. Anscheinend wussten alle, wer sie war.

Die Wirtin kam wieder und baute die Mahlzeit vor Laura auf: ein Glas mit dem opaken schwarzen Getränk, eine Suppenschale mit einer cremigen Flüssigkeit und ein Körbchen mit drei kleinen Brotscheiben.

„Danke schön", murmelte Laura. Sie hatte seit zwei Tagen nichts Warmes gegessen und atmete den würzigen Suppenduft ein. Offenbar handelte es sich bei dem Seafood Chowder um eine Art Fischsuppe, und sie roch herrlich. Am liebsten hätte sie sich ganz und gar auf ihr Essen konzentriert, aber die Wirtin setzte sich ihr gegenüber an den Tresen.

„*Well, well*", sagte sie.

Laura wusste nicht recht, was für eine Antwort darauf erwartet wurde, darum sagte sie noch einmal „Danke" und kostete von der Suppe. Sie schmeckte nach Sahne und Fisch und schien unter anderem Shrimps und Miesmuscheln zu enthalten.

„Ich hoffe, du magst das."

„Sehr lecker", meinte Laura.

„Du musst das Brot dazu essen. Sonst wirst du nicht satt", meinte die ältere Frau in einem leicht missbilligenden Tonfall.

Eine schnippische Antwort lag Laura auf der Zunge. Aber da die Suppe wirklich gut und dies der einzige Ort war, an dem sie in fußläufiger Entfernung zur Burg ein warmes Essen bekommen würde, verzichtete sie darauf und schwieg. Für die Wirtin war die Unterhaltung allerdings noch lange nicht beendet.

„Was machst du denn beruflich, Laura?", fragte sie. Es klang eher nach Vorstellungsgespräch als nach Small Talk.

„Ich arbeite in der Tourismusbranche."

„Natürlich. Und du bist zum ersten Mal hier in der Gegend?"

„Ja."

„Ich bin übrigens Mrs Murphy."

Wie ein Echo kam der Name von einem der Männer an der Theke zurück: „Mrs Murphy, können wir noch eine Runde kriegen?"

„Halt die Klappe, Dónall, ich unterhalte mich gerade! Du kriegst dein fünftes Bier noch früh genug."

Der Mann brummte etwas, das wie eine Entschuldigung klang, und Laura wurde klar, dass hier offenbar Mrs Murphy entschied, wer wie viel zu trinken bekam und wann.

„Ungehobelte Leute." Mrs Murphy hatte sich ihr wieder zugewandt und sprach plötzlich in fast liebevollem Ton. „Aber ein Herz aus Gold, das wirst du schon noch merken."

„Bestimmt."

Da Mrs Murphy anscheinend nicht bereit war, das Gespräch zu beenden, beschloss Laura, wenigstens einen Nutzen daraus zu ziehen.

„Nisha sagte mir, dass ich im Pub auf Leute treffe, die Reparaturarbeiten auf der Burg übernehmen können. Ein Mr O'Toole?"

„Ja, sicher." Mrs Murphy wandte sich einem der Tische zu. „Fred! Wenn du dein Colcannon aufgegessen hast, beweg deinen faulen Hintern hierher! Die junge Dame will was von dir." Sie schien jeden hier beim Vornamen zu nennen.

„Komme gleich", nuschelte einer der Männer an dem Tisch mit vollem Mund. Mehr und mehr hatte Laura das Gefühl, in ein Familientreffen geraten zu sein und nicht in eine Gaststätte.

„Was hast du mit der Burg vor?", fragte Mrs Murphy und musterte Laura wieder.

Laura kratzte mit dem Löffel die letzten Reste der Suppe aus dem Teller. Die entstehende Pause war ein klitzekleiner Protest gegen dieses Verhör, bevor sie nachgab.

„Sie soll als Ferienimmobilie genutzt werden. Aber erst einmal braucht sie eine funktionierende Heizung und so weiter."

„Eine Ferienimmobilie. Wie Mick Duffy gesagt hat." Mrs Murphy wirkte unzufrieden, und Laura hatte das dringende Bedürfnis, die Pläne ihres Bruders zu rechtfertigen.

„Es soll ein wirklich schönes Ferienhaus werden, verstehen Sie, Mrs Murphy. Die alte Substanz soll wieder zum Leben erwachen."

Damit schaffte sie es tatsächlich, der Wirtin die Spur eines Lächelns zu entlocken.

„Na, immerhin kümmert sich überhaupt jemand darum. Dann hoffen wir mal das Beste."

Sie nickte Laura zu und begann, Bier für die geduldig wartenden Männer an der Theke zu zapfen. Das Gespräch war beendet, was offenbar die Erlaubnis an die Pub-Gäste beinhaltete, nun ebenfalls mit Laura sprechen zu dürfen. Ein paar der Theken-Männer prosteten ihr freundlich zu und rückten zu ihr auf, nachdem sie den Gruß höflich erwidert hatte.

„Du bist also die neue Lady von Ballylavorn“, sagte einer von ihnen grinsend, ein etwa Dreißigjähriger mit Bartstoppeln und hochgekrempelten Hemdsärmeln.

„Laura. Ich heiße Laura.“

„Lady Laura! Willkommen, Lady Laura!“, rief ein anderer, und alle brachen in Gelächter aus. „Mrs Murphy! Noch ein Bier für die schöne Lady Laura!“

Es war offensichtlich ein Scherz und nicht böse gemeint, aber Laura fühlte sich ziemlich unwohl zwischen den angetrunkenen Männern. Mrs Murphy schien das zu merken.

„Ärgert sie nicht, sie ist doch gestern erst angekommen“, tadelte sie.

„Wir ärgern sie doch gar nicht“, protestierte der Stoppelbärtige rasch, ging allerdings sofort auf Abstand.

Laura wollte der Wirtin ein dankbares Lächeln schenken, aber diese hatte sich bereits wieder ihren Zapfhähnen zugewandt. Glücklicherweise stand gleich darauf der Mann auf, den Mrs Murphy vorhin Fred gerufen hatte, verscheuchte die anderen Männer und setzte sich neben Laura, sein Glas in der Hand.

„Weg da, Jungs, die Lady und ich haben was zu besprechen. Fred O’Toole, freut mich, Sie kennenzulernen.“

„Laura Heller. Ah, Sie sind derjenige, der die Renovierung durchführen könnte?“ Laura war erleichtert, dass sie nun jemanden hatte, mit dem sie sich richtig unterhalten konnte.

„Ja, sicher. *O’Toole Hausbau und Renovierungen*, das bin ich. Würde mich freuen, wenn wir uns einig werden. Sie finden keinen Besseren. Und wahrscheinlich auch keinen anderen.“

Er lachte. O’Toole war ein Mann in den Fünfzigern mit kurzem grauem Haar, rötlichem Gesicht und kräftigen Armen. Er begann mit einer Aufzählung der Gewerke, die seine Firma übernehmen könnte, und Laura gab sich Mühe, ihm zu folgen. Er sah nicht unsympathisch aus, war aber schwer zu verstehen. Manchmal verschluckte er einen Konsonanten, doch das eigentliche Problem waren die Vokale. Laura war mit ihrem Schulenglisch bisher immer gut durchgekommen, aber in Freds Aussprache schlichen sich so viele unerwartete Vokale, dass sie pro Satz mindestens zweimal nachdenken musste, welches Wort gemeint war. Und nebenher quakte auch noch die Musik, irgendeine hektische, sehr irisch klingende Instrumentalmusik mit einer halsbrecherisch schnellen Geigenmelodie.

Als er zum Ende gekommen war, fragte sie schüchtern: „Vielleicht könnten Sie morgen einfach mal auf der Burg vorbeikommen und sich selbst anschauen, was dort getan werden muss?“

„Ja, sicher, junge Dame, und wir werden …“ Was er dann noch sagte, war nicht zu entschlüsseln.

Für einen Moment schloss Laura die Augen. In ihren Schläfen pochte es. Langsam wurde der Pub-Abend wirklich anstrengend. Sie musste irgendetwas unternehmen, um dieses geschäftliche Gespräch erfolgreich zu einem Ende zu bringen. Was würde Lars jetzt tun? Schließlich atmete sie durch und fragte dann laut:

„Mrs Murphy, könnten Sie bitte dieses schreckliche Gedudel leiser stellen?“

Mrs Murphy und die Männer an der Theke wandten sich ihr zu und starrten sie an. Für einen Moment war nur die Geige aus der Stereoanlage zu hören. Dann drehte sich die Wirtin um und drückte einen Knopf auf einer Fernbedienung. Die Musik brach ab.

„Hey, das ist ’ne Aufnahme von unserer Céilí-Band“, sagte einer der Männer beleidigt in die plötzliche Stille.

Laura beschloss, ihn zu ignorieren. „Um wie viel Uhr können Sie morgen kommen?“, fragte sie O’Toole energisch.

Der Mann schnaubte und schien einen Blick mit Mrs Murphy zu wechseln. „Wir schauen vormittags vorbei.“ Er nahm sein Glas und erhob sich.

Laura lächelte dankbar. Wenigstens ein Erfolg heute. Jetzt wollte sie nur noch raus hier, zurück zur Burg. Das Essen war gut gewesen, aber auf noch mehr Begegnungen mit der Dorfbevölkerung war ihr die Lust vergangen.

Allerdings ließ sich Mrs Murphy ziemlich viel Zeit damit, ihr eine Rechnung zu präsentieren. Erst zapfte sie in aller Ruhe noch einmal eine Runde Bier für zwei der Tische, dann versorgte sie die Theken-Männer mit Chipstüten, was sehr viele Diskussionen erforderte, obwohl es nur drei Sorten Chips zu geben schien.

Endlich wandte sich die Wirtin wieder Laura zu. Während Mrs Murphy umständlich das Wechselgeld herauskramte, fiel Lauras Blick auf ein Plakat, das neben der Kasse hing. *Céilí* stand darauf. Hatte nicht vorhin einer der Pub-Besucher dieses Wort benutzt, nachdem Laura sich über die Musik beschwert hatte? Offenbar schien es sich um eine Art Veranstaltung zu handeln.

Mrs Murphy folgte ihrem Blick. „Unser Céilí findet in vier Wochen statt. Bist du dann noch da?"

„Hoffentlich nicht", antwortete Laura aus tiefstem Herzen, ließ die Münzen in ihr Portemonnaie gleiten und floh aus der Kneipe in die kühle Abendluft.

Natürlich regnete es immer noch.

Kapitel 9

DER Regen hatte die Luft abgekühlt, und das Bett fühlte sich klamm an, als Laura erwachte. Sie konnte sich nicht überwinden, sich unter die eiskalte Dusche zu stellen. Stattdessen ließ sie das Waschbecken im Badezimmer mit kaltem Wasser halb voll laufen und goss einen Teekessel kochendes Wasser dazu. Damit konnte sie sich immerhin einigermaßen komfortabel die Haare waschen. *Erleben Sie ein authentisches Mittelalterflair mit Waschschüssel und Wasserkessel*, notierte sie im Geiste für die Reiseunterlagen. Sie würde sich gleich nach dem Frühstück aufmachen, um endlich ihren Nachbarn Jack abzupassen.

Immerhin war es trocken, als Laura vor die Tür trat. Sie beschloss, nicht den Weg an der Straße entlang zu nehmen, sondern direkt über das Grundstück zu gehen, das ja irgendwo an den Garten von Jack O'Reilly grenzen musste.

Die Entscheidung erwies sich als nicht besonders klug. Außerhalb der matschigen Fläche rund um den Turm war das Land hauptsächlich von Brombeer- und Weißdornhecken bewachsen. So nett es für die künftigen Besucher wäre, hier im August Brombeeren pflücken zu können, so lästig war das Gestrüpp, wenn man das Gelände für irgendetwas anderes nutzen wollte. Mehrfach musste Laura einen Umweg machen oder widerspenstige Ranken von ihren Jeans zupfen, bis sie zu dem Drahtzaun kam, der das Grundstück umgab.

Der Blick über den Zaun zeigte ihr das genaue Gegenteil des unwirtlichen Gebüschs auf ihrer Seite: einen hinreißenden, sehr ordentlich angelegten Garten, der sich hinter dem weißen Cottage, an dem sie gestern schon vorbeigekommen war, den Hang hinunterzog. Ein umfangreiches Kräuterbeet direkt am Zaun beherbergte so ungefähr alle Gartenkräuter, die Laura kannte, und etliche, die ihr unbekannt waren. Entlang der Hauswand wuchsen Rosensträucher, und ein kleiner Bach – vielleicht künstlich angelegt? – plätscherte über einige raue Steine, die die graue Landschaft des Burren widerzuspiegeln schienen. Steinstufen führten über eine Wiese zu einer Art Laube, in der Gartenmöbel und ein großer, moderner Gasgrill standen. An der Laube stand, Laura den Rücken zugewandt, ein Mann in Trekkinghosen, der gerade eine Gießkanne an einem Wassertrog füllte. Er trug ein beigefarbenes T-Shirt, das sehnige Arme freigab, und pfiff vor sich hin, während die Kanne volllief.

Das war Jack, der nette Nachbar, bei dem sie duschen konnte? Volltreffer! Laura fuhr sich rasch mit beiden Händen durch die Haare und zupfte ihr Hoodie zurecht. Dann rief sie halblaut: „Hallo!“

Der Mann drehte sich um, und das angenehme Gefühl in ihrer Herzgegend, das sein Anblick geweckt hatte, erstarb so schnell, wie es gekommen war. Sie kannte diesen Typ. Es war der Mann mit den grünen Augen, dem sie versehentlich am Flughafen den Rucksack weggenommen hatte. Und zu dem sie so unfreundlich gewesen war. Wie peinlich!

Der Mann stellte die Gießkanne ab und kam mit einem freundlichen Lächeln auf sie zu.

„Hallo! Sie müssen Laura Heller sein.“

Innerlich atmete Laura auf. Offenbar hatte er sie nicht wiedererkannt. Dann stand einer vielversprechenden Nachbarschaft ja nichts entgegen.

„Ja, das bin ich. Jeder hier scheint schon meinen Namen zu kennen“, meinte sie verlegen.

„Das kann ich mir vorstellen. Mick Duffy ist nicht gerade von der verschwiegenen Sorte. Das sind wohl die wenigsten im Dorf.“ Er streckte eine gebräunte Hand über den Zaun, die sich warm und sehnig anfühlte, als sie sie schüttelte. „Jack O’Reilly.“ Dann blickte er ihr zum ersten Mal richtig ins Gesicht und runzelte die Stirn. „Kennen wir uns nicht?“

„Äh, keine Ahnung.“ Laura wurde rot. Sie selbst hatte Jack sofort wiedererkannt, weil er ihr zuvor beim Warten auf das Gepäck schon aufgefallen war, aber er hatte sie doch wohl bloß ein paar Sekunden angeschaut?

„Doch, sicher. Am Flughafen“, meinte er trocken. „Sie hatten unser Gepäck verwechselt.“

„Ach, Sie waren das?“ Laura fand selbst, dass das nicht sehr glaubwürdig klang, aber darauf kam es jetzt wohl nicht mehr an. Auf keinen Fall würde sie Jack fragen, ob sie seine Dusche benützen konnte! Das wäre ihr viel zu peinlich. Gar nicht so sehr, weil sie den falschen Rucksack vom Gepäckband genommen hatte, sondern vor allem, weil sie so patzig gewesen war. Er musste sie unweigerlich für eine dumme Zicke halten.

„Tut mir leid, das war eine Verwechslung.“ Sie versuchte, so neutral wie möglich zu klingen. „Wie dem auch sei, ich wollte mich nur kurz vorstellen.“

Er nickte. „Dann wohnen Sie jetzt hier in der Burg?“, fragte er höflich.

„Für eine Weile auf jeden Fall“, meinte sie. „Aber ich will Sie nicht weiter stören.“

„Sie stören nicht. Ich gieße nur gerade die Pflanzen, bevor ich zur Arbeit gehe. Heute soll es nicht regnen.“

„Ah ja. Na dann. Einen schönen Tag noch!“ Laura drehte sich weg, machte ein paar Schritte, merkte, dass er eigentlich noch höflich Konversation hatte machen wollen, drehte sich wieder zurück, winkte unbeholfen im Gehen, um nicht ganz so abweisend zu wirken, fand sich selbst albern, drehte sich noch einmal weg und musste dann einer Brombeerhecke ausweichen, die aus unerfindlichen Gründen eben noch nicht an dieser Stelle gewesen war. Dieser Jack machte sie nervös.

Halb hoffte sie, dass die Handwerker bereits vor der Tür standen, als sie zurück zur Burg ging. Dass Fred O’Toole und seine Gefolgschaft ungeduldig darauf warteten, ihre Arbeit aufzunehmen, neben ihnen irgendein großer, mit albernen Werbesprüchen bedruckter Transporter voller Werkzeuge, Kabel und Putzeimer. Aber der Vorplatz war leer. Laura kochte sich noch eine Tasse Tee und wartete. Und wartete. Und wartete. Es wurde zehn Uhr, es wurde elf Uhr, es wurde Mittag. Der Taxifahrer am Flughafen fiel ihr ein. Was mochte O’Toole mit „vormittags“ gemeint haben? Sie fing an, eine Liste mit den Lampen, Möbeln und Teppichen zu erstellen, die sie besorgen musste, um das Gebäude weiter einzurichten. Aber sie arbeitete halbherzig, denn es wäre ohnehin unpraktisch, die Burg mit neuen Möbeln vollzustellen, solange die Handwerker noch bei der Arbeit waren.

Zwischendurch rief Lars an. „Und, wie geht es meiner Burg?“, fragte er. Vermutlich war er im Auto unterwegs zu irgendeinem Kundentermin, Laura konnte im Hintergrund das Rauschen einer Autobahn hören. Er telefonierte gern beim Autofahren.

„Prima. Ich warte gerade auf die Handwerker, die sich für heute angekündigt haben.“ Das stimmte. Sie hatten sich angekündigt, nur erschienen waren sie nicht.

„Klasse! Ist es cool da? Der Blick vom Dach, den du geschickt hast, sieht toll aus.“

„Supercool“, meinte Laura schwach.

„Na dann! Ah, da kommt meine Ausfahrt. Halt mich über die Renovierung auf dem Laufenden, okay? Tschüss!“

Und weg war er.

Laura wartete weiter. Endlich, kurz nach drei, klopfte es.

„Endlich kommen Sie!“, wollte Laura rufen, als sie die Tür öffnete, aber davor stand nur Nisha mit ihren vielen Sommersprossen und lächelte sie an.

„Oh! Hallo, Nisha.“ Es klang ziemlich enttäuscht, also fügte Laura erklärend hinzu: „Ich dachte, es wäre Fred O’Toole. Komm doch rein.“

„Mit Fred kann ich leider nicht dienen. Ich bin für heute fertig mit der Arbeit und wollte dir anbieten, mit mir an den Strand zu fahren.“

„An den Strand?“ Mit gerunzelter Stirn blickte Laura zum Himmel. Ausnahmsweise regnete es nicht, aber wenn sie an einen Strand dachte, dann gehörten eine strahlend warme Sonne und knallblauer Himmel dazu, und beides war definitiv nicht vorhanden.

„Ja, es ist doch angenehm heute.“ Nisha ließ sich nicht so schnell entmutigen.

„Ich warte auf O’Toole. Er sagte gestern, dass er heute vorbeikommen will.“

„Tatsächlich? Ich habe seinen Wagen vorhin in Richtung Kilshanny fahren sehen. Außerdem ist es schon fast halb vier. Der taucht heute sicher nicht mehr auf.“

Laura blickte auf die Uhr und seufzte. „Vermutlich hast du recht. Aber ich will kein Risiko eingehen. Ein andermal sehr gern.“

„Wie du möchtest.“ Nisha klang ein wenig enttäuscht.

Auf die Irische See hatte Laura wirklich wenig Lust, aber sie wollte auf keinen Fall, dass Nisha schon wieder ging. Es war nett von ihr, hier vorbeizukommen.

„Wir setzen uns gemütlich aufs Dach und trinken zusammen was, was hältst du davon? Ich mach uns Tee. Oder wir trinken ein Bier – Mick Duffy hat Dosenbier in meinen Kühlschrank gelegt.“

Nisha schien sich zu freuen. „Das klingt auch gut. Erst den Tee, vielleicht später das Bier.“

Laura brühte zwei Tassen Tee auf und trug sie die steile Treppe hoch auf das Turmdach. Außerdem holte sie zwei Sofakissen aus dem vollgestopften Rittersaal – sie waren historischen Samtkissen nachgebildet, aber man sah ihnen deutlich den hohen Kunstfaseranteil an –, damit sie es sich gemütlich machen konnten. An die Zinnen gelehnt, jede mit einer Tasse Tee in der Hand, sahen sie den hellgrauen Wolken zu, die träge über die grüne Landschaft hinwegzogen.

„Bist du hier geboren?“, fragte Laura.

„Ja, in Kilfarosan. Sogar direkt im Dorf. Meine Familie lebt seit Ewigkeiten hier – auf jeden Fall so lange, wie die Kirchenbücher zurückreichen.“

Laura war sich nicht sicher, ob sie es beeindruckend oder eher abschreckend fand, wenn eine Familie schon derartig lange in einem so kleinen Dorf lebte.

„Und du wolltest nie weg?“, fragte sie vorsichtig weiter.

Nisha lachte. „Du hältst mich für einen *culchie*, oder?“

Das Wort kannte Laura nicht, aber sie nahm an, dass es abwertend gemeint war. „Nein, nein! Äh. Was ist das genau?“

„*Culchies* sagen die Leute in Dublin zu denen, die auf dem Land leben, in dümmlichen Dialekten reden und von nichts eine Ahnung haben außer davon, wie man Kartoffeln anbaut und Schafe schert. Keine Kultur, keinen Style. So ungefähr.“

„Ich verstehe. Aber du bist das bestimmt nicht, du arbeitest ja immerhin in einem Museum.“

Nisha lehnte ihren Kopf gegen die Mauersteine. „Als ich aus der Schule kam, wollte ich unbedingt weg von hier. Ich habe in Leeds Kunstgeschichte studiert, mit Auslandssemestern in Madrid und St. Petersburg.“

Laura blickte ihren Gast mit großen Augen an. Sie hatte Nisha nicht gerade für einen *culchie*, für ein Landei, gehalten, aber ganz bestimmt auch nicht für eine weit gereiste Weltbürgerin.

„Warum bist du dann wieder hier gelandet?“, fragte sie vorsichtig.

„Vor drei Jahren wurde bei meiner Mutter Brustkrebs festgestellt. Damals hatte ich gerade eine Trainee-Stelle in einer Galerie in New York angetreten. Es war ein absoluter Traumjob. Ich dachte, ich habe es geschafft, und mir steht die Welt offen. Dann kam die Diagnose, und mir war gleich klar, dass ich lieber bei ihr sein wollte, während sie durch die Chemo ging. Also habe ich gekündigt. Mr Boyd, der hier schon seit Jahr und Tag das Museum geleitet hat, hat sofort durchgesetzt, dass ich eine Teilzeitstelle bekam. Das ließ mir genug Zeit, mich auch noch um meine Mom zu kümmern.“

„Was ist mit deiner Mutter? Ich meine …“ Konnte man fragen, ob sie noch lebte? Laura war sich nicht sicher.

„Es war eine harte Zeit, aber inzwischen geht es ihr besser. Sie wird engmaschig überwacht, und im Moment gilt sie als geheilt.“

Laura nickte halb mitfühlend, halb bewundernd. „Es tut mir leid, dass du deinen Traum aufgeben musstest.“

Nisha lächelte verlegen. „Wenn ich ehrlich bin, habe ich mich immer zurückgesehnt. Es war großartig, in anderen Ländern zu leben. In meinem Herzen wusste ich allerdings die ganze Zeit, dass ich irgendwann heimkehren würde. Ohne die Krankheit meiner Mutter wäre es vielleicht zwei Jahre später passiert, aber viel länger wäre ich sicher nicht fortgeblieben.“

Laura runzelte die Stirn, und Nisha bemerkte es und fuhr fort: „Die Luft schmeckt einfach anders als in den großen Städten. Atme einmal tief ein – sogar bis hierher kannst du das Meer riechen. Merkst du es? Der Gesang der Möwen, die rauen Konturen des Burren, die Wolken, die tief über das Land ziehen … Hier bin ich zu Hause.“

Laura nickte still. Als so großartig hatte sie die Landschaft bisher nicht erlebt, aber die Wärme, mit der Nisha sprach, machte es leicht, ihre Gefühle nachzuempfinden. Vielleicht war genau das die Wirkung, wenn eine Familie lange an einem Ort lebte – man wurde unwillkürlich ein Teil davon. Ja, Nisha gehörte hierher wie die grünen Hügel selbst.

„Und jetzt hätte ich doch gern ein Bier, glaube ich", sagte Nisha abschließend, und Laura beeilte sich, die Dosen aus dem Kühlschrank aufs Dach zu holen.

Sie saßen den ganzen restlichen Nachmittag auf dem Burgdach, aßen Käsesandwiches, tranken das Dosenbier und sahen zu, wie sich die Sonne, die dann und wann durch die Wolken strahlte, langsam dem Horizont näherte. Erst als sie tief über der rot und golden glitzernden See stand und es auf dem Burgdach kalt wurde, verabschiedete sich Nisha. Als Laura an diesem Abend ins Bett ging, war zwar die Burg kein bisschen weiter renoviert, aber ihr Herz fühlte sich leichter an als in all den Wochen davor.

Kapitel 10

LEA, Lisa, Lena 1 und Lena 2 standen vor der Burg. „Auf keinen Fall kann Laura Rapunzel sein“, sagte Lisa. „Erstens sind ihre Haare zu kurz, und zweitens sind Prinzen ausgestorben.“ Lea, die komischerweise einen von Lars’ Business-Anzügen trug, fragte ungeduldig: „Ich dachte, wir sind hier für eine Whisky-Verkostung?“ Lena 1 klopfte gegen die Mauer. „Total baufällig!“, meinte sie kritisch. „Diese Wand stürzt fast ein. Kein Wunder, dass sie Laura zur Strafe hier eingesperrt haben.“ Sie klopfte noch einmal gegen die Wand, so stark, dass sich ein paar Steine lösten und abbröckelten. „He, mach nicht alles kaputt!“, wollte Laura rufen, musste jedoch feststellen, dass sie ganz oben auf dem Dach saß und verzweifelt versuchte, ihre schulterlangen Haare zu einem Zopf zu flechten. Es musste ein langer Zopf werden, falls der Prinz kam, aber ihre Haare waren wirklich viel zu kurz und verhedderten sich dauernd … Lena klopfte noch einmal, diesmal noch fester, und in dem Moment, als Laura ernsthaft Angst bekam, dass gleich die ganze Burg einstürzen würde, merkte sie, dass sie aufwachte, weil unten jemand zum wiederholten Mal an die Tür geklopft hatte.

Es war halb neun, wie sie feststellte. Sie musste geschlafen haben wie ein Stein. Nun sprang sie aus dem Bett, rief „Ich komme!“ aus dem schmalen Fenster und zog sich in aller Eile an.

Vor der Tür stand Fred O’Toole, und er hatte zwei seiner Angestellten mitgebracht, die hinter ihm her in die Burg drängten.

„So, junge Dame, dann wollen wir uns das Malheur mal anschauen“, brummte er, und die drei schwärmten aus. Laura stolperte die Treppe hoch hinter ihnen her.

„Vielleicht könnten Sie zuerst einen Blick auf den Heißwasserkessel werfen …?“

„Zwei der Schlafzimmer sind noch nicht fertig ausgebaut, hat Connor gesagt. Richtig, Connor?“

Der ältere der beiden Männer, die O'Toole begleiteten, knurrte etwas, das Laura nur vage als Zustimmung deuten konnte.

„Liam, du misst aus. Und schreib auf, welche Stecker und Schalter noch gebraucht werden."

Liam, der Jüngste in der Runde, ein gut aussehender Kerl mit schwarzem Haar und Jeans, zückte wortlos einen Meterstab und ging in das untere, komplett leere Schlafzimmer, während die beiden anderen weiter die Treppe hochstapften.

„Wir verwenden die gleichen Farben und Materialien wie in den anderen Zimmern, nicht wahr?" O'Toole schritt selbstsicher voran.

„Na ja", warf Laura ein, „ich fände es auch nicht schlecht, wenn ein Zimmer vielleicht hellgelb und eines blassgrün …"

„Wenn Sie viel Schnickschnack wollen, wird es teurer", meinte O'Toole streng und blieb am zweiten Zimmer stehen.

„Das macht nichts." Zahlen würde sowieso ihr Bruder. „Besonders wichtig wäre mir allerdings erst mal das Heißwasser!"

„In diesem Zimmer fehlt auch noch die Elektrik. Connor?"

Connor brummte wieder etwas, das Laura nicht verstand.

„Meinst du?", fragte O'Toole.

Ein weiteres Grummeln von Connor.

„Na dann. Kabelkanäle und anschließend ein Glattputz drüber. Das haben wir im Handumdrehen gemacht, keine Sorge."

„Wegen des heißen Wassers …"

„Alles zu seiner Zeit, *honey*. Alles zu seiner Zeit. Brauchen Sie eine Deckenlampe in diesem Zimmer?"

„Auf jeden Fall." Laura fühlte sich ziemlich überfahren von O'Tooles Vorgehensweise.

„Alles klar. Die Jungs messen hier rasch alles aus, und dann sind wir schon wieder weg für heute."

Er wollte sich an ihr vorbei zur Treppe drängen, aber diesmal blieb sie einfach stehen. Es schien die einzige Möglichkeit zu sein, ihn zum Zuhören zu bewegen. „Bevor Sie gehen, könnten Sie noch einen Blick auf den Heißwasserkessel werfen? Bitte, Mr O'Toole!"

Das – die flehentliche Bitte kombiniert mit der Blockade der Tür – schien endlich zu wirken.

„Was ist denn mit dem Heißwasser, Schätzchen?"

„Es gibt keines." Sie deutete in Richtung der kleinen Kammer, und er folgte ihr mit einem Seufzer, der vermutlich so etwas bedeutete wie: Die Arbeit wäre viel einfacher, wenn diese Kundinnen nicht wären.

Nach kurzer Inaugenscheinnahme des Heizkessels rief er wieder nach Connor, und die beiden berieten sich in ihrem unverständlichen Genuschel.

„Alles klar. Dann fahren wir jetzt weiter", schloss O'Toole die Besprechung.

„Können Sie das reparieren?", fragte Laura.

„Gibt nichts, was wir nicht reparieren können", meinte er jovial, „nicht wahr, Connor? Wird auch nicht lange dauern. Kann nur sein, dass es nicht billig wird. Liam, bist du fertig?"

Liam kam aus dem Schlafzimmer, und das Trüppchen polterte die Treppe hinunter.

„Wie geht es weiter? Schreiben Sie ein Angebot? Wann können Sie anfangen? Das Heißwasser wäre am dringendsten."

„Sicher, kommt alles, junge Dame. Das kriegen wir hin, wird höchstens ein paar Tage dauern, sagte ich doch. Los, Jungs, wir müssen weiter!"

„Aber …" Bevor Laura einfiel, was sie noch sagen wollte, waren die drei in den Transporter gestiegen, und O'Toole lehnte sich noch einmal aus dem Fahrerfenster. „Nächsten Montag geht es weiter, da haben Sie mein Wort drauf. Vielleicht auch schon am Freitag. Aber da muss ich erst mal sehen …"

Und dann fuhr der Wagen los, ohne dass Laura erfuhr, was er erst mal sehen musste. Mit dem unbestimmten Gefühl, versagt zu haben, blieb sie in der Tür stehen. Die Handwerker waren zwar hier gewesen, doch weder hatte sie jetzt eine genauere Vorstellung vom Zeitplan, noch war sie sich sicher, ob sie tatsächlich ein schriftliches Angebot bekommen würde. Ihr Bruder hätte sich vermutlich nicht so vage abfertigen lassen. Er hätte O'Toole so lange in der Burg festgehalten, bis er eine Kostenschätzung und eine klare Zusage zur Zeitplanung erhalten hätte. Von kaputten Heizkesseln hatte er ebenso wenig Ahnung wie sie, aber er hätte von den Handwerkern mehr Auskünfte erfragt und auch bekommen. Ihr fehlte einfach die Autorität für solche Aufgaben!

Genau in diesem Moment piepte ihr Handy. Es war der L-Chat, und Laura fiel der Traum von heute Morgen wieder ein. Es kamen glücklicherweise keine weiteren Mitleids-Smileys, sondern nur ein kurzes Video von Lillys Kind, das eine Handvoll Legosteine in Richtung Kamera warf. Erleichtert postete Laura den für diese Videos reservierten Standard-Smiley mit Herzchen über den Augen und packte das Handy wieder fort.

Das Gefühl der Zerknirschung blieb, bis ihr einfiel, dass Nisha heute Nachmittag mit ihr ans Meer fahren wollte. Sie nahm zwar an, dass die Irische See ihre persönlichen Anforderungen an einen hübschen Strand nicht erfüllen würde, aber seit gestern war sie sich sicher, in der sommersprossigen Irin eine Freundin gefunden zu haben. Bestimmt würde der Ausflug Spaß machen.

Einigermaßen gut gelaunt machte sie sich an die einzige Arbeit, die sie sinnvollerweise erledigen konnte, bevor die Handwerker anfingen: Sie mistete den Rittersaal aus. Einen Teil der Stühle konnte sie in den anderen Zimmern verteilen, die ganz klapprigen schaffte sie mit einiger Mühe die Treppe hinunter und stapelte sie vor der Tür. Wie man hier Sperrmüll entsorgte, musste sie noch herausfinden. Die Ritterrüstungen durften bleiben und das Kaiserin-Josephine-Sofa vorerst auch, denn obwohl es historisch kein bisschen in den Raum passte, hatte es sich als sehr bequem erwiesen. Die Waffen? Wenn die Burg als Ferienhaus an Familien vermietet wurde, durfte nichts Gefährliches an den Wänden hängen, doch die Schwerter waren ohnehin stumpf. Laura notierte auf ihrer Liste, dass sie fest an der Wand montiert werden müssten, damit man sie nicht einfach so herunternehmen könnte. Die besonders scheußlichen Deko-Elemente stopfte sie in eine Mülltüte. Als der Nachmittag kam, war sie zwar noch nicht fertig, aber der Rittersaal sah schon deutlich einladender aus, und die beiden Ritterrüstungen kamen viel besser zur Geltung. Laura taufte sie Bono und Pierce, nach den zwei erstbesten irischen Prominenten, die ihr einfielen. Bono hatte den schickeren und besser erhaltenen Helm. Dafür stützte Pierce seine Hände auf eines der

Schwerter, was ihm ein sehr wehrhaftes Aussehen verlieh. Laura war sich nicht sicher, welchen von beiden sie lieber mochte.

Danach packte sie Sandwiches und etwas zu trinken für den Nachmittag ein. Badeanzug und ein Handtuch? Nein! Auf keinen Fall würde sie in das bitterkalte Wasser steigen.

Pünktlich um halb drei klopfte Nisha an die Tür. Laura stand schon bereit, und sie kletterten beide in das kleine Auto.

„Ich freu mich richtig auf unseren Ausflug“, begann Laura das Gespräch. „Danke noch mal, dass du mich mitnimmst. Ich muss irgendwo ein Auto auftreiben, damit ich hier mobiler bin.“

„Es gibt auch einen Bus“, bemerkte Nisha, „alle halbe Stunde. Du kannst direkt vor dem Tesco aussteigen – oder weiterfahren bis Ennistymon. Von dort kommst du überall hin.“

„Ja, aber ein Auto wäre praktischer. Ich muss auch noch Möbel und solche Sachen besorgen.“

„Warum bestellst du die nicht einfach im Internet?“

„Auf die Idee bin ich noch gar nicht gekommen.“ Wie dumm von ihr! Weil sie in so einem ländlichen, abgelegenen Gebiet gelandet war, hatte Laura gar nicht daran gedacht, dass der Lieferservice von Ikea hier vermutlich ebenso gut funktionierte wie sonst überall auf der Welt.

„Siehst du, das wird sich alles finden. Wenn du einen Großeinkauf machen willst, leih ich dir gern meinen Wagen, während ich arbeite.“

„Danke.“

Laura sah Nisha von der Seite an. Obwohl das Angebot wirklich sehr nett war, klang die Irin heute eher reserviert. Die Vertrautheit von gestern hatte sich noch nicht wieder eingestellt. Oder stand irgendetwas anderes zwischen ihnen? Vielleicht konzentrierte sich Nisha auch einfach nur auf die Straße, was bei den vielen Kurven kein Wunder wäre.

Nach einer kurzen Fahrt hielten sie an einem Parkplatz, über dem die Möwen kreisten. Zu Lauras Überraschung standen hier etliche Autos, mehrere davon waren Kleinbusse und Campervans. Die Leute schienen tatsächlich Urlaub an dieser Küste zu machen. Gleich darauf verstand sie auch, warum.

In eine weite Bucht schmiegte sich ein Dörfchen mit kleinen Häusern in bunten Farben. Hinter einer Kaimauer lag das Meer, und es war getupft von den farbigen Brettern Dutzender Wellenreiter. Menschen in Badekleidung standen in der flachen Brandung, Kinder sprangen über die niedrigen einrollenden Wellen. Wenn man davon absah, dass nur wenige Menschen tatsächlich in der Sonne lagen, wirkte es wie jeder schöne Badestrand aus einer beliebigen Reisebroschüre. Belebt, aber nicht zu voll, um ein hübsches, einladendes Werbefoto zu machen.

Laura knipste die Szenerie mit dem Handy und ärgerte sich, dass sie keine bessere Kamera mitgenommen hatte. Genau solche Fotos würde sie brauchen, um Ballylavorn Castle als Touristendestination zu bewerben. *Genießen Sie den herrlichen Badestrand, falls der Regen zufällig für einen Tag aussetzt*, das könnte sie als Bildunterschrift nehmen.

Nisha schien ihre Zufriedenheit zu bemerken. „Komm, wir baden“, forderte sie Laura fröhlich auf. Sie schien ihre Freundlichkeit wiedergewonnen zu haben.

Laura schüttelte sofort den Kopf. „Baden? Nein, danke. Wenn du baden willst, gern. Mir ist das hier zu kalt.“

„Es ist kalt, aber herrlich“, versuchte Nisha sie zu überreden. „Wenn man erst einmal drin ist, schwimmt man ein paar Züge und fühlt sich wie neugeboren. Gesund soll es auch sein.“

„Nein, danke.“

Nisha zögerte noch einen Moment, dann warf sie ihre Tasche in den Sand und zog sich aus. Unter dem Shirt und der Jeans trug sie einen grün-weiß gestreiften Bikini. Amüsiert stellte Laura fest, dass die Sommersprossen bis zu den Schultern hinunter reichten. Sie setzte sich in den Sand.

„Lass dir Zeit, ich halte dir dann ein Handtuch bereit.“

„Dauert nicht lange!“

Nisha lief der Brandung entgegen. Sie wurde langsamer, als das kalte Wasser ihre Füße umspülte, ging dann aber rasch tiefer hinein, und bald war nur noch ihr Kopf zu sehen. Für den Bruchteil einer Sekunde fand Laura, dass das Meer einladend aussah, doch im nächsten Moment schüttelte sie sich schon wieder bei dem Gedanken an kaltes Salzwasser. Hier am Strand war sie besser aufgehoben. Die Temperatur war angenehm, und die entspannte Atmosphäre, bestehend aus schreienden Kindern, kreischenden Möwen und den coolen Surfern in ihren Neoprenanzügen, gaben ihr endlich ein Gefühl von Urlaub.

Nisha war nicht mehr als zehn Minuten im Meer, dann kam sie zurück, frierend und nass und mit einem strahlenden Lächeln im Gesicht. Laura reichte ihr das Handtuch, und sie wickelte sich hinein.

„Es ist herrlich!"

„Bestimmt. Aber nichts für mich."

Nisha setzte sich neben sie. „Schwimmst du nicht gern?"

„Doch, schon. Hier ist es mir nur wirklich zu kalt."

„So kalt ist es gar nicht. Klar, die Irische See ist nicht das Mittelmeer, aber es ist auch nicht gerade wie baden in einem Eisloch, falls du das denkst."

Laura zog die Nase kraus. „Wenn ich ganz ehrlich bin, bade ich auch nicht gern im Mittelmeer."

„Tatsächlich? Ich dachte, du liebst das Mittelmeer?"

„Klar. Ich liebe Spanien und Italien und die Türkei. Die Sonne, das Essen und meinetwegen auch den Strand. Aber baden im Meer? Vielleicht mal ein bisschen mit den Füßen ins Wasser – wenn es um Schwimmen geht, ist mir ein Pool lieber."

„Warum?" Nisha machte große Augen, anscheinend war ihr das komplett unverständlich.

Laura zuckte mit den Schultern. Immer wenn die alten Freundinnen sie danach gefragt hatten, hatte sie nur gesagt: „Ich mag es einfach nicht. Salzwasser und Sand überall, nein danke." Aber Nisha hatte gestern so viel von sich selbst erzählt, von der Krankheit ihrer Mutter und ihrer Sehnsucht nach zu Hause …

„Ich schätze, ich habe Angst vor dem Meer", gestand sie zögernd. Und nachdem sie das gesagt hatte, fiel ihr auch die Erklärung leicht: „Als ich noch ganz klein war, vier oder fünf, war ich einmal mit meinen Eltern an der Nordsee. Ich stand in der Brandung und spürte, wie meine Füße langsam im Sand versanken. Das fand ich noch lustig. Plötzlich kam eine Welle und schubste mich einfach um. Mein Kopf geriet unter Wasser. Es war überhaupt nicht tief, und ich war sofort wieder auf den Beinen, aber ich fand damals, dass das Meer gemein und unberechenbar war. Und so kommt es mir immer noch vor. Man weiß nie, wann die nächste fiese Welle auftaucht und einen einfach unter Wasser zieht. Und wenn man weiter draußen schwimmt, sieht man den Grund nicht. Es ist völlig ungewiss, welche Quallen oder Riesenfische direkt unter einem schwimmen, oder welche Strömung einen packt und wer weiß wohin treibt."

Laura brach ab. Sie fürchtete, dass Nisha nun erst recht versuchen würde, sie zum Schwimmen zu überreden, ihre Argumente zu entkräften und ihr zu erklären, dass es hier und heute keinerlei Strömungen, fast keinen Wellengang und garantiert keine gefährlichen Tiere gab. Aber Nisha betrachtete sie nur mitfühlend.

„Ich verstehe", war alles, was sie sagte.

Laura fühlte sich etwas besser und empfand so etwas wie Dankbarkeit.

„Trotzdem ist es schön hier!", versicherte sie. Und sie meinte es auch so. Diese Bucht war ein guter Ort.

Nisha nickte. Dann sprang sie auf und griff nach ihrem T-Shirt. „Komm, wir holen uns Fish and Chips!"

Laura lief ihr hinterher und spürte erst jetzt, wie hungrig sie war. Nisha brachte sie zu einem kleinen, etwas heruntergekommen Laden direkt hinter der Kaimauer. Die Speisekarte bot mehrere Sorten Fisch an, und Nisha erklärte Laura die geschmacklichen Unterschiede zwischen Schellfisch und Seelachs, geräuchertem und ungeräuchertem Kabeljau. Sie bestellten und bekamen für erstaunlich wenig Geld das in fettiges Papier gewickelte Fast Food, heiß und frisch und bestimmt zweitausend Kalorien schwer. Das schäbige Plastikmobiliar vor dem Laden ignorierten sie und setzten sich auf die Kaimauer. Die Pommes frites waren dick und dufteten, und der Fisch in seiner goldenen Teighülle war so heiß, dass man ihn kaum anfassen konnte. Glücklich futterten sich die Mädchen durch ihre Portionen, während die Möwen über ihnen kreischten und auf die Krümel warteten.

Kapitel 11

KALTES Wasser. Brr! Gab es wirklich Menschen, die morgens freiwillig eiskalt duschten? In ein Handtuch gewickelt stand Laura unschlüssig vor der Duschkabine in Ballylavorn Castle. Sie hätte gestern Abend Nisha fragen sollen, ob sie kurz bei ihr duschen könnte, aber diese Gelegenheit hatte sie verpasst. Nisha dachte vermutlich, dass Laura ohnehin jeden Morgen bei Jack duschte, bis die Heizung repariert war.

Im Stillen hatte Laura gehofft, dass die Reparatur schnell ginge und sich das Problem damit erledigen würde. Aber bisher hatte sich gar nichts erledigt, und je mehr Tage verstrichen, desto peinlicher fand sie es, noch einmal nachzufragen, weil sie dann zugeben müsste, dass sie seit Montag nicht geduscht hatte. Dabei hatte sie keinen echten Grund, sich zu schämen – sie wusch sich ja, es war nur eben wahnsinnig aufwendig, Wasser im Teekessel zu erhitzen und es dann ins Waschbecken zu füllen. Würden andere Menschen auch solche Umstände machen, nur weil es ihnen unangenehm war, nach etwas zu fragen? Laura hatte den Verdacht, dass sie die Einzige auf der Welt war, die sich mit solchen verqueren Überlegungen herumschlug.

Also wollte sie es noch einmal mit der Dusche versuchen. Sie drehte den Hahn auf, und das kalte Wasser strömte aus dem Duschkopf. Erst mal ein Fuß. Brr! Es war noch viel kälter als erwartet. Nach ein paar Sekunden schien die Kälte nachzulassen, und Laura ließ das Wasser nacheinander über beide Beine laufen. Dann holte sie tief Luft und stellte sich komplett unter die Dusche. Sofort sprang sie zurück. Kalt, kalt, kalt! Aber was sein musste, musste sein. Noch einmal Luft holen, noch einmal unter das kalte Wasser. Diesmal hielt sie immerhin ein paar Sekunden durch, bis sie von Kopf bis Fuß nass war. Dann drehte sie das Wasser ab, seifte sich, so schnell sie konnte, überall ein – Haare, Haut, alles mit demselben Duschgel – und ließ das kalte Wasser dann noch einmal über ihren ganzen Körper laufen.

Geschafft. Erleichtert rubbelte Laura sich mit dem Handtuch ab und schaltete dann den Föhn an, um sich die Haare zu trocknen. Die warme Luft fühlte sich herrlich an. Als sie anschließend ihren heißen Tee trank, tat sie das mit innerem Triumph und voller Energie – ob die gesunde kalte Dusche nun dafür verantwortlich war oder allein das Bewusstsein, sich selbst überwunden zu haben, war vermutlich egal. Sie würde heute mit dem Rittersaal weitermachen.

Nach und nach bekam sie eine Vorstellung davon, was für ein hübscher Raum dies werden könnte. Die dicken Mauern, das Licht, das durch die schmalen Fenster fiel, und der offene Kamin sorgten für eine märchenhafte Atmosphäre, und auch wenn das nicht gerade die dringendste Aufgabe war, so füllte sie doch mindestens zwei Stunden am Vormittag damit, die Ritterrüstungen abzustauben und auf Hochglanz zu bringen. *Verbringen Sie Ihre Abende mit Bono und Pierce, unseren zwei original irischen Rittern, vor Ihrem duftenden Torffeuer!* Den Kamin hatte sie bisher noch nicht angezündet, aber sie konnte sich lebhaft vorstellen, wie gemütlich es hier sein würde.

Wie viel Zeit vergangen war, merkte sie erst, als es unten klopfte. Fred O'Toole? Nein, natürlich nicht. Es war Mick Duffy, der Makler, der vor der Tür stand.

„Hallo, Laura! Na, schon ein bisschen eingelebt in Ihrer herrlichen Burg?"

Auch wenn ihr O'Toole lieber gewesen wäre, freute sich Laura über den Besuch. Sie war ein geselliger Mensch, und langsam fehlte ihr der Kundenkontakt, der in ihrem Job dazugehört hatte. Nisha war großartig, aber sie war die Einzige, mit der sie in den letzten Tagen geredet hatte. Also bat sie Mick herein und bot ihm eine Tasse Tee an. Kurz spielte sie mit dem Gedanken, ihm ihre Fortschritte im Rittersaal zu zeigen, beschloss dann aber, damit zu warten, bis der Saal wirklich ihren Vorstellungen entsprach. Stattdessen brachte sie ihren Besucher in den Speisesaal, der inzwischen – bestückt mit dem Geschirr aus dem kleinen Laden – auch schon etwas wohnlicher aussah als am Montag. Mick bemerkte es sofort.

„Ah, ich sehe, es geht voran! Ich wusste gleich, dass Sie die Richtige sind, um dieses Projekt ins Gleis zu bringen."

Das überschwängliche Lob ließ Laura erröten. Bisher hatte sie eigentlich nicht das Gefühl gehabt, besonders erfolgreich gewesen zu sein, aber Mick erinnerte sie daran, dass sie jedenfalls nicht ganz untätig gewesen war.

Stolz zählte sie auf, was sie alles schon erledigt hatte: „Ja, die Küche ist zwar noch nicht fertig, aber sie ist jetzt ordentlich ausgestattet. Außerdem habe ich mit einer Handwerksfirma Kontakt aufgenommen. Mr O'Toole war bereits hier und hat sich alles angesehen. Ich habe schon Listen für die Inneneinrichtung erstellt und fange mit den Reiseunterlagen an."

Während sie Bericht erstattete, nickte Mick immer wieder anerkennend. „Großartig, dass Sie es sich erst mal gemütlich machen. Ich bin mir sicher, dass diese Burg zahlreiche Besucher anziehen wird. Allein die herrliche Lage! Haben Sie sich schon die Brachflächen im Süden angeschaut?"

„Äh. Nein." Was für Brachflächen?

„Ah, macht nichts. Sie sind ja erst ein paar Tage hier. Waren Sie am Meer? Diese Region ist voller großartiger Chancen für den Tourismus."

Noch vor ein paar Tagen hätte Laura diese Aussage nur mit einem Schulterzucken quittiert. Aber ihre gute Laune und der schöne Nachmittag gestern mit Nisha ließen sie nun zustimmen.

„Ja, es gibt wirklich herrliche Ecken hier. Die vielen Surfer am Strand haben mich überrascht. Allerdings ist das nicht gerade die Art von Urlaubern, die sich eine Burg mieten, nehme ich an."

„Da haben Sie absolut recht", stimmte Mick ihr überraschend schnell zu. „Aber Sie sind ja auch die Expertin, das merkt man gleich. Für die Surf-Touristen braucht es ein eigenes Konzept. Bungalows wären vermutlich ideal. Ein nettes, gut erschlossenes Areal mit Bungalows und Grillplätzen und so weiter. Als kostengünstige Variante könnte man auch Trailer anbieten. Die hübschen kleinen Surf-Kneipen kommen dann ganz von allein, darüber müssen Sie sich keine Sorgen machen. Glauben Sie mir, die Hälfte der Einwohner Irlands spielt ohnehin mit dem Gedanken, selbst eine Bar zu eröffnen. Schon wegen der Gratis-Drinks, haha!"

Laura lachte mit. Sie hatte seinem Gedankengang nicht ganz folgen können – warum sollte sie sich Sorgen um Surfer-Kneipen machen? –, aber den Witz mit den Gratis-Drinks verstand sie natürlich.

„Es scheint ja auch einige kulturell interessante Orte zu geben.“

Sofort sprang Mick auch darauf an. „Oh ja! Der Burren, die keltische Kultur und all diese megalithischen Anlagen. Alles bei Weitem nicht so überlaufen wie vergleichbare Orte in England oder Frankreich. Da steckt ein riesiges Potenzial drin.“

„Bestimmt.“ Langsam wurde ihr das Gerede über Chancen und Potenziale zu viel. Offenbar hatte Mick vergessen, dass diese Burg bereits verkauft war und er ihr nichts mehr aufschwatzen musste.

Die einsilbige Antwort war ihm offenbar sofort aufgefallen, denn er ließ das Thema fallen und lobte stattdessen erneut, wie behaglich die Küche inzwischen aussah.

„Nehmen Sie sich nur die Zeit, die Gegend in Ruhe zu erkunden und diese fantastische Burg auf Vordermann zu bringen“, fügte er hinzu. „Sie haben schon eine Menge geleistet, das kann man deutlich sehen. Und wenn Sie Fragen haben oder Ideen, bei denen ich Sie unterstützen kann, wissen Sie ja, wie Sie mich erreichen, Laura. Was haben Sie am Wochenende vor? Gehen Sie zum Festival nach Doolin?“

Richtig, heute war ja Freitag. Laura zuckte die Schultern. Sie hatte die vage Hoffnung, dass sie sich am Wochenende wieder mit Nisha verabreden könnte, aber bisher hatten sie noch nicht darüber gesprochen.

„Was für ein Festival?“

„Ach, das Übliche. Irische Musik und Bier, mehr ist hier für eine Party nicht nötig. Schauen Sie es sich einfach an. Falls Sie nicht allein hingehen wollen, kann ich Sie fahren. Es wäre mir eine Freude! Die Stimmung wird großartig sein.“ Er lehnte sich in ihre Richtung und zwinkerte ihr fröhlich zu.

„Eher nicht. Es ist noch so viel zu tun.“ Besonders verlockend klang dieses Partykonzept in Lauras Ohren nämlich nicht, und auch Micks Annäherungsversuche waren ihr unangenehm.

Er nickte verständnisvoll.

„Dann will ich Sie mal nicht weiter aufhalten. Kommen Sie weiter so gut voran wie bisher!“

Mick erhob sich, und Laura brachte ihn zur Tür.

„Wann immer Sie etwas brauchen, melden Sie sich bei mir. Ich komme jederzeit vorbei.“

Kurz darauf brauste er in seinem SUV davon, und wieder einmal blieb Laura allein in der Burg zurück.

Kapitel 12

DA Nisha nicht angerufen hatte und Laura sich ihr nicht dauernd aufdrängen wollte, beschloss sie, den Freitagabend gemütlich und allein in der Burg zu verbringen. Mit Bono, Pierce und einem Torffeuer, so wie sie es sich schon für die Reiseunterlagen notiert hatte. Die Vorbereitungen dafür hatte sie getroffen: Das Sofa stand, einladend mit einer Patchwork-Decke dekoriert, vor dem Kamin. Von der Decke hing zwar immer noch eine Glühbirne in einer Fassung, aber Laura hatte unter all dem Kram, der herumstand, eine schlichte Stehlampe gefunden, die einen gemütlichen Lichtkreis auf die Sofaecke warf. Sie würde den Abend hier vor dem Feuer verbringen und nebenbei im Internet Lampen für die ganze Burg bestellen. Sogar die Kreditkarte, die ihr Lars dafür zur Verfügung gestellt hatte, lag schon auf einem Tischchen daneben bereit.

Es fehlte nur noch das Feuer. Drei der Torfbriketts hatte sie bereits in den Kamin geschoben, den Rest hatte sie in einem Korb daneben gestapelt. Nun kniete sie vor der Öffnung und dachte nach. Wie fachte man so ein Torffeuer am besten an? Als Kind hatten sie manchmal Feuerchen an Grillstellen entzündet, und sie erinnerte sich daran, dass man eine Art Zelt aus Stöckchen machen musste. Wie funktionierte das hier? Unbeholfen lehnte sie die Briketts aneinander, als wollte sie daraus ein Kartenhaus bauen. Dann nahm sie ein Stück zerknülltes Papier, schob es unter das Kartenhaus und hielt ein Streichholz daran.

Das Papier – es stammte von einer alten Zeitung, die sie in einer Kommode gefunden hatte – brannte sofort, eine Flamme loderte gegen das kleine Dach aus Torf, und ein Rauchwölkchen stieg auf. Ha! Der Torf schien sofort Feuer zu fangen. Na ja, kein richtiges Feuer, aber er begann rasch zu glimmen, und immer mehr Rauch quoll aus dem Kamin. Viel Rauch. Sehr viel Rauch. Unwillkürlich fächelte Laura ihn mit dem Rest der alten Zeitung von sich weg, was das kleine Feuer erst recht zum Lodern und zum Qualmen brachte. Der Rauch war dunkel und ölig und schwärzte die Kaminöffnung im Nu.

Panisch blickte Laura sich um. Erst einmal brauchte sie Luft! Sie rannte zum nächsten Fenster. Glücklicherweise war es eines von denen, die sich öffnen ließen, das war nicht bei allen dieser schießschartenähnlichen Öffnungen der Fall. Draußen war es noch nicht ganz dunkel, und eine Menge Torfqualm zog sofort in die feuchte Abenddämmerung hinaus.

Es kam allerdings immer noch mehr Rauch aus der Feuerstelle. Für einen Augenblick starrte sie wie hypnotisiert auf die schwelenden Torfbriketts. Was würde Lars sagen, wenn seine kostbare Burg in Flammen aufging? Er wäre entsetzlich sauer, und, was fast noch schlimmer wäre, er würde überall herumerzählen, dass er sich eine Burg gekauft hatte und dass seine bescheuerte kleine Schwester sie innerhalb von fünf Tagen abgefackelt und in eine traurige Ruine verwandelt hätte.

So weit durfte es nicht kommen! Rasch rannte Laura hinunter in die Küche, füllte den größten Topf und den Teekessel mit Wasser und rannte wieder hinauf. Zuerst der Topf. Ein großer Klatsch, ein lautes Zischen, eine extragroße Qualmwolke, und mit dem Glimmen war sofort Schluss. Dafür, dass es so stark geraucht hatte, war es ein bemerkenswert kleines Feuer gewesen. Es hatte ja auch noch nicht lange gebrannt.

Erleichtert atmete Laura auf. Zumindest die unmittelbare Gefahr war vorüber. Zur Sicherheit goss sie auch noch das Wasser aus dem Teekessel darüber. Nur noch ein leises Zischen war zu hören.

Sie öffnete alle Fenster, bei denen das möglich war. Dann blieb sie in der Mitte des Raumes stehen, und Tränen traten ihr in die Augen. Noch immer stieg grauer Rauch aus dem gelöschten Feuer empor. Rund um den Kamin war die komplette Wand kohlrabenschwarz. Auch die Decke, vorher eine recht hübsche Holzkonstruktion, hatte eine hässliche rußige Farbe angenommen. Auf den Holzboden vor der Feuerstelle tropfte schwärzliches Wasser, das gerade dabei war, sich bis zu den Füßen des Kaiser-Josephine-Sofas auszubreiten. Und Bono und Pierce, stumme Zeugen ihres Versagens, waren nicht mehr hübsch und glänzend, sondern zeigten jeweils auf der dem Feuer zugewandten

Seite graue Rußspuren. Alles, was sie heute Morgen geleistet hatte, war vollkommen umsonst gewesen.

In diesem Moment pochte es unten an der Tür. Es war diesmal kein dezentes Klopfen, wie sie es von Nisha kannte. Stattdessen schien jemand fest mit der Faust gegen die Tür zu schlagen, um auf sich aufmerksam zu machen. Laura wischte sich die Tränen aus den Augen und ging hinunter, um zu öffnen.

Vor der Tür stand Jack.

„Laura, aus deinem Fenster kommt Rauch. Ich glaube, bei dir brennt es!" Dann musterte er sie von oben bis unten und fügte trocken hinzu: „Und mir scheint, das weißt du bereits."

„Das stimmt, Sherlock Holmes", gab sie zurück, in der Hoffnung, dass es unbeschwert klang. „Aber alles ist schon gelöscht. Ich wollte den Kamin anzünden, doch irgendwie hat es nicht funktioniert." Sie blickte ebenfalls an sich hinunter und stellte fest, dass sowohl ihre Jeans als auch ihr Shirt voller Rußflecken waren. Er dagegen trug dunkelblaue Jeans und ein helles Shirt unter einem offenen schwarzen Hemd und sah schon wieder ziemlich gut aus.

„Kann ich helfen?"

Laura starrte ihn an, unschlüssig, was sie sagen sollte.

„Ich schau es mir mal an", meinte er, als ihm ihr Schweigen offenbar zu lang andauerte. Sie trat zur Seite, um ihn hereinzulassen.

Jack zeigte fragend zur Treppe. „Der Rauch kam aus den oberen Fenstern, also nehme ich an, der Kamin ist oben?"

Laura nickte stumm, und er ging die Treppe hinauf. Etwas belämmert lief sie hinter ihm her.

„Hier links geht es in den Rittersaal", sagte sie überflüssigerweise, denn der Geruch wies inzwischen deutlich den Weg zu der Misere.

Er schaute sich in dem Raum um und ging dann vor dem Kamin auf die Knie. „Hattest du den *damper* geöffnet?"

„Den was, bitte?" Laura hatte das englische Wort nicht verstanden.

„Den *chimney damper*." Er griff, sehr vorsichtig, damit seine Hemdärmel die rußigen Steine nicht berührten, in den Kamin, und ein metallisches Klappern war zu hören. Im selben Moment fiel Laura ein, was er meinte: eine Luftklappe! Natürlich hätte sie wissen müssen, dass jeder Kamin eine Luftklappe hatte und dass der Rauch nicht abziehen konnte, wenn sie geschlossen war.

„Ich Idiot!“, entfuhr es ihr auf Deutsch.

Er schien sie trotzdem verstanden zu haben und grinste. „Jetzt kannst du dein Feuer machen.“

„Ich bin so dumm“, sagte sie nun auf Englisch. „Daran habe ich überhaupt nicht gedacht. Sorry, dass ich dich erschreckt habe.“

Sie versuchte sich an einem zaghaften Lächeln. Da hatte sie nun so einen gut aussehenden und offenbar auch hilfsbereiten Nachbarn, und sie hatte sich schon wieder blamiert. Vielleicht konnte sie ihn mit ihrem Humor überzeugen?

„Es hat entsetzlich gequalmt, und Pierce war leider überhaupt keine Hilfe.“

„Ist Pierce dein Freund?“ Jack sah sich suchend nach einer weiteren Person um.

„Sozusagen. Pierce ist …“ Doch bevor sie ihm erklären konnte, was es mit Pierce und Bono auf sich hatte, fiel sein Blick auf den Korb mit den Briketts, und er unterbrach sie. Während er bisher eher nachsichtig-amüsiert geklungen hatte, wirkte er nun ärgerlich.

„Euch ist hoffentlich klar, dass es eine echte Schweinerei ist, Torfbriketts zu verfeuern? Ja, ich weiß, es ist billig, es duftet gut und brennt so schön … Aber der Torfabbau setzt riesige Mengen CO_2 frei. Von dem Erhalt der irischen Moore wollen wir gar nicht reden. Gegen den industriellen Abbau haben sie inzwischen ein Gesetz erlassen, doch es wird noch ewig dauern, bis auch die Letzten begriffen haben, dass man mit Torf nicht heizen sollte.“

„Das wusste ich nicht.“

Kleinlaut überlegte Laura, ob sie die Schuld auf Mick abwälzen sollte. Schließlich war er es gewesen, der die Briketts in die Burg gebracht hatte. Aber es kam ihr wie eine billige Ausrede vor.

„Klar, woher hättest du das wissen sollen?“ Er seufzte. „Kann ich mir kurz die Hände waschen? Dann lasse ich dich in Ruhe. Die Briketts, die du hier hast, kannst du ja noch in Ruhe verfeuern.“ Er klang etwas versöhnlicher, aber auch ein bisschen resigniert. „Ich weiß, Umweltschützer sind immer auch Spielverderber.“

„Schon gut. Danke für den Hinweis“, murmelte Laura. Sie zeigte ihm das Badezimmer. „Heißes Wasser gibt es im Moment leider nicht“, erklärte sie, als er den Hahn aufdrehte. Halb fürchtete sie, halb hoffte sie, er würde nachfragen, wie sie denn duschte ohne heißes Wasser. Das würde ihr die Gelegenheit geben, ihn auf seine eigene Dusche anzusprechen. Aber er gab keinen Kommentar ab, sondern nahm nur viel Seife, um die Rußspuren von seinen Händen zu waschen.

Laura stand an der Badezimmertür und sah zu. Sie hätte gern noch irgendetwas gesagt, etwas, das sie nicht wie eine dumme Kuh und eine schamlose Umweltverschmutzerin aussehen ließ. Ihr fiel leider absolut nichts ein, und sie war sich nicht einmal sicher, warum sich das so unangenehm schmerzhaft anfühlte.

„Schönen Abend noch“, wünschte er dann und verschwand die Treppe hinunter und in die Dämmerung hinaus.

Laura stand noch immer im Bad. Ihr Blick war in dem kleinen Spiegel über dem Waschbecken hängen geblieben. Ihr Gesicht war überdeckt mit schwarzen Streifen! Als sie sich vorhin die Tränen von den Wangen gewischt hatte, hatte sie nicht daran gedacht, dass ihre Hände voller Ruß gewesen waren. Sie sah aus wie ein Dschungelkämpfer mit Tarnschminke aus einem Kriegsfilm. Oh nein!

Langsam ging sie zurück in den Rittersaal und setzte sich neben Pierce auf das ohnehin schmuddelige Sofa.

„Tja, Pierce, mit unserem Nachbarn haben wir es uns nun sicher dauerhaft verscherzt“, murmelte sie. Pierce widersprach nicht, sondern schwieg nur mitfühlend.

Kapitel 13

DAS Wochenende verbrachte Laura damit, den Rittersaal vom Ruß zu reinigen. *Gönnen Sie sich am Freitagabend Ihr gemütliches, aber umweltschädliches Torffeuer, und genießen Sie am Samstag einen gründlichen Frühjahrsputz!*, dachte sie grimmig.

Zwischendurch wanderte sie zum Dorfladen, um mehr Reinigungsmittel zu kaufen, denn der Ruß entpuppte sich als hartnäckiger Gegner.

„Alles ganz schön verschmutzt da drin in Ihrer Burg, hm?“, fragte Oisín Harlow gutmütig.

„Allerdings“, antwortete Laura, aber sie verzichtete darauf zu erklären, dass sie den meisten Schmutz selbst verursacht hatte.

Irgendwann rief Nisha an und fragte, ob Laura am Abend gemeinsam mit ihr das Festival in Doolin besuchen wollte. Laura freute sich über das Angebot, aber erstens hatte sie wenig Lust auf die irische Musik, und zweitens wollte sie die Spuren ihres Kaminfiaskos möglichst schnell loswerden. Sie lehnte ab, und sie verabredeten, in der nächsten Woche zu telefonieren.

Am Samstagabend war Laura so platt, dass sie sich nach einer warmen Mahlzeit sehnte und keine Lust hatte, schon wieder Käsetoast zu essen. Dagegen war der Gedanke an den duftenden Seafood Chowder im Pub sehr verlockend. Also machte sie sich frisch, cremte ihre vom vielen Putzen strapazierten Hände mit etwas pflegender Lotion ein und machte sich auf den Weg ins Dorf. Es nieselte. Langsam hatte sie sich an den Wechsel von Regen und durchbrechender Sonne gewöhnt, der ungefähr stündlich stattfand.

Das Pub war noch voller als letzten Dienstag. Auch heute lief im Hintergrund die irische Musik, aber sie wurde übertönt vom Reden und Lachen der Gäste. Als sie den Gastraum betrat, wandten sich ihr wieder etliche Augenpaare zu, aus denen heraus sie neugierig gemustert wurde.

„Hey, Lady Laura!“, riefen ein paar Männer von einem Tisch in der Ecke. Offenbar waren es die Männer, die vor ein paar Tagen am Tresen gestanden hatten, aber Laura selbst hätte sie nicht wiedererkannt – es waren einfach zu viele fremde Gesichter hier. Mit einem halben Lächeln winkte sie ihnen zu und ging dann zum Tresen. Dort gab es noch zwei oder drei freie Barhocker. Mrs Murphy nickte ihr wortlos zu, während sie Biergläser am Zapfhahn füllte.

Deutlich herzlicher klang der Gruß von jemand anderem.

„Hallo, Laura!“

Laura sah sich um und stellte fest, dass es Mick Duffy war, der neben sie an den Tresen getreten war. Es war so angenehm, ein bekanntes Gesicht zu entdecken, dass sie ihn mit einem strahlenden Lächeln begrüßte.

„Hallo, Mick! Schön, dass Sie auch hier sind.“

„Und ich freue mich, dass Sie unser schönes Pub besuchen. Haben Sie schon bestellt? Die Kartoffelsuppe ist fantastisch. Mrs Murphy, meine Beste, bringen Sie Laura eine Kartoffelsuppe und etwas zu trinken!“, rief er zur Wirtin hinüber. „Bier, Laura? Guinness? Guinness für Laura, bitte, und für mich auch, wenn es keine Umstände macht. Vielen Dank schon mal!“

Mrs Murphy ließ sich von Micks herzlicher Anrede wenig beeindrucken. Sie nickte ihm genauso knapp zu wie Laura eben und fuhr mit ihrer Arbeit fort.

Leiser sprach Mick weiter: „Mrs Murphy ist die, die hier im Dorf das Sagen hat, falls Sie es noch nicht gemerkt haben. Sie ist eine gute Seele, aber man sollte wissen, wie man sie nehmen muss.“

Laura nickte. „Den Eindruck hatte ich ebenfalls schon. Sie hat mich auch mit Fred O'Toole bekannt gemacht.“

„Fred wird Ihre schöne Burg in kürzester Zeit auf Vordermann bringen, da bin ich mir sicher. Und dann können Sie all Ihre weiteren Pläne umsetzen. Hat er schon angefangen?“

„Na ja. Bisher war er erst einmal da, um sich das Gebäude anzusehen“, meinte Laura.

„Tatsächlich? Na, dann hoffen wir, dass er nächste Woche in die Gänge kommt. Ah, da ist unser Bier. Vielen Dank, Mrs Murphy! Die

Suppe gibt es sicher auch gleich. Ich sagte schon zu Laura, dass die Suppe hier immer fantastisch ist, nicht wahr?“

Während sich Mick von Mrs Murphys wenig freundlichem Blick offensichtlich nicht beeindrucken ließ, ignorierte sie gleichermaßen das Kompliment. Laura hatte den Eindruck, dass hier zwei gleich dickhäutige Menschen aufeinandertrafen, und empfand Respekt für beide.

Während sie einen ersten Schluck nahmen, ließ Laura ihren Blick über die anderen Menschen gleiten. Nun, da sie neben einem Bekannten an der Bar stand, fühlte sie sich weniger verloren als neulich. Und tatsächlich erkannte sie ein paar weitere Gesichter in der Menge wieder. Oisín Harlow vom Laden war hier, er saß ein paar Meter weiter am Tresen, vertieft in ein ruhiges Gespräch mit einem anderen Mann. Connor, der hübsche, schweigsame junge Mann aus O'Tooles Trüppchen, saß bei einer Gruppe jüngerer Leute. Er schien ebenso wenig zu sagen wie neulich in der Burg, aber um ihn herum ging es fröhlich zu. Es waren auch ein paar Mädchen Anfang oder Mitte zwanzig dabei, genau die Art von Gruppe, in der Laura gern sitzen würde. Vielleicht würde sich über Nisha irgendwann die Gelegenheit ergeben, die jüngeren Leute des Dorfs kennenzulernen. Jetzt hatte jemand in der Runde einen Witz gemacht, denn alle brachen gleichzeitig in Gelächter aus. Es war ein unangenehmes Gefühl, von außen auf eine Gruppe lachender Menschen zu schauen, der man selbst gern angehören würde. Laura unterdrückte das vollkommen unbegründete Gefühl, Connors Freunde würden über sie, Laura, lachen, und schaute in die andere Richtung.

Ob wohl Jack O'Reilly, ihr Nachbar, auch irgendwo saß? Sie blickte sich nach ihm um, aber er war nicht zu entdecken. Obwohl ihre letzte Begegnung gestern nicht besonders freundschaftlich verlaufen war, war sie neugierig, mehr über ihn zu erfahren. Sich direkt nach ihm zu erkundigen, kam ihr allzu neugierig vor, also versuchte sie es auf einem allgemeineren Weg.

„Kennen Sie viele der Menschen hier im Dorf, Mick?“, fragte sie harmlos.

„Alle und jeden!“ Er lachte jovial. „Und jedes Haus sowieso. Das ist ja mein Beruf. Wenn Sie also irgendjemanden hier kennenlernen wollen, fragen Sie mich. Ich kann Sie jedem vorstellen.“

Das war genau das, was Laura nicht wollte. Aber sie hatte Glück. Mrs Murphy stellte in diesem Moment einen Teller vor sie hin, und sie musste nicht weitersprechen. Es war eine cremige, duftende Suppe, die mit feinen Lauchringen und einem Klecks Sahne verziert war, und sie duftete herrlich. Dazu gab es wieder das Soda Bread, das hier vielleicht immer als Beilage angeboten wurde.

„Essen Sie erst einmal in Ruhe, und lassen Sie es sich schmecken. Ich kann Ihnen gern nebenher ein bisschen was über Kilfarosan und seine Bewohner erzählen.“

„Das wäre nett“, meinte Laura und begann, hungrig die Suppe in sich hineinzulöffeln.

„Wen haben Sie denn bisher kennengelernt?“

„Ich habe mich ein paarmal mit Nisha Murphy getroffen.“

„Ah, Nisha! Die Bewahrerin unserer Kultur in Kilfarosan. Jeder Einzelne hier ist bereit, die Kultur von Céilí und Guinness zu bewahren. Aber Nisha kennt sich wirklich aus mit all den historischen Stätten um uns herum. Bei ihr sind Sie optimal aufgehoben, wenn Sie sich für die Umgebung interessieren. Und sie ist fest verwurzelt hier. Für ihre Familie würde sie alles tun, das ist sicher.“

Laura nickte. Das traf ihre bisherige Einschätzung von Nisha ziemlich gut. Vielleicht war Mick tatsächlich ein guter Menschenkenner, auch wenn er nicht besonders empathisch auftrat.

„Außerdem habe ich meinen nächsten Nachbarn kennengelernt, Jack O’Reilly“, tastete sie sich weiter vor.

Mick richtete sich auf seinem Barhocker auf und schien sie aufmerksam von der Seite zu mustern.

„So, Sie haben Jack getroffen?“

Das war keine Frage gewesen, eher eine Aufforderung, etwas von diesem Treffen zu erzählen. Laura fragte sich, warum er sich so dafür interessierte.

„Ja, aber nur ganz kurz. Er hat ein hübsches Häuschen und einen tollen Garten“, meinte sie leichthin.

„Das hat er wirklich. Er hat auch einen Blick für lohnende Investitionen in dieses Land, wenn auch etwas anders geartet als bei Ihnen.“ In der Aussage schwang irgendeine unangenehme Andeutung mit, fand Laura.

„Inwiefern? Ist er Gärtner oder so etwas?“ Laura dachte an die schön angelegten Beete hinter Jacks Haus.

„Gärtner?“ Mick lachte. „Gärtner, so kann man das auch sagen. Agritech nennt man es wohl heutzutage. Er leitet hier die Niederlassung einer großen Dubliner Firma, die sich mit ökologischem Anbau und solchen Sachen beschäftigt. Ich will wirklich nichts gegen diese Leute sagen, sie wollen das Beste für unsere ehrwürdige Landwirtschaft, da bin ich mir sicher. Aber manchmal haben sie schräge Ideen. Vor allem dieser Jack.“

„Schräge Ideen? Was meinen Sie damit?“ Laura blickte auf ihren Teller, während sich ihr Bild von Jack an diese überraschende Information anpasste.

„Tja, Sie wissen, ich liebe das Land hier. Wir alle tun das. Und wir beide, Sie und ich, sind der Meinung, dass man diese Landschaft erhalten und für den Tourismus erschließen muss, richtig?“

„Äh. Ja. Nehme ich an.“ Laura hatte sich über dieses Thema keinerlei Gedanken gemacht.

„Touristen wollen keine Gewächshäuser und keine Labore sehen. Die braucht man aber, wenn man neues Saatgut und neue Futtermittel und so weiter erforscht. Erst kommen die Labore, und wissen Sie, was dann kommt?“ Es klang ein bisschen bedrohlich.

„Nein“, gestand Laura.

„Dann kommen die Versuchsflächen“, sagte Mick triumphierend. „Landwirtschaft braucht viele Flächen. Wie Sie wissen, kenne ich mich mit den Grundstücken hier aus, die für so etwas infrage kommen. Und es sind nicht so viele, wie man meinen könnte.“

„Tatsächlich?“ Laura verstand nicht, worauf er hinauswollte. Es entstand eine kleine Pause.

„Hinter so einer Firma stecken viele Investoren. Investoren mit Geld.“ Mick nickte ihr zu, als sei damit alles klar.

Laura begann langsam, sich dumm zu fühlen. „Ich verstehe“, sagte sie darum, und Mick nickte wieder.

„Gut. Gut, dass Sie sich dessen bewusst sind“, meinte er bedeutungsschwer.

„Ich habe heute Sticky Toffee Pudding.“ Dieser Satz kam von Mrs Murphy, und Laura begriff, dass die Wirtin schon eine ganze Weile in der Nähe gestanden hatte. Offenbar hatte sie den Moment, in dem Laura den letzten Löffel Suppe gegessen hatte, abgewartet, um diesen Einwurf zu machen. Oder hatte sie das Gespräch belauscht?

„Pudding?“, fragte Laura, die nur das letzte Wort verstanden hatte.

„Ja. So hungrig wie du heute bist, kannst du eine Portion vertragen.“

Mrs Murphy wartete die Bestellung erst gar nicht ab. Sie nahm den leeren Teller und verschwand in der Küche, irgendwo hinter dem Tresen. Sie schaute nur noch einmal kurz über die Schulter zurück, aber Laura stellte fest, dass der scharfe Blick diesmal nicht ihr, sondern Mick galt.

„Oh ja, genießen Sie Ihr Dessert, Laura!“ Mick hatte sich erhoben und legte Laura freundschaftlich eine Hand auf die Schulter. „Ich muss für heute leider weiter. Lassen Sie uns das Gespräch ein andermal fortsetzen.“

„Ja, gern“, murmelte Laura. Einerseits fühlte sie sich in Micks Gesellschaft nicht vollkommen wohl, andererseits war es unangenehm, wieder allein am Tresen zu sitzen.

Mick schwatzte noch im Stehen mit ein paar anderen Leuten, dann verließ er das Lokal. Laura hielt sich unsicher an ihrem Bierglas fest, aber sie musste nicht lange warten, bis Mrs Murphy einen neuen Teller vor ihr abstellte, der diesmal komplett ihre Aufmerksamkeit in Anspruch nahm.

Farblich machte das Dessert nicht so viel her. Ein dunkelbraunes Stückchen Kuchen – offenbar der Pudding – war teilweise bedeckt von einer beigefarbenen, dickflüssigen Soße, die einen kleinen See auf dem Teller bildete. Doch der Duft war betörend, es roch süß nach Karamell und Vanille, und eine leicht fruchtige Note stieg auch von dem warmen Gebäck auf.

Laura nahm vorsichtig einen Löffel mit Kuchen und Soße, führte ihn zum Mund – und war im Himmel. Das war absolut köstlich! Der kuchenartige Pudding hatte eine lockere, aber doch reichhaltige Konsistenz, und die Soße umgab das Gebäck mit einer samtigen Süße, die unwiderstehlich war. Mit kleinen Happen aß sich Laura durch den Nachtisch und dachte nicht mehr daran, dass um sie herum lauter fremde Menschen waren, dass die Heizung kaputt war und dass sie morgen den ganzen Tag würde putzen müssen. Für diesen Moment war sie genau am richtigen Ort zur richtigen Zeit, und alles war gut.

Kapitel 14

DEN Montag gab Laura sich selbst frei. Nachdem sie den ganzen Sonntag mit ihren Reinigungsarbeiten beschäftigt gewesen war, hatte sie keine Lust, einen weiteren Tag in der Burg zu sitzen. Sie erforschte das Dorf, stockte ihre Vorräte auf und erkundete die nähere Umgebung zu Fuß. Sie bummelte über den alten Friedhof und entzifferte die Inschriften auf den steinernen Grabplatten, die oft viel ausführlicher waren als die auf deutschen Friedhöfen und manchmal die halbe Familiengeschichte zu erzählen schienen:

Aignéis Harlow, geliebte Mutter von Máighréad und Caoimhe, Großmutter von Sean, Cian und Imelda, Urgroßmutter von Naoise, Witwe von Breandán, Schwester von Éamonn, starb traurigerweise im Alter von 69. Möge sie in Frieden ruhen!

Die irischen Namen hatten etwas Zauberhaftes, wenngleich Laura nie wusste, wie man sie aussprechen musste. Sie machte ein paar Fotos und nahm sich vor, im Internet bei Gelegenheit die Ausspracheregeln nachzulesen.

Später schaute sie den Schafen und Lämmern auf der Weide hinter dem Pub zu, deren Wolle vom Wind zerzaust wurde. Die ganze Zeit über behielt sie das Sträßchen zur Burg im Auge, um O'Tooles Transporter zu bemerken, sollte er irgendwann auftauchen, aber sie sah ihn den ganzen Tag nicht.

Am Abend rief Lars an. „Na, wie geht's meiner Burg?"

„Sie steht noch, was hast du denn gedacht?", antwortete Laura patzig, denn genau dasselbe hatte er letztes Mal auch gefragt. Trotzdem bekam sie beim Klang seiner Stimme sofort ein schlechtes Gewissen, weil sie heute nichts erledigt hatte.

Lars lachte flüchtig. „Weißt du schon, wie viel Budget du ungefähr brauchst und wie lange das alles dauern wird?"

Das waren genau die Informationen, die ihr O'Toole schuldete. „So schnell geht das alles nicht", gab sie defensiv zurück. „Dachtest du, die

Handwerker stehen hier parat und warten nur auf deinen Auftrag? Die sind genauso beschäftigt wie überall sonst auf der Welt."

„Ach komm, keine Ausreden! Das ist doch ein Job, nach dem sich jede Firma die Finger lecken sollte. Eine tolle Referenz, hast du ihnen das klargemacht?"

Laura bezweifelte, dass dieses Argument O'Toole und seine Truppe irgendwie beschleunigen würde, aber sie musste zugeben, dass sie nicht daran gedacht hatte.

„Die Handwerker waren hier und haben sich alles angesehen, und ich bekomme spätestens morgen ein Angebot", behauptete sie mit gespielter Zuversicht.

„Na, immerhin." Lars zögerte anscheinend, ihrem Optimismus zu folgen. „Und sonst?"

„Na ja. Ich musste mich erst einmal einrichten und, äh, teilweise auch die Räume reinigen. Ich habe ein paar Sachen aussortiert und Listen gemacht, was gebraucht wird." Während sie sprach, spürte sie, wie sie schon wieder in den Rechtfertigungsmodus geriet. „Es geht voran, und ich halte dich auf dem Laufenden", schloss sie mit fester Stimme.

„Okay. Ich hoffe, dass du das organisiert kriegst."

„Natürlich kriege ich das hin."

„Dann bis bald!" Lars legte auf.

Laura starrte auf ihr Handy. Eine Mischung aus Ärger und dem Gefühl, bereits versagt zu haben, machte sich in ihr breit. Erst den Job verlieren und dann auch noch dieses Projekt in den Sand setzen – sie war wirklich ein Loser, oder? Was sollte sie machen, wenn O'Toole gar nicht mehr aufkreuzte? Eine andere Firma beauftragen?

Ausgerechnet in diesem Augenblick blinkte vor ihr ein neuer Beitrag im L-Chat auf. Lena 2 schrieb: *Yeah, die Weiterbildung hat sich gelohnt! Bin direkt zur Chefin gegangen und habe dreihundert Euro mehr Gehalt ausgehandelt – soo stolz!*

Noch während Laura las, kam die erste Antwort herein: *Sehr cool, Lena! Schöne Grüße aus Singapur!* Dann folgte das unvermeidliche Selfie von Lena 1, die sich anscheinend gerade in einem Infinitypool auf einem Hoteldach aalte.

Laura schaltete das Handy ab und beschloss, sofort ins Bett zu gehen. Es war nicht auszuhalten, wie glücklich und erfolgreich ihre Freundinnen waren!

Kapitel 15

Es war Mittwoch. Schon Mittwoch, und Fred O'Toole war noch immer nicht gekommen.

Den ganzen Dienstag über hatte Laura versucht, ihn anzurufen, aber sie hatte niemanden erreicht. Dann und wann war ein Besetztzeichen zu hören gewesen, das ihr Hoffnung gemacht hatte, irgendwer müsste in dem Büro sein und zumindest gelegentlich telefonieren. Doch auch wenn sie unmittelbar danach wieder durchgekommen war, hatte kein Mensch abgenommen, und hatte sie es noch so lange klingeln lassen.

Hatte Nisha sie nicht vorgewarnt, dass das wegen irgendeiner Mary, die schwanger war und darum nicht ans Telefon ging, passieren könnte? Warum auch immer eine Schwangerschaft einen vom Telefonieren abhielt …

Nachdem sie auf diese wenig befriedigende Weise den Vormittag verbracht hatte, beschloss sie, wenigstens am Nachmittag irgendetwas Vernünftiges zu tun. Irgendetwas, das bewies, dass sie nicht vollkommen unnütz war. Aber was? Sie traute sich zu, die zwei unrenovierten Schlafzimmer zu streichen. Dafür müsste sie nur bei Oisín Harlow einen Eimer Farbe kaufen.

War das sinnvoll, solange hier die Kabel aus der Wand hingen? Sie wusste nicht, ob die Handwerker vorhatten, irgendwelche Schalter oder Steckdosen zu verlegen, und sollte das der Fall sein, gäbe es sicher neue Löcher im Putz, und sie würde danach direkt noch einmal streichen müssen. Das Auslegen neuer Teppiche kam auch nicht infrage, wenn O'Toole, Connor und Liam demnächst mit schmutzigen Stiefeln durch die Burg laufen würden. Sie könnte zwar neue Möbel bestellen, aber diese würden auch nur im Weg stehen, bis alles fertig war und sie sie an ihren Platz bringen konnte.

Alles Ausreden!, hörte sie die Stimme ihres Bruders in ihrem Kopf.

Der Garten. Was auch immer O'Toole noch in der Burg anstellen musste, der Garten würde davon unberührt bleiben. Von Gartenarbeit verstand Laura nichts, aber das konnte ja nicht so schwer sein. Im Abstellraum neben dem Speisesaal hatte sie eine alte Heckenschere gesehen. Damit würde sie jetzt dem Brombeergestrüpp zu Leibe rücken.

Entschlossen zog Laura ihre ältesten Jeans an und stiefelte nach draußen. Die Brombeerhecke kam ihr riesig vor. Sie hatte nicht mit Lars über die Gartengestaltung gesprochen, aber sie kannte ihn gut genug, um zu wissen, dass er gern eine hübsche Wiese hätte, auf der man einen Grill und ein paar Bierbänke aufstellen konnte, am besten sogar eine überdachte Fläche, damit man auch im unzuverlässigen irischen Sommer hier sitzen und feiern könnte. Sie konnte sich das gut vorstellen: Eine Hütte mit Vordach, nicht zu nah an der Burg, damit der mittelalterliche Eindruck nicht gestört wurde, rundherum ein paar einzelne Bäume und gepflegte Hecken, und von ihr aus durften das dann auch Brombeeren sein.

Energisch begann sie, die Brombeersträucher zurückzuschneiden. Schnipp-schnapp, ein dorniger Zweig nach dem anderen fiel der Schere zum Opfer. Laura pfiff fröhlich und falsch vor sich hin, während sie mit den Brombeeren auch das Gefühl des Versagens wegschnippelte. Untätig? Unnütz? Ha! Ihr Bruder sollte sehen, wie fleißig sie war!

Leider hielt das gute Gefühl nicht lange. Eine halbe Stunde lang hatte Laura die Hecke traktiert. An manchen Stellen war sie bis zu den Wurzelstöcken vorgedrungen. Aber nach jedem Busch ging es weiter, und plötzlich merkte sie, dass sie keinen Plan hatte, was sie mit all den Ranken anfangen sollte. Sie blickte sich um und stellte fest, dass sie mitten in einem riesigen Feld aus abgeschnittenen Dornen stand. Wenn sie zurück zur Burg wollte, musste sie durch eine kniehohe Masse aus stacheligem Gestrüpp waten, die sich jetzt schon in ihren Jeans verhakte, sogar in ihren Socken hängen blieb und überall an ihren Beinen schmerzhafte Kratzer verursachte.

Verbringen Sie Ihren Urlaub auf der grünen Insel, und genießen Sie die Natur, die Ihnen bis unter die Haut gehen wird!

So konnte sie nicht weiterarbeiten. Sie musste zunächst die Zweige wegschaffen und einen ordentlichen Stapel errichten, damit sie sich überhaupt wieder bewegen konnte. Vorsichtig versuchte sie, ein paar

Ranken mit der Hand aufzusammeln, mit dem einzigen Erfolg, dass sich die Dornen nun auch in ihr Shirt krallten. Autsch, das tat weh!

Sie ließ die Zweige wieder fallen. Erst einmal musste sie wohl hier raus. Sie versuchte ein paar große Schritte und kam sich vor, als würde sie durch Treibsand gehen – nur dass sie nicht versank, sondern dass das trügerische Grünzeug sich mehr und mehr an ihre Fersen heftete.

Kurz unterdrückte sie den Impuls, laut um Hilfe zu rufen. In diesem Moment hörte sie eine höfliche Stimme, nicht weit hinter sich.

„Brauchst du Handschuhe?"

Am Zaun, ungefähr eine Heckenbreite von ihr entfernt, stand Jack. Er trug einen eleganten dunkelgrauen Anzug und ein Hemd darunter, aber in seiner Hand hielt er ein paar robuste Gartenhandschuhe.

„Das wäre großartig, danke." Erleichtert blickte Laura ihren Nachbarn an. Dass er sie so zerzaust und zerkratzt sah, war ihr nun beinahe egal – peinlicher als mit dem verrußten Gesicht neulich konnte sie vermutlich ohnehin nicht aussehen. Allerdings wurmte es sie, dass er schon wieder verboten gut aussah.

Er zielte und warf dann ziemlich geschickt die Handschuhe in ihre Richtung, einen nach dem anderen. Der erste landete etwa einen halben Meter vor ihr in der Hecke, den zweiten konnte sie sogar auffangen.

„Vielen lieben Dank!"

Laura zog die Handschuhe an. Sie waren zwar etwas zu groß, aber trotzdem war es plötzlich viel einfacher, mit den abgeschnittenen Zweigen umzugehen. Beherzt packte sie zu, zupfte die Dornen aus ihren Jeans und begann dann, die Zweige büschelweise aufzusammeln.

„Willst du die Hecken komplett entfernen?" Jack stand immer noch am Gartenzaun.

Laura zögerte. Das Torffeuer hatte er als umweltschädlich bezeichnet. Vielleicht fiel es ja unter die Zerstörung geschützter Flora, wenn man Brombeersträucher abschnitt?

„Zumindest sollen so viele weg, dass man sich über das Grundstück bewegen kann", meinte sie halb entschuldigend. „Und auch, damit wir neue Pflanzen aussäen können."

Jack nickte, und Laura traute sich, ihm ein möglichst nettes Lächeln zuzuwerfen. Sein Blick glitt über die ungleichmäßige Schneise, die sie in die Hecke geschnitten hatte. Zwischen den losen Dornenzweigen blickten die Heckenfüße wie struppige Stachelschweine hervor. Sie fand auch, dass es ziemlich hässlich aussah.

„Kennst du Paddy Harlow?“, fragte er schließlich.

Verwirrt schüttelte sie den Kopf.

„Ich schicke ihn vorbei, er wird dir mit dem Garten helfen. Und jetzt muss ich in die Firma. Viel Erfolg noch.“ Er nickte ihr zu, nicht unfreundlich.

Laura biss sich auf die Lippen. Jetzt oder nie!

„Jack!“, rief sie ihm hinterher.

Er blieb stehen und drehte sich noch einmal zu ihr um.

„Ich wollte fragen, ob ich bei dir duschen kann“, platzte sie heraus.

Erstaunt hob er die Augenbrauen, und sie spürte, wie sie rot wurde.

„In der Burg gibt es im Moment kein heißes Wasser. Und da du mein nächster Nachbar bist, meinte Nisha vielleicht, dass ich dich vielleicht fragen könnte, ob es dir vielleicht nichts ausmacht …“

In diesem Satz waren eindeutig zu viele Vielleichts geraten. Sie verhaspelte sich und brach verlegen ab. In seinem tadellosen Anzug sah Jack so korrekt aus, dass ihr die Frage plötzlich völlig unangebracht vorkam, fast als hätte sie ihm ein unmoralisches Angebot gemacht. Aber sein Gesicht blieb ungerührt, und lediglich ein leiser Seufzer schwang mit, als er antwortete: „Sicher. Komm einfach rüber und klingle. Falls ich nicht da bin, musst du über den Zaun klettern – die Terrassentür ist normalerweise nicht abgeschlossen.“

„Das ist klasse, vielen Dank!“ Sie war froh, endlich diese einfache Frage gestellt zu haben. Erleichtert lächelte sie ihn an. Doch von ihm kam kein Lächeln zurück.

„Ich nehme an, das mit der offenen Tür muss ich mir abgewöhnen, wenn hier erst einmal die Touristenströme ankommen“, bemerkte er stattdessen trocken. „Aber das scheint ja noch eine Weile zu dauern. Schönen Tag noch!“

Dann verschwand er in seinem Haus, und Laura fühlte sich wie ein zum wiederholten Mal übergossener Pudel.

Kapitel 16

„STEINE, hattest du gesagt?“

Laura war eben aus Nishas kleinem Auto ausgestiegen und sah sich um. Ja, Steine gab es hier genug. Die komplette Landschaft schien nur aus Steinen zu bestehen: schroffe Reihen aus Felsen, merkwürdig gleichmäßig, als sei ein frisch gepflügter Acker plötzlich erstarrt. Die Reihen türmten sich zu flachen Hügeln auf, immer einer nach dem anderen. Es war kaum zu glauben, dass das üppige Grün der Schafweiden nur zwanzig Autominuten hinter ihnen lag.

„Das ist der Burren“, sagte Nisha und bemühte sich, ihre Locken, die von einem kräftigen Wind zerzaust worden waren, kaum dass sie die Autotür hinter sich geschlossen hatte, mit einem Gummiband zu bändigen.

„Steine.“ Laura hatte selten eine weniger einladende Landschaft gesehen.

„Komm, wir wandern ein Stück. Es wird schön, das wirst du schon sehen.“

Nisha klang ein bisschen zaghaft, und Laura nickte und lächelte gezwungen. Sie war ja froh, dass Nisha heute wieder für sie Zeit und sie selbst eine Ausrede hatte, sich nicht weiter mit der Brombeerhecke abzuplagen.

Die beiden jungen Frauen machten sich auf den Weg in diese kahle Mondlandschaft hinein. Der Himmel war so grau wie die Steine darunter und spannte sich hoch und unnahbar über die Hügel.

Nisha ging voran. Laura stapfte hinter ihr her, in Gedanken versunken, die ebenso grau waren wie der Burren. Ihre zweite Woche in Irland ging dem Ende zu. Es gab immer noch kein Heißwasser, der Garten bestand aus struppigen Heckenstümpfen, sie hatte keinen Plan, wie und wann die Handwerker beginnen würden, und die letzte drängelnde Sprachnachricht ihres Bruders hatte sie gar nicht erst beantwortet. Auch ihre Reiseunterlagen für künftige Touristen waren noch nicht weit gediehen, denn die ganzen ironischen Bemerkungen, die ihr einfielen, waren kaum dazu angetan, jemanden in diese gottverlassene Gegend zu locken. *Besuchen Sie den Burren, die perfekte Umgebung, um eine zünftige Depression auszulösen!*

Dann und wann machte Nisha sie auf etwas aufmerksam – ein Wanderfalke, der hoch über ihnen am grauen Himmel seine Kreise zog, ein paar kleine blaue Blumen, die unverdrossen aus den Felsspalten herauswuchsen. Laura wandte gehorsam ihren Blick in die Richtung, in die Nisha jeweils zeigte, aber echte Begeisterung konnte sie nicht aufbringen.

Immerhin hatte sie heute Morgen eine herrliche heiße Dusche genommen. Nicht in der Burg natürlich. Sie war zu Jack hinübergegangen. Diesmal hatte sie den Weg über die Straße bis zur vorderen Haustür genommen, das waren nur etwa zweihundert Meter. Er öffnete auf ihr Klingeln hin und zeigte ihr höflich, aber eilig das Badezimmer. Offenbar wollte er rasch zurück an seine Arbeit. Sie warf einen kurzen Blick in sein Arbeitszimmer, in dem sie einen Computer und einen geöffneten Laptop erkennen konnte, doch er verschwand sofort wieder in dem Raum und schloss die Zimmertür hinter sich. Freundlich war er nicht gerade, aber egal – die Dusche!

Jack hatte ein schlicht eingerichtetes Bad mit hellgrauen Fliesen und ein paar ordentlich in Reihe stehenden Körperpflegeartikeln: Duschgel, Shampoo, Rasierschaum, Deo, alles gehobene Standardqualität. Dazu graue und dunkelrote flauschige Handtücher, die sie nicht benutzen musste, weil sie ihr eigenes Reisehandtuch mitgebracht hatte.

Laura duschte lange und heiß und genussvoll. Sie wusch sich die Haare und seifte sich am ganzen Körper ein. Kurz war sie in Versuchung, sich in eines von Jacks Handtüchern zu wickeln – sie könnte ihm ja anbieten, es gewaschen zurückzubringen –, aber dann fand sie doch, dass sie ihm damit zu nahe treten würde.

Dennoch: Dieses Badezimmer war schön und auf eine angenehme Art männlich. Laura konnte nicht widerstehen, sie schraubte das Aftershave auf und schnupperte daran. Eine leicht herbe, frische Note. Ob Jack wohl eine Freundin hatte, die ihm Aftershave schenkte? Hier im Bad deutete definitiv nichts auf eine weibliche Person hin. Aber auszuschließen war es nicht, es gab ja auch Menschen, die niemals ihre Sachen in anderer Leute Badezimmer zurückließen.

Es gab nicht einmal einen Föhn, wie sie feststellte. Oder wenn es einen gab, wurde er in dem grauen Schrank aufbewahrt, den sie nicht öffnen mochte. Egal, sie hatte ihren eigenen Reiseföhn drüben in der Burg. Aus ihrem Handtuch wickelte sie einen Turban für ihre nassen Haare, zog sich an und trat wieder in den kleinen Flur. Die Tür zu dem Arbeitszimmer war geschlossen. Sollte sie kurz klopfen, ihm Bescheid geben, dass sie jetzt ging, und sich vielleicht noch einmal bedanken? Aber als sie gerade die Hand ausstreckte, hörte sie Jacks Stimme durch die Tür. Offenbar telefonierte er mit jemandem.

„Ja, gern gleich morgen. Das wäre sehr hilfreich. Wissen Sie schon, mit welchen Investitionen wir rechnen müssen?“

Dann schwieg er, während er offenbar der Antwort seines Gesprächspartners lauschte.

Laura hatte nicht stören wollen. Sie war leise aus dem Haus geschlichen und hatte die Tür hinter sich zugezogen.

Nun marschierte sie hinter Nisha her über die Steine. Auf dem unebenen Boden musste man jeden Schritt mit Aufmerksamkeit setzen. Wandern war nie ihre bevorzugte Art der Fortbewegung gewesen, wenn es sich nicht gerade um eine coole geführte Wanderung durch Wüste oder Urwald handelte, mit einem gut aussehenden Guide und der sicheren Gewissheit, dass ein Shuttle-Bus auf sie warten würde, bevor ihr die Puste ausging. Aber nach einer Weile empfand sie tatsächlich so etwas wie Entspannung. Es hatte etwas Hypnotisierendes, immer nur auf die schroffen Steine vor sich und auf Nishas dunkelrote Sneakers zu schauen, in denen sich die Irin gleichmäßig und geschickt vorwärtsbewegte.

Da und dort gab es Wegweiser, aber Nisha schien die Strecke zu kennen und blieb nie stehen, um sich zu orientieren. Dann tauchte vor ihnen plötzlich ein kleines Kassenhäuschen auf, neben dem sich ein fast leerer Parkplatz befand. Verwirrt sah Laura sich um. Ein Parkplatz, hier, mitten im Nirgendwo?

In dem Kassenhäuschen saß eine dickliche ältere Frau. An der Glasscheibe hing eine Preisliste, aber die Frau schien Nisha zu kennen und nickte ihnen nur zu, als sie am Häuschen vorbeigingen. Dahinter begann ein umzäuntes Gelände, das, soweit Laura erkennen konnte, aus der gleichen steinigen Landschaft bestand wie die Umgebung.

„Wo sind wir hier?“, fragte Laura, aber Nisha lächelte nur geheimnisvoll.

„Das wirst du gleich sehen.“

Vor ihnen erhob sich eine Bruchsteinmauer, die auf den ersten Blick kaum von den felsigen Hügeln zu unterscheiden gewesen war. Durch eine Lücke in der Mauer folgten sie einem Fußpfad, und plötzlich erkannte Laura, dass das, was sie eben für einen weiteren steinigen Hügel gehalten hatte, in Wahrheit ein Bauwerk war. Es war mindestens vierzig Meter breit, etwa drei Meter hoch und hatte anscheinend eine perfekte Kreisform. Man sah weder Mörtel noch Spuren der Bearbeitung, alles war vollständig aus lose geschichteten Natursteinen gefertigt.

Überrascht blieb Laura stehen. „Was ist das?“

„Ein Ringfort. Es ist etwa tausendfünfhundert Jahre alt. Damals haben Menschen dieses Fort zum Wohnen und zur Verteidigung errichtet.“

„Sie haben hier gelebt, in dieser einsamen Gegend inmitten der Steine?“

Laura kam sich plötzlich sehr verweichlicht vor, weil sie selbst es keine zwei Wochen ohne heiße Dusche ausgehalten hatte.

„Ja“, sagte Nisha und nickte. „Hier haben auch schon früher Menschen gelebt, aber dieses Fort ist vermutlich um Fünfhundert nach Christus entstanden. Und es war mindestens fünfhundert Jahre lang bewohnt. Es gibt verschiedene abgeteilte Bereiche, die wahrscheinlich für Vieh genutzt wurden. Komm, wir gehen hinein!“

Sie passierten den runden Außenwall und kamen in den Innenbereich des Forts, der von kleineren Mauern durchzogen war. Nisha kannte die Anlage gut und konnte erklären, welche der Mauern einst zu Ställen oder Pferchen gehört hatten und welche das Fundament für die Wohngebäude gewesen waren. Lauras Fantasie war bereits geweckt. Sie stellte sich vor, eine junge Frau in so einem Fort zu sein, die ihre Schafe und Ziegen aus dem Pferch auf die kahle Weide trieb, damit sie zwischen den Steinen nach Futter suchen konnten. Sie hätte einen langen Rock aus gebleichter Wolle getragen, einen Gürtel aus Leder und Schmuck aus poliertem Holz oder vielleicht gehämmerten Bronzeplättchen. In der damaligen Zeit wäre sie bestimmt schon verlobt gewesen. Oder sogar verheiratet, mit einem groß gewachsenen keltischen Krieger mit rötlichem Haar und grünen Augen … Sie errötete, als sie merkte, dass der keltische Krieger ihres Tagtraums ein bisschen wie Jack aussah, aber Nisha merkte es glücklicherweise nicht, weil sie immer noch vor ihr herlief und über die Nutzung der Steinwälle referierte. Es war sowieso eine ziemlich alberne Fantasie gewesen. Und außerdem hatten keltische Krieger bestimmt nicht nach herb-frischem Aftershave geduftet.

Etwa eine Stunde schlenderten Laura und Nisha zwischen den alten Steinmauern hindurch, bestiegen den Wall und bewunderten die große ringförmige Anlage, die aussah, als sei sie gar nicht gebaut, sondern aus der Landschaft herausgewachsen. Laura machte einige Fotos, aber durch den eintönig hellgrauen Himmel darüber war es schwer, den Zauber des alten Forts einzufangen.

„Ich habe sicher noch Aufnahmen bei Sonnenschein zu Hause“, meinte Nisha und versprach, sie für Lauras Reiseunterlagen herauszusuchen und ihr zuzumailen.

Schließlich setzten sie sich auf eine Bank am höchstgelegenen Aussichtspunkt und verzehrten die Sandwiches, die sie mitgebracht hatten, bevor sie sich auf den Rückweg machten. Nachdem sie die historische Stätte hinter sich gelassen hatten, sank Lauras Laune wieder. Es war zwar nett, hier mit ihrer neuen Freundin die Gegend zu erkunden, aber es half ihr in keiner Weise weiter.

Nisha schien die trübe Stimmung zu bemerken. „Gefällt dir die Wanderung nicht? Hab ich eine zu lange Strecke ausgesucht?“, fragte sie besorgt.

„Nein, alles okay. Der Weg ist klasse.“

Sie schwiegen eine Weile.

„Ist irgendwas anderes?“, fragte Nisha dann.

Laura seufzte. „Ich komme in der Burg einfach nicht weiter. O’Toole taucht nicht auf und ruft mich auch nicht zurück, obwohl er es versprochen hatte. Und wenn ich selbst mit irgendwas anfange, mache ich das Chaos nur noch schlimmer.“

„Du bist doch noch gar nicht so lange hier“, wandte Nisha ein.

„Das wird mein Bruder nicht so sehen. Er ist ein Macher und erwartet, dass andere das auch sind. Und in diesem Fall hat er sogar recht. O'Toole hatte mir ja schon zugesagt, dass er diese Woche anfängt."

„Kommen denn die Handwerker in Deutschland immer pünktlich?", fragte Nisha.

„Nein, natürlich nicht", gab Laura zu. „Aber zumindest die Heißwasserheizung müsste inzwischen repariert sein. O'Toole hatte ja gesagt, dass alles schnell gehen würde. Dass er nur ein paar Tage bräuchte."

Nisha blieb stehen und schien in die Ferne über die steinernen Hügelketten zu blicken.

„Ist es denn so schlimm, dass du eine Weile in Irland bleiben musst?"

„Nein, nein!", beeilte Laura sich zu sagen, weil sie Angst hatte, Nisha verärgert zu haben. „Es macht Spaß, die Gegend zu erkunden. Und sie ist viel schöner und abwechslungsreicher, als ich gedacht habe. Aber ich wohne hier in einem Chaos ohne Heißwasser, und in drei Wochen kommt mein Bruder und erwartet ein fertig eingerichtetes Ferienhaus."

„Wenn er ein Ferienhaus will, hätte er ein Ferienhaus kaufen sollen", bemerkte Nisha trocken, „und nicht eine renovierungsbedürftige Burg."

„Aber er wollte nun mal eine Burg haben. Was Lars will, das kriegt er auch – das ist sozusagen sein Lebensmotto."

Nisha lächelte aufmunternd. „Und was ist dein Lebensmotto?"

„Keine Ahnung", meinte Laura düster. „Vermutlich: Egal was ich mache, es geht sowieso schief." Und dann musste sie doch lachen. „Es ist einfach so, dass ihm immer alles gelingt und mir gar nichts."

„Das ist doch nicht wahr!"

„Ist es doch. Ich bin arbeitslos, ich hab keinen Freund und keine Kinder, und ich schaffe es nicht einmal, dass Fred O'Toole meine Heizung repariert."

„Das wird schon noch." Nisha sah Laura immer noch nicht an. „Irgendwann geht es voran, du wirst sehen."

Aber sie klang dabei so zaghaft, dass Laura sich sicher war, nicht einmal Nisha würde daran glauben.

Endlich erreichten sie den Parkplatz und stiegen wieder in den Wagen. Nisha hatte offenbar beschlossen, Lauras gedrückte Laune zu ignorieren, und redete fast die ganze Zeit über. Sie nannte die Namen der einzelnen Hügel und der Dörfer, durch die sie fuhren, und erzählte von anderen Ringforts und von Höhlen und Hügelgräbern, die man im Burren besichtigen konnte. Sie schien keine großen Antworten zu erwarten, also reichte es völlig, wenn Laura dann und wann ein „Aha" oder „Ach so" einwarf.

Kurz bevor sie wieder nach Kilfarosan kamen, zeigte Nisha nach rechts. „Das da ist übrigens Jacks Firma."

Neugierig blickte Laura in die angegebene Richtung. Dort stand ein zweistöckiges modernes Bürogebäude mit hölzernen Verschattungssystemen und einem begrünten Dach. Dahinter lagen mehrere flache Anbauten, die ein bisschen wie futuristische Gewächshäuser wirkten. Alles sah sehr neu aus.

„Was wird dort gemacht?", fragte sie.

„So genau weiß ich das auch nicht", gab Nisha zu. „Sie entwickeln Saatgut für den ökologischen Anbau, glaube ich. Sie wollen die irische Agrarwirtschaft revolutionieren, so steht es auf der Website. Finanziert werden sie von einer großen Dubliner Firma, zu der sie gehören."

„Klingt cool", meinte Laura ironisch, „auf der Website von meinem Bruder steht auch, dass sie sich für eine bessere Welt einsetzen oder so etwas. Das behaupten alle Start-ups von sich."

„Aber die Agritech-Branche ist ein Segen für unser County." Nisha klang nun wirklich eifrig. „Zum einen bringen sie neue Arbeitsplätze in die Gegend. Sie investieren in die Region – das haben sie sogar mit dir und deinem Bruder und eurer Burg gemeinsam. Und zum anderen geben sie der veralteten Landwirtschaft hier eine Chance. Sie wird umweltfreundlicher und gleichzeitig rentabler – das ist doch eine gute Sache."

„Bestimmt." Laura fühlte sich plötzlich zu müde, um zu widersprechen. „Du kannst mich im Dorf rauslassen. Die Strecke zur Burg bin ich inzwischen gewohnt, und außerdem wollte ich noch im Laden vorbeigehen."

„Wirklich? Ich kann auch warten, bis du deine Einkäufe gemacht hast, und dich dann heimfahren."

„Das musst du nicht. Und heute brauche ich nicht viel. Das kann ich auch tragen, kein Problem."

„Okay, wie du willst. Dann lasse ich dich vor Oisíns Laden heraus."

Als Laura kurze Zeit später mit ihren Einkäufen den Kiesweg zur Burg entlangging, wartete noch eine Überraschung auf sie. In der Einfahrt stand ein Wagen. Allerdings war es nicht O'Tooles Transporter, sondern ein uralter Vauxhall Chevette, der die Bezeichnung Oldtimer vermutlich mehr als verdient hätte, wenn er nicht hauptsächlich aus Rost und Panzertape bestanden hätte. Die Grundfarbe war wahrscheinlich hellblau gewesen, aber das war kaum mehr zu erkennen.

Erst auf den zweiten Blick bemerkte Laura die Veränderung, die mit dem Grundstück vor sich gegangen war. Ihre mühsam abgeschnittenen und zusammengetragenen Brombeerzweige waren zu ordentlichen Bündeln zusammengeschnürt worden, und daneben lag ein zweiter, kleinerer Haufen, der aus den erdigen Wurzelstöcken der Brombeerpflanzen bestand.

Laura ging um die Burg herum und stieß dahinter auf einen hageren weißhaarigen Mann, der gerade einen weiteren Wurzelstock mit einem Spaten bearbeitete. Der Mann war ebenfalls ein Oldtimer: Er hatte ein faltiges Gesicht und sah unglaublich alt aus. Mindestens achtzig, eher fünfundachtzig Jahre musste er sein. Fassungslos beobachtete sie, wie er mit einem erdverkrusteten, klobigen Schuh gegen den Spaten trat und damit den Wurzelstock aus dem Erdreich hebelte. Konnte dieser Greis heute Nachmittag all diese Brombeerhecken entfernt haben? Und wer war das überhaupt?

„Hallo", sprach sie ihn an, „guten Tag!"

Aber er hatte ihr Kommen anscheinend nicht bemerkt und setzte ein weiteres Mal den Spaten an.

„Hallo, Sir!", rief sie diesmal etwas lauter, und nun schaute er auf.

„Ah! Junge Dame!"

Laura riet eher, als dass sie verstand, was er gesagt hatte.

„Hallo! Ich bin Laura Heller, guten Tag!"

„Weiß ich." Er nickte, als würde das eine Vorstellung seiner selbst unnötig machen.

„Und Sie sind …?"

Er runzelte die Stirn, als müsste er darüber nachdenken. „Paddy. Paddy Harlow ist mein Name."

Paddy Harlow? In diesem Moment fiel Laura ein, was Jack gesagt hatte: „Ich schicke dir Paddy Harlow vorbei." Offenbar hatte sie diesen Gast – oder Helfer – ihrem Nachbarn zu verdanken. Aber was tat er da eigentlich, so ganz ohne ihre Genehmigung? Sie war dankbar für den enormen Fortschritt, den der Garten heute gemacht hatte, doch hätte er sich nicht zuerst mit ihr abstimmen müssen, bevor er mit der Arbeit anfing?

„Ich sehe, Sie haben einen Teil der Brombeerhecken entfernt", begann sie zögernd.

„Ja. Kommt alles weg", sagte er und klang befriedigt. „Dann haben Sie hier Platz für einen richtigen Garten."

„Äh, ja. Es ist toll, was Sie schon geleistet haben. Aber sollten Sie mir nicht erst ein Angebot machen? Einen Kostenvoranschlag?"

Er blickte sich um und schien abzuschätzen, was seine Arbeit wert war. „Für heute – hundert Euro."

Laura hatte keine Ahnung, welchen Stundensatz ein Gärtner haben sollte, aber das klang billig.

„In Ordnung. Schreiben Sie mir eine Rechnung?"

Er winkte ab. „Mädchen, du gibst mir einfach hundert Euro. Morgen mach ich weiter."

Laura biss sich auf die Lippen. Das würde ihrem Bruder kein bisschen gefallen, soviel wusste sie. Nicht so sehr, weil er Schwarzarbeit betrügerisch oder asozial fand, sondern vor allem, weil er jede Rechnung seinem Steuerberater zukommen ließ, der dann alljährlich stapelweise Belege beim Finanzamt einreichte und damit Lars' nicht unerhebliches Vermögen vor einem allzu gierigen Zugriff des Staates schützte.

„Eine Rechnung wäre mir lieber", beharrte sie darum.

„Hundert Euro", sagte der alte Mann starrsinnig.

„Nur mit einer Rechnung."

„Hundert Euro!“

Für einen Moment fühlte sich Laura in ihre Kindheit zurückversetzt, in zahllose Streitereien, die meistens in eine Abfolge von „Nein!“, „Doch!“, „Nein!“, „Doch!“ gemündet hatten. Dann wurde ihr bewusst, dass sie in diesem Fall den Kürzeren ziehen würde. Der Alte war in Vorleistung getreten, und zum ersten Mal war hier wirklich etwas passiert. Sie brauchte ihn. Erschöpft kramte sie ihr Portemonnaie aus dem Rucksack und zog einen Hunderteuroschein heraus. Bei nächster Gelegenheit würde sie ihre Bargeldvorräte aufstocken müssen. Sie konnte nur hoffen, dass Lars ihr auch solche unvorhergesehenen Ausgaben erstatten würde.

Zufrieden stopfte Paddy Harlow den Geldschein in die Tasche seiner zerschlissenen Arbeitshosen und machte sich wieder ans Werk.

Kapitel 17

SONNTAGS schloss das Pub früher als an den anderen Tagen, doch da Laura nur eine Kleinigkeit essen wollte, störte sie das nicht. Als sie den Gastraum gegen halb sechs betrat, sah sie Jack an der Theke sitzen. Er hatte ein Half-Pint-Glas vor sich und wechselte gerade ein paar freundliche Worte mit der Wirtin.

Verlegen blieb Laura im Eingang stehen. Irgendwie konnte sie ihn sich immer noch gut als keltischen Krieger vorstellen, auch wenn er Jeans und ein faltenloses Hemd trug. Sollte sie sich einfach neben ihn setzen? Das würde so aussehen, als seien sie verabredet, außerdem mochte sie sich nicht in sein Gespräch mit Mrs Murphy einmischen. Einfach nur mit einem kurzen Gruß an ihm vorbeizugehen, kam ihr allerdings auch seltsam vor, nachdem sie heute Morgen sein Badezimmer benutzt hatte.

Schließlich entschied sie sich für einen Kompromiss und nahm zwei Barhocker entfernt an der Theke Platz. Sie studierte das kleine Angebot an Sandwiches, während sie den beiden unwillkürlich und mit halbem Ohr zuhörte. Es schien sich um höflichen Small Talk zu handeln, wenn sie das richtig deutete. Außerdem stellte sie fest, dass die Wirtin Jack mit deutlich mehr Respekt behandelte als die meisten anderen Gäste. Ob das daran lag, dass seine Firma hier ein wichtiger Arbeitgeber war, oder einfach an der gelassenen Autorität, die ihr Nachbar offenbar in allen Lebenslagen ausstrahlte, hätte sie nicht sagen können.

Endlich bemerkte Mrs Murphy Laura, und sie konnte ihr Sandwich bestellen. Als die Wirtin in die Küche ging, um das Essen zu holen, nutzte Laura die Gelegenheit, um sich Jack zuzuwenden.

„Vielen Dank noch mal“, sagte sie rasch. „Zum einen fürs Duschen, und zum anderen für Paddy Harlow.“

„Oh, kein Problem.“ Jack schien sie erst jetzt richtig zu bemerken. Er nahm einen Schluck aus seinem fast leeren Glas, und Laura hatte den Eindruck, dass er bereits im Begriff gewesen war zu gehen.

Sie wünschte sich brennend, er würde noch eine Weile bleiben – einfach nur, weil sie keine Lust auf ein Gespräch mit Mrs Murphy und sonst niemanden zum Reden hatte, wie sie sich selbst eilig versicherte.

„Kommst du oft her?“, fragte sie darum.

„Gelegentlich“, meinte er vage und mit einem unübersehbaren Blick auf die Uhr.

Sie lächelte verlegen und platzte dann heraus: „Sorry – das war vermutlich die meist gebrauchte und einfallsloseste Gesprächseröffnung, die es gibt. Aber mir fiel nichts Besseres ein, und ich sitze so ungern allein an einer Bar herum.“

Diesmal lachte Jack. Vielleicht war er amüsiert von ihrer Ehrlichkeit.

„Ich verstehe. Jede Gesellschaft ist besser als keine Gesellschaft.“

„So war das nicht gemeint.“ Laura wurde rot.

„Schon klar.“ Er lächelte, und sie begriff, dass er nicht beleidigt war. „Du kennst noch nicht allzu viele Leute hier, oder?“

Laura schüttelte den Kopf.

„Dann machst du es genau richtig. Im Pub kann man mit jedem ein Gespräch anfangen, egal ob man sich kennt oder nicht.“

„Na ja, ich übe noch“, meinte sie entschuldigend.

Nun brachte Mrs Murphy den Teller mit Lauras Sandwich. Jack schien kurz nachzudenken, dann rutschte er einen Stuhl weiter in Lauras Richtung und schob sein leeres Glas der Wirtin zu.

„Kann ich noch eines haben, Mrs Murphy?“

Laura freute sich, dass er sich offenbar entschlossen hatte, ihr Gesellschaft zu leisten. Vermutlich war es reine Menschenfreundlichkeit, aber wenigstens war sie nicht mehr allein.

„Das Essen ist sehr lecker hier“, redete sie weiter, nachdem sie einen Bissen von dem großzügig belegten Brot genommen hatte.

„Ich weiß. Aber heute habe ich schon gegessen. Ich wollte eigentlich nur kurz auf einen Drink vorbeischauen. Oder auch zwei“, fügte er hinzu, weil ihm die Wirtin gerade ein frisch gefülltes Glas hinstellte.

Inzwischen waren weitere Leute ins Pub gekommen. Die meisten nickten Jack freundlich zu. Überhaupt schien es Sitte zu sein, jeden zu begrüßen.

„Ich fühle mich ein bisschen, als würde ich uneingeladen in einem fremden Wohnzimmer sitzen", gestand Laura. „Fast als hätte ich gar kein Anrecht, hier bedient zu werden."

Jack lächelte. „Du könntest dich auf dein Recht als *bona fide traveller* berufen."

„Mein was?" Laura machte große Augen.

„Dein Recht, als Reisende jederzeit etwas zu trinken bestellen zu können. Wusstest du das nicht? Der Alkoholausschank war früher in Irland streng reglementiert – unter anderem mussten Pubs sonntagnachmittags geschlossen sein. Aber es gab eine Ausnahmeregel für Menschen, die auf einer Reise waren, mindestens drei Meilen entfernt von ihrem Zuhause. Die hatten jederzeit das Recht, alkoholische Getränke zu bestellen. Daraufhin entwickelte sich ein schöner Brauch, sonntags in ein drei Meilen entferntes Nachbardorf zu wandern, damit man ein Bier bestellen konnte. Man wurde allerdings bestraft, wenn man keinen anderen Grund für die Reise nachweisen konnte."

Laura lachte. „Das ist verrückt!"

Jack legte den Kopf schräg und dachte nach. „Vermutlich ist es das", stimmte er dann zu. „In diesem Land ist so manches verrückt."

„Oh, in anderen Ländern gibt es auch schräge Gesetze", meinte Laura, um ihn zu trösten. „Ich habe mal gelesen, dass im Staat Oklahoma die Jagd auf Wale verboten ist."

„Ich bin ja generell für jede Art von Naturschutz", sagte Jack, ohne eine Miene zu verziehen, „insofern kann ich es nur begrüßen, wenn diese alte Tradition in der weiten Prärie von Oklahoma endlich aufgegeben wird. In Florida ist es übrigens verboten, aus einem Auto zu springen, das schneller als einhundertfünf Kilometer pro Stunde fährt."

„Klingt sehr vernünftig. Ich hätte es ansonsten ausprobiert, wenn ich mal nach Florida komme, aber da es verboten ist, lasse ich es lieber."

Laura genoss die Plauderei sehr. Es war herrlich, so in dieser gemütlichen Kneipe zusammenzusitzen und sich gegenseitig mit albernen Gesetzen zu übertrumpfen. Beinahe fühlte es sich an, als seien sie alte Freunde, obwohl sie sich bisher nur ein paarmal getroffen hatten, und das meistens in für Laura peinlichen Situationen.

„Außerdem habe ich gelesen, dass in Iowa Küsse verboten sind, die länger als fünf Minuten dauern", behauptete Jack gerade.

„Ja, fünf Minuten sind entschieden zu viel", meinte Laura übermütig. „Obwohl man das vielleicht ausprobieren müsste – fünf Minuten beim Küssen, wie lang mag einem das erscheinen?"

„Keine Ahnung, ich schaue dabei so selten auf die Uhr", meinte Jack trocken.

„Tja, da wir nicht in Iowa sind, könnten wir es stoppen", schlug sie vor.

Jack hob die Augenbrauen.

„Äh, das war nur ein Scherz!", beeilte sich Laura zu sagen.

Er nickte. „Ich habe meine Stoppuhr gar nicht dabei", gab er sanft zurück. „Auch wenn wir nicht in Iowa sind."

Für einen Moment trafen sich ihre Blicke, dann sah Laura rasch beiseite. Dachte er, sie wollte mit ihm flirten? Wenn ja, war das sicher der dreisteste Versuch einer Anmache, die er je erlebt hatte. Und wahrscheinlich hielt er sie für schrecklich aufdringlich. Oder war da doch ein Funken Interesse in seinem Blick gewesen? Sie blickte wieder in seine Richtung, doch er nahm gerade einen Schluck aus seinem Glas.

Eine Weile unterhielten sie sich noch über unsinnige oder lustige Gesetze in verschiedenen Ländern, dann gab Jack der Wirtin zu verstehen, dass er zahlen wollte.

„Gehst du auch nach Hause?", fragte er Laura höflich.

Laura nickte, sie hatte inzwischen aufgegessen und zog ihr Portemonnaie hervor. Jetzt allein sitzen zu bleiben, obwohl sie denselben Weg hatten, kam nicht infrage.

„Dann können wir ja gemeinsam gehen", meinte er freundschaftlich.

Kurz darauf schlenderten sie die Straße entlang durch den stillen Abend. Es roch nach nassem Asphalt, feuchter Erde und den blühenden Sträuchern der Böschungen. Nach der schweren, warmen Luft im Pub tat es gut, tief durchzuatmen. Der Regen hatte viele kleine weiße Blüten von den Hecken gefegt, sodass es aussah, als würde man über einen dünnen, gepunkteten Teppich laufen.

Sie schwiegen, aber es war ein erstaunlich angenehmes, einvernehmliches Schweigen, das zu der friedlichen Abendstimmung passte.

Jack begleitete sie bis vor die Burg.

„Es war nett, dich heute getroffen zu haben“, sagte er, als sie dort angekommen waren.

Laura lächelte. „Ja, in der Tat.“

Sie standen voreinander, und Laura hatte das Bedürfnis, noch irgendetwas zu sagen.

„Wusstest du, dass es in London verboten ist, die eigene Ehefrau nach einundzwanzig Uhr zu schlagen?“, fragte sie zaghaft.

Zu ihrer Freude griff Jack den Scherz sofort auf. Er sah auf die Uhr. „Es ist erst dreiviertel neun. Aber egal, ich bin nicht verheiratet.“

„Na ja, ich würde dann doch eher den fünfminütigen Kuss ausprobieren“, platzte sie heraus und wünschte sich im selben Moment, diesen Satz wieder zurücknehmen zu können.

„Wenn ich die Wahl zwischen diesen beiden Optionen habe, wäre mir der Kuss auch lieber“, meinte Jack lächelnd. Sein Blick traf noch einmal ihren. „In Ermangelung einer Stoppuhr …“

„In Ermangelung einer Stoppuhr – gute Nacht!“, sagte sie rasch, bevor sie noch mehr Blödsinn plapperte.

„Gute Nacht, Laura.“ Jack lächelte ihr noch einmal zu, dann wandte er sich ab und ging die Straße hinunter.

„Gute Nacht, Jack.“

Laura sah ihm nach, bis er in der Dämmerung verschwunden war. Der alte Burgturm wartete geduldig, bis sie sich endlich entschloss, hineinzugehen.

Kapitel 18

AM Montagmorgen beim Aufwachen fiel Laura auf einmal ein, was sie tun würde – was sie schon seit Tagen hätte tun sollen: Sie würde bei O'Tooles Firma vorbeigehen und ihn direkt zur Rede stellen. Das war die einzige Lösung. Und sie würde so lange warten, bis diese schwangere Margaret oder Mary, oder wie sie auch immer heißen mochte, bereit war, sie hineinzulassen.

Als sie vor die Tür der Burg trat, bewunderte sie als Erstes die weite Freifläche, die inzwischen um die Burg herum entstanden war. Der alte Paddy – sie nannten einander mittlerweile beim Vornamen, auch wenn sie immer noch nur die Hälfte von dem verstand, was er sagte – hatte auch Freitag und Samstag weitergearbeitet und dafür jeweils hundert Euro verlangt. Sie hatte nach Kräften versucht, ihm zu helfen. Zunächst hatte sie ihn damit eher verärgert als erfreut. Jeden ihrer Handgriffe hatte er mit missmutigen Blicken bedacht, ihr dann das Werkzeug aus der Hand genommen und ihr demonstriert, dass sie es falsch hielt oder falsch benutzte oder sich anders hinstellen musste, um es richtig einzusetzen. Aber nachdem sie seinen Anweisungen jedes Mal gefolgt war, hatte sich seine Ablehnung nach und nach in eine grummelige Zustimmung verwandelt, und sie kamen immer besser miteinander zurecht. Laura hatte auch versucht, mit ihm ins Gespräch zu kommen, doch viel hatte sie dabei nicht erreicht. Außer dass er ein Leben lang hier in der Nähe gewohnt, aber mit den Bewohnern des Dorfes wenig am Hut hatte, hatte sie nichts aus ihm herausbekommen.

Abends war er in sein rostiges Auto geklettert und unter lautem, ungesund klingendem Motorpuffen über die Landstraße verschwunden. Er hatte auch schon das meiste des Grünschnitts in seinem Kofferraum abtransportiert – wohin, das wusste Laura nicht.

Entschlossen wanderte sie in Richtung Dorf. Das Wetter war nach einem einigermaßen trockenen Wochenende schon wieder regnerisch geworden, aber es war immerhin nur ein leichter Nieselschauer, der nicht durch die Kapuze ihrer Regenjacke drang.

Sie hatte sich vorher im Internet angeschaut, wo sich O'Tooles Firma befand: am anderen Ende des Dorfes, in einer Seitenstraße irgendwo hinter der Kirche. Das Dorf kannte sie inzwischen ziemlich gut. Außer dem kleinen Laden gab es dort noch Mauras Friseurgeschäft, eine winzige Poststation und direkt neben dem Museum einen Souvenir-Shop, der kleeblattverzierte Basecaps, Postkarten und Automatenkaffee verkaufte.

An der Seitenstraße, die sie nun suchte, war sie bei ihren Streifzügen bisher noch nicht vorbeigekommen. Was auch kein Wunder war. Die Straße beherbergte ein kleines Industriegebiet, das ebenso hässlich war wie Industriegebiete überall auf der Welt. Es gab zwei oder drei asphaltierte Höfe, auf denen Kieshaufen und Holzpaletten vor sich hin moderten. Der Straßenrand wurde als Parkplatz für ein halbes Dutzend kleinerer Lastwagen und Anhänger genutzt. Ein paar fensterlose Gebäude, an denen jeweils ein ihr unbekanntes Firmenlogo prangte, gaben nicht preis, welche Art von Industrie sich dahinter verbarg. Mindestens eines davon schien sowieso leer zu stehen.

Ganz am Ende der Straße entdeckte sie endlich den Firmensitz von *O'Toole Hausbau und Renovierungen*. Es sah vergleichsweise gepflegt aus. Unter einem überdachten Carport stapelten sich ordentlich große Pappkartons, die der Aufschrift nach Sanitärmöbel, Fenster und andere Immobilienausstattungen enthielten. Zur Straße hin gab es ein Büro, auf dessen Fenstern der Firmenname prangte.

Laura ging zu der Tür aus Glas und rot lackiertem Metall und drückte dagegen. Sie war verschlossen, also betätigte sie die Klingel daneben.

Nichts geschah. Laura klingelte noch einmal, und als das ebenso erfolglos blieb, ging sie hinüber zu den Fenstern des Büros und spähte durch die halb offenen Jalousien hinein.

Soweit sie erkennen konnte, war das Büro leer. Es bestand aus zwei unordentlichen Schreibtischen, die mit allerlei Papierkram bedeckt waren. Es sah ganz anders aus als im Büro ihres Bruders. Zwar gab es jeweils einen Computer mit Tastatur und Monitor, aber während in der Firma ihres Bruders fast alles papierlos funktionierte, schien man hier dem Prinzip zu folgen, dass nur ausgedruckte Unterlagen echte Unterlagen waren. Auf allen Flächen stapelten sich Pappkladden und Briefstapel, und die hintere Wand wurde komplett von einem mit Heftordnern gefüllten Regal eingenommen.

Auch wenn niemand zu sehen war, konnte Laura erkennen, dass mindestens eine Person hier aktuell arbeiten musste: Eine Tasse Tee stand neben der Tastatur, eine dunkelrote Jacke hing über dem Stuhl, und der Computer war angeschaltet. Auf dem Monitor konnte sie etwas erkennen, das vermutlich eine Rechnung darstellte. Wenn sie gewollt hätte, hätte sie sie vielleicht sogar entziffern können. Wem immer dieser Schreibtisch gehörte, Datenschutz und Geschäftsgeheimnisse schienen ihn nicht groß zu interessieren.

Drinnen klingelte das Telefon. Sicher war auch dies ein Kunde, der schon länger auf eine Reparatur wartete, denn das Telefon klingelte hartnäckig eine ganze Weile – so lange, bis sich drinnen doch etwas tat. Eine junge Frau, offensichtlich hochschwanger, betrat das Büro. Anstatt das Telefon abzuheben, ließ sie sich erst einmal auf den Schreibtischstuhl fallen und streifte die Schuhe unter dem Tisch ab. Bis sie dann auch noch einen Schluck aus der Tasse getrunken hatte, hatte das Klingeln wieder aufgehört, und die Frau wandte sich dem Computermonitor zu.

Grimmig hob Laura eine Hand und klopfte energisch gegen das Fenster. Die Schwangere drehte sich um. Also war sie zumindest nicht taub, wie Laura beinahe vermutet hätte. Sie spähte nun ihrerseits durch die Jalousien, dann erhob sie sich, zog den Sonnenschutz beiseite und öffnete das Fenster.

„Hallöchen! Kann ich Ihnen helfen?“

„Das können Sie“, antwortete Laura und versuchte, so streng wie möglich zu klingen. „Ich warte schon seit mehr als einer Woche darauf, dass Mr O’Toole zu mir kommt und mit den Arbeiten anfängt.“

„Seit mehr als einer Woche?“ Die Schwangere klang ungläubig. „Das kann nicht sein. Unmöglich. Warten Sie, ich sehe im Kalender nach.“

Sie watschelte schwerfällig zum Schreibtisch zurück, ließ den Computer links liegen und öffnete stattdessen ein großes, leicht zerfleddertes Auftragsbuch.

„Wie war noch gleich der Name?“, fragte sie mit professionellem Ton.

„Laura Heller. Es geht um Ballylavorn Castle.“

Die Schwangere hob den Kopf. „Ach so.“ Mit einem Knall schlug sie das Auftragsbuch wieder zu.

Die Frau drehte sich auf ihrem Schreibtischstuhl um, sah Laura an und faltete die Hände vor ihrem beeindruckend kugelförmigen Bauch.

„Mr O’Toole ist sehr beschäftigt, müssen Sie wissen.“

„Das ist er bestimmt. Aber er hatte zugesagt, dass er letzte Woche vorbeikommen wollte, und bisher habe ich noch nicht einmal ein Angebot erhalten.“

„Ein Angebot, ja? Das Angebot habe ich gestern in die Post gegeben“, behauptete die Schwangere rasch.

Laura war sich sicher, dass sie log. Sollte sie sie in die Enge treiben und darum bitten, das Angebot einfach nochmals auszudrucken? Sie beschloss, sich diese Karte noch aufzusparen und zunächst lieber um Mitleid zu werben. Sie setzte eine unglückliche Miene auf, was ihr nicht schwerfiel, wenn sie an das kalte Duschwasser dachte.

„Und wann wollte Mr O’Toole anfangen? Wissen Sie, es gibt in der ganzen Burg kein Heißwasser. Weder in der Küche noch im Badezimmer.“

Wie erwartet, blickte die Schwangere mitfühlend. „Das tut mir leid.“

„Darum wäre es mir sehr wichtig, dass er heute oder morgen vorbeikommt.“

Der freundliche Gesichtsausdruck fror schon wieder ein. „Dazu müssen Sie uns natürlich bitte erst das Angebot bestätigen“, sagte die Schwangere geziert.

Dann eben doch. „Wenn Sie mir das Angebot hier und jetzt einfach noch einmal ausdrucken, unterschreibe ich es gleich!“, schoss Laura heraus.

Die Frau schnappte nach Luft. „Äh, nein. Nein. Das geht so nicht.“

„Warum?“ Laura wies auf den voluminösen Drucker, der in einer Ecke des Büros thronte.

„Weil. Äh. Weil … die Druckerpatrone ist leer.“

Laura versuchte zu erkennen, ob der Drucker eine Fehlermeldung anzeigte, aber er war zu weit weg. Und eigentlich war das auch egal.

„Dann setzen Sie doch eine neue ein.“

„Das muss Liam machen“, sagte die Frau verschnupft. „Ich fasse so etwas nicht an. Ich bin schwanger und will nicht mit Gefahrstoffen in Berührung kommen.“

„Eine Druckerpatrone gibt doch keine Gefahrstoffe ab. Jedenfalls nicht, wenn man sie auf normalem Weg auswechselt.“

Die Schwangere schniefte. „Trotzdem. Und außerdem bin ich technisch völlig unbegabt.“

„Dazu muss man nicht technisch begabt sein. Wenn Sie möchten, komme ich herein und wechsle die Patrone.“

„Nein. Das macht bei uns immer Liam. Und die Jungs sind auf einer Baustelle.“

Laura hätte den Disput gern noch weitergeführt, aber die Schwangere schnitt ihr das Wort ab. „Außerdem ist das Angebot ja sowieso schon in der Post. Bestimmt liegt es bereits im Briefkasten, wenn Sie nach Hause kommen.“

Das war eindeutig eine Aufforderung, jetzt sofort zu gehen. Unschlüssig blieb Laura stehen. Dass die Schwangere sie loswerden wollte, war klar. Aber warum? Nur weil das Angebot noch nicht fertig war?

„Wollen Sie nicht für mich arbeiten?“, platzte sie heraus.

Die Schwangere schlug die Hände ineinander, plötzlich besorgt. „Aber selbstverständlich wollen wir das! Es liegt uns doch auch am Herzen, dass in Ihre Burg wieder Leben kommt. Ganz bestimmt.“

Für einen Moment sahen sich die beiden an. Laura fand, dass ihr Gegenüber nun fast ebenso verzweifelt wirkte, wie sie selbst sich fühlte – als habe man sie in eine Zwickmühle gebracht, aus der sie beim besten Willen keinen Weg hinausfand.

„Sie bekommen Ihr Angebot, und ich werde Mr O'Toole ausrichten, dass er die Heizung rasch reparieren soll“, versprach die Frau. „Auf jeden Fall! Ich sage ihm, dass er sich noch heute bei Ihnen melden soll.“ Das war das erste Mal, dass ihre Worte wirklich ehrlich klangen.

„Danke“, murmelte Laura ratlos.

Die Schwangere nickte. „Ich werde es ausrichten“, wiederholte sie.

„Na dann. Einen schönen Tag noch. Und, na ja, alles Gute für das Baby.“

Nun lächelte die Schwangere wirklich. „Ganz herzlichen Dank“, sagte sie.

Laura nickte ihr noch einmal zu und machte sich auf den Rückweg, unsicher, ob sie einen Sieg oder eine Niederlage erlitten hatte.

Weil sie Zweifel hatte, ob sie auf dem Hinweg die kürzeste Strecke genommen hatte, versuchte sie es diesmal mit einer anderen Straße und wählte eine Route, die parallel zu der Hauptstraße des Dorfes verlief. Sie stieß bald auf einen schmalen Fußweg, und weil er in Richtung Burg zu führen schien, bog sie ein und folgte ihm. Nach kurzer Zeit sah sie linker Hand die flachen Gewächshäuser, die zu Jacks Firma gehörten, und wusste, dass sie auf dem richtigen Weg war.

In diesem Moment kam ein Wagen schwungvoll aus der Einfahrt des Unternehmens heraus und bog in die Landstraße ab. Es war der Kleintransporter von O’Toole. Wenn sie ein bisschen näher gewesen wäre, hätte sie sich dem Wagen in den Weg stellen können, aber vielleicht war es gut, dass ihr für eine so todesmutige Aktion keine Gelegenheit geblieben war.

Als das Auto in Richtung Dorf verschwand, begann Laura nachzudenken. Das hier war also die Baustelle, auf der „die Jungs“ angeblich waren? In Laura stieg wieder leichter Ärger auf. Offenbar war Jack besser darin, die Handwerker anzutreiben, als sie selbst.

Kapitel 19

Es hätte Laura beinahe gewundert, wenn sich Fred O'Toole noch an diesem Tag bei ihr gemeldet hätte, aber diese Überraschung trat nicht ein. Es war kein Angebot in der Post, er rief nicht an, und noch viel weniger erschien er auf der Burg. Auch Paddy kam an diesem Tag nicht. Da Laura keine festen Arbeitszeiten mit dem Alten vereinbart hatte, machte sie sich darüber keine Gedanken.

Stattdessen begann sie mit der Fleißarbeit, alles für die künftige Vermietung vorzubereiten. Sie recherchierte Preise, trug Informationen zusammen, listete Zimmer und Quadratmeter auf. Es war keine schwierige Arbeit, und ihr Selbstvertrauen stieg ein wenig. Schließlich war sie Fachfrau für das, was Menschen über ein Ferienhaus wissen wollten und worauf sie Wert legten. Solange hier nichts eingerichtet war, war mit diesen Informationen allerdings nichts anzufangen.

Am Nachmittag bekam sie eine Kurznachricht von Mick Duffy: *Sind Sie zu Hause? Ich komme kurz vorbei. Mick.*

Auch wenn sie sich nicht wirklich auf Micks Besuch freute, war es doch angenehm, dass er sich für sie interessierte und sich um sie kümmerte. Und vielleicht konnte er ihr ja auch helfen, ein bisschen Druck auf O'Toole auszuüben? Also setzte sie Teewasser auf und öffnete eine Packung Kekse aus dem kleinen Vorrat, den sie inzwischen angelegt hatte.

„Das sieht ja alles sehr einladend aus", lobte Mick auch gleich, als sie ihn in den Speisesaal führte.

„Ja. Nur leider gibt es abgesehen von diesem Tee immer noch keinen Tropfen heißes Wasser in der Burg." Laura wollte gleich zur Sache kommen.

„Tatsächlich? O'Toole hat das immer noch nicht erledigt?" Mick runzelte die Stirn. „Er ist nicht der Schnellste, aber bei solchen dringenden Sachen war er eigentlich immer zuverlässig."

„Das kann ich nicht bestätigen. Er ist nicht gekommen, und er meldet sich auch nicht bei mir. Ich habe sogar schon persönlich mit seiner Sekretärin gesprochen."

Mick winkte ab. „Mary ist ein nettes Mädchen, aber in dem Laden hat sie nichts zu sagen. Sie sitzt da nur noch die Zeit bis zur Geburt ab. Dennoch – eine kaputte Heizung müsste eigentlich Priorität haben."

„Das finde ich auch. Stattdessen war O'Toole bei dieser Agritech-Firma, soweit ich weiß."

„Bei O'Reilly? Soso." Mick schien aufzuhorchen.

„Ja. Zumindest ist sein Wagen dort aus der Ausfahrt gekommen, als ich gerade nach Hause ging."

Der Makler kratzte sich nachdenklich die blonden Koteletten.

„Hm", meinte er dann, „ich könnte mir vorstellen, dass O'Reilly nicht gerade scharf darauf ist, dass Sie hier schnell vorankommen."

„Was meinen Sie damit?", fragte Laura verblüfft.

„Ich habe Ihnen doch erzählt, dass solche Unternehmen viel Fläche brauchen. Und dass allzu viele Touristen sich da eher störend auswirken."

„Sie meinen, dass Jack diese Handwerker absichtlich abgeworben hat?" Laura konnte es nicht fassen. Jack war bisher zwar nicht gerade ausnehmend charmant, aber doch nachbarschaftlich hilfsbereit ihr gegenüber gewesen. Und das, obwohl sie sich bei ihrer ersten Begegnung so daneben benommen hatte. War das alles nur Fassade gewesen? Versuchte Jack heimlich, ihre Renovierungsarbeiten zu boykottieren?

„Sagen wir so: Dass O'Toole nicht immer pünktlich ist, würde mich nicht wundern. Aber dass er keine Angebote herausschickt und dass er nicht einmal die Heißwassertherme repariert, kommt mir doch verdächtig vor."

„Denken Sie wirklich, Jack hat O'Toole davon überzeugt, mich hinzuhalten?" Laura schäumte vor Wut.

„Na, wie das genau abgelaufen ist, weiß ich natürlich nicht. Aber vielleicht hat er ihm das eine oder andere Scheinchen angeboten, damit die Baustellen seiner Firma bevorzugt behandelt werden. Und in so einem Unternehmen gibt es bestimmt immer was zu tun." Mick lehnte sich zurück, nahm sich einen Keks, kaute geräuschvoll und betrachtete Laura, die inzwischen aufgestanden war.

„Das wäre eine Unverschämtheit“, grollte sie, während sie in dem Speisesaal auf und ab ging. Neben dem Ärger spürte sie eine tiefe Enttäuschung. Beim letzten Mal war ihr Jack so nett erschienen!

Ja, die schwangere Mary hatte sie eindeutig abwimmeln wollen. Und dafür musste es irgendeinen Grund gegeben haben. Diesen Grund hatte Mick ihr nun genannt. Und das Ganze erklärte auch, warum O’Toole anfangs so schnell zugesagt hatte und sich nun überhaupt nicht mehr meldete.

„In der Tat.“ Mick schluckte genussvoll den Keks hinunter. „Wahrscheinlich ist es an der Zeit, dass Sie mal ein deutliches Signal in seine Richtung setzen.“

„Was für ein Signal?“

„Nun ja. Sie müssen ihm einfach klar machen, dass Sie hier die Burgherrin sind.“ Er zwinkerte ihr zu.

„Eine Burgherrin ohne heißes Wasser“, meinte sie düster.

„Tja. Wenn O’Toole gar nicht in die Gänge kommt, müssen Sie sich eben einen anderen Handwerker besorgen. Soll ich mich mal umhören nach jemandem aus Ennistymon? Keine Sorge, ich kann bestimmt jemanden auftreiben, der Ihre Dusche rasch repariert.“

Das war so ungefähr das Hilfreichste, was Laura seit Tagen gehört hatte. „Es wäre großartig, wenn Sie das tun könnten“, erwiderte sie dankbar.

„Wird gemacht! Und soll ich Ihnen gleich auch noch ein paar Infos über andere Grundstücke hier in der Gegend zusammenstellen, damit Sie sich einen Überblick verschaffen wollen?“

„Ich denke nicht …“ – *dass mein Bruder mehr als eine kaputte Burg braucht*, hatte Laura sagen wollen. Aber dann fiel ihr das eiskalte Wasser im Badezimmer ein. Würde Mick sein Hilfsangebot womöglich vergessen, wenn ihm klar wäre, dass sie keine weiteren Geschäfte mit ihm machen würde? Sie war sich nicht sicher. Sobald das Heißwasser wieder funktionierte, würde sie ihm erklären, dass ihr Bruder neben der Burg bestimmt keine weiteren Investitionen in der Gegend tätigen würde.

„Ich denke nicht, dass es eilt“, sagte sie also, „aber natürlich schaue ich mir Ihre Unterlagen gern an.“

Mick nickte befriedigt. „Ich sagte ja: Sie müssen einfach mal ein Zeichen setzen und diesen Agritech-Fritzen ihre Grenzen aufzeigen.“

„Vielen Dank für Ihre Hilfe“, meinte sie und schenkte ihm diesmal ein aufrichtiges Lächeln.

„Was immer ich für Sie tun kann, mache ich gern.“

Er zwinkerte ihr zu, und plötzlich fühlte sich Laura unwohl. Da saß sie nun in diesem düsteren Gebäude in einem fremden Land mit einem fast fremden Mann und war auf seine Hilfe angewiesen, und zu allem Überfluss schien sie auf einmal von Gegnern umgeben: ein Nachbar, der ihr Steine in den Weg legte, ein Handwerker, der sie angelogen und im Stich gelassen hatte, und ein Makler, der sie unerwünschterweise anflirtete. Mick hatte seine Tasse ausgetrunken, und vermutlich hätte sie ihm noch mehr Tee anbieten sollen, aber sie konnte sich nicht dazu durchringen. Stattdessen erfand sie auf gut Glück eine Ausrede.

„Leider bin ich gleich verabredet, zu einer, äh, Telefonkonferenz“, sagte sie mit einem Blick auf ihr Handy.

„Oh, selbstverständlich. Ich habe auch allerhand zu tun.“ Mick hatte die Aufforderung sofort verstanden. „Ich melde mich, sobald ich einen anderen Handwerker für Sie gefunden habe.“

Sie verabschiedeten sich voneinander, und Laura war beinahe erleichtert, als er ging und sie wieder allein auf der Burg war.

Kapitel 20

AM nächsten Morgen sah sich Laura vor einen Gewissenskonflikt gestellt. Einerseits wollte sie allzu gern eine warme Dusche nehmen. Andererseits wollte sie niemanden um Hilfe bitten, der offenbar gegen sie arbeitete.

Schließlich entschied sie sich für einen Kompromiss: Sie würde bei ihm duschen, aber sie würde vorher sicherstellen, dass er nicht zu Hause war. Das hatte er ihr schließlich selbst angeboten. Idealerweise würde sie alles so hinterlassen, dass er gar nicht merkte, ob sie da gewesen war. Und wenn niemand wusste, dass sie bei Jack geduscht hatte, war es quasi genauso gut, als hätte sie es nicht getan.

Also legte sich Laura am Rande des Grundstücks auf die Lauer, um abzupassen, wenn Jack das Haus verließ. Das war nicht so einfach, denn das meiste Buschwerk war inzwischen verschwunden. Einige Weißdornhecken in der Ecke an Jacks Garten hatte der alte Paddy aber stehen lassen, und sie boten genügend Sichtschutz. Hier wartete Laura, bis sie nebenan plötzlich die Tür schlagen hörte. Sie spähte über die Hecke und sah, wie Jack auf sein Fahrrad stieg und den Weg hinunter in Richtung des Dorfs und seiner Firma radelte. Ausgezeichnet!

Laura schnappte sich ihr Handtuch und die Tasche mit dem Waschzeug und kletterte über den Zaun, wie Jack es ihr geraten hatte. Das war nicht weiter schwer. Sie ging durch seinen Garten zu der Terrassentür, die tatsächlich nicht abgeschlossen war, und stand gleich darauf in seinem Wohnzimmer. Neugierig sah sie sich um. Das Zimmer war nicht besonders groß. Es beinhaltete eine kleine Essecke – viel kleiner als der Bereich um den riesigen Esstisch in der Burg – und ein Sofa, das durch zwei moderne Ledersessel ergänzt wurde. Eine mattschwarze Stereoanlage und ein großer Fernseher machten den Raum zu einem echten Männerzimmer. Wie lange er hier wohl schon allein lebte? Kurz war sie in Versuchung, auch noch die Bücher und CDs in dem Regal hinter den Sesseln zu inspizieren, aber dann riss sie sich zusammen. Es hatte sie wirklich nicht zu interessieren, welche Musik Jack mochte! Und außerdem, fiel ihr ein, hörte er bestimmt – wie die meisten Leute – sämtliche Musik über Spotify, und die CDs waren nur Relikte, die den Geschmack seiner Jugend widerspiegelten.

Sie ging weiter ins Badezimmer, zog sich aus und schaltete die Dusche an. Das heiße Wasser war wundervoll. Während sie das Shampoo zwischen den Händen aufschäumte, stahl sich der Gedanke in ihren Kopf, wie es wäre, wenn Jack nun plötzlich doch zur Tür hereinkäme. Die Vorstellung hatte etwas Prickelndes. Die Tür würde sich öffnen, und er würde vor ihr stehen, vielleicht selbst nur mit einem Handtuch um die Hüften, weil er ebenfalls duschen wollte. Er würde sie überrascht anstarren und dann so etwas sagen wie: „Oh mein Gott, du bist die schönste Frau, die ich je gesehen habe!“ Und sie würde unschuldig antworten: „Wolltest du auch gerade duschen?“ Und dann …

Laura lächelte verlegen in sich hinein. Die Gedanken waren schließlich frei, ein paar erotische Fantasien über ihren gut aussehenden Nachbarn waren erlaubt, selbst wenn er sich im wahren Leben als intrigantes Ekel entpuppt hatte. In ihrem Tagtraum durfte er ein netter, smarter Mann bleiben und zu ihr unter die Dusche steigen.

Sie war gerade dabei, sich nach dem Duschen die Haare trocken zu rubbeln, als sich zu ihrem Entsetzen plötzlich tatsächlich die Badtür öffnete.

„Shit!“, platzte er heraus.

Jacks Reaktion, als er sie ohne Kleider und nur mit dem nassen Handtuch vor dem Körper sah, entsprach nicht ganz dem, was vorhin in ihren Gedanken abgelaufen war. Und auch sie fühlte sich gar nicht sexy, sondern nur entsetzlich beschämt. Glücklicherweise schlug er die Tür sofort zu, und sie stand wieder allein in dem Bad.

So ein Mist! Anscheinend hatte Jack ein echtes Talent, sie immer in der dümmsten Situation zu erwischen. Ihr Plan, sein Bad nur noch heimlich zu nutzen, war auch vereitelt worden, aber das war nun nicht mehr zu ändern. So schnell sie konnte, zog sie sich an, raffte ihre Sachen zusammen und verließ das Badezimmer.

Zu ihrer Überraschung stand Jack im Flur. „Hey, es tut mir leid!“

„Kein Problem. Es ist ja dein Bad, und ich dachte, du bist nicht zu Hause.“ Verlegen wollte sich Laura möglichst rasch an ihm vorbeidrängen.

„Ich war nur kurz weg, um Brot zu kaufen. Vormittags arbeite ich oft im Homeoffice. Ich hätte mir denken können, dass du da bist, und ich hätte zumindest klopfen sollen.“

„Verstehe.“

Sie standen sich noch immer gegenüber.

„Kann ich dir einen Cappuccino anbieten, als Entschädigung für den Schrecken?“, fragte er dann mit einem zaghaften Lächeln. Mit dem Kinn wies er in Richtung der Küche, und sie roch plötzlich den Duft frisch gemahlenen Kaffees. Nach so vielen Tagen, an denen sie nur Tee getrunken hatte, war die Aussicht auf einen wirklich guten Cappuccino sehr verlockend, aber sie zögerte noch.

„Zucker?“, fragte er, nachdem sie sein Angebot weder angenommen noch ausgeschlagen hatte.

Schließlich nickte sie. Er ging in die Küche und drückte ein paar Knöpfe an dem technisch kompliziert aussehenden Kaffeeautomaten. Es erklang ein zischendes Geräusch, und gleich darauf reichte er ihr eine Tasse Cappuccino, die sogar den Kaffee in Lars’ Firma übertraf: fluffiger Milchschaum, elegant von einem hellbraunen Muster durchzogen, leicht süß und, wie sie sofort feststellte, oben mit einem Hauch Zimt bestreut, dessen Duft sich mit dem Aroma des Kaffees verband.

„Danke!“, murmelte sie und atmete tief ein. Dann fiel ihr das Fantasiegebilde von vorhin wieder ein, und sie spürte, dass sie tiefrot im Gesicht wurde. Damit er es nicht merkte, trat sie ans Fenster und tat so, als würde sie in den Garten hinaussehen.

Eine Weile herrschte verlegenes Schweigen, während sie ihren Kaffee tranken. Zum ersten Mal wirkte Jack nicht cool und gelassen, sondern unsicher.

„Tut mir wirklich leid, dass ich hereingeplatzt bin“, wiederholte er schließlich. Er hatte sich in den Türrahmen gelehnt und blickte ebenfalls nach draußen.

„Macht nichts, es war ja ein Versehen.“ Er wirkte so zaghaft, dass Laura das dringende Gefühl hatte, sie müsste die Angelegenheit ins Lustige ziehen. „Hast du so selten eine Frau unter der Dusche?“, fragte sie also scherzhaft.

Er verzog den Mund zu einem halben Grinsen. „In letzter Zeit kommt das tatsächlich nicht vor“, meinte er. „Apropos – warum duschst du eigentlich nicht bei Pierce?“

„Bei Pierce?“ Im ersten Moment war Laura irritiert, aber dann musste sie so sehr lachen, dass sie sich fast an ihrem Cappuccino verschluckte.

Jack wartete mit verwirrtem Gesichtsausdruck, bis der Lachanfall vorüber war.

„Pierce wohnt bei mir und hat demnach ebenfalls kein heißes Wasser. Er ist überhaupt eher wasserscheu, nehme ich an. Was daran liegt, dass er eine Ritterrüstung ist.“

„Eine Ritterrüstung?“, fragte Jack perplex.

„Ja. Du hast sie gesehen, als du mir mit dem Kamin geholfen hast. Wobei, vielleicht hast du sie auch nicht gesehen, weil sie so rußig waren. In der Burg gibt es zwei Ritterrüstungen, Bono und Pierce. Benannt nach dem Sänger von U2 und dem Schauspieler.“

„Bono und Pierce – so langsam verstehe ich.“ Jack hatte seinen Mund nun ebenfalls zu einem breiten Grinsen verzogen. „Du hast zwar keinen Freund, bei dem du duschen kannst, aber dafür wohnst du mit zwei irischen Rittern ohne Furcht und Tadel zusammen. Nicht schlecht.“

„Ich habe keinen Freund, bei dem ich duschen kann, und du hast offensichtlich keine weibliche Bekanntschaft, die bei dir duscht“, bemerkte Laura und biss sich im nächsten Moment auf die Lippen. Das hatte komisch geklungen, verflixt komisch. Fast wie ein unbeholfener Flirtversuch. Und auch Jack hatte das offenbar wahrgenommen. Auf einmal schien die Luft zwischen ihnen zu knistern, und für einen intensiven Moment trafen sich ihre Blicke.

„Es ist jedenfalls kein Problem, wenn du mein Badezimmer benutzt.“ Jacks Stimme klang immer noch unsicher, aber auch weicher als vorher.

„Ich verspreche auch, dass ich Pierce nicht mitbringen werde." Laura hatte den Eindruck, dass sie diesen Scherz nun etwas überstrapaziert hatte, aber ihr war keine andere Antwort eingefallen.

Jack sah darüber hinweg. „Ja, als *rubber duck* ist er vermutlich ziemlich ungeeignet."

„In der Tat", stimmte Laura zu.

Danach kehrte wieder Stille ein. Die Cappuccino-Tasse war beinahe leer, und Laura ertappte sich dabei, wie sie den letzten Schluck absichtlich hinauszögerte, indem sie den restlichen Milchschaum in winzigen Löffelportionen vom Tassenrand kratzte.

„Ich habe gesehen, dass Paddy Harlow ein paarmal da war", meinte er schließlich, vermutlich in dem Versuch, das Schweigen zu unterbrechen.

„Ja, er hat mir wirklich sehr geholfen."

Während des Gesprächs hatte Laura fast vergessen, was Mick gestern gesagt hatte. Nun fiel es ihr wieder ein, und sie dachte nach. Wenn Jack nicht wollte, dass ihre Arbeit vorankam, warum hatte er ihr Paddy dann geschickt?

„Die anderen Handwerker sind bisher weniger zuverlässig gewesen", sagte sie so leichthin wie möglich.

„Tatsächlich?" Jacks Ton war undurchschaubar.

„Ja." Laura beschloss, noch weiterzugehen. „Manchmal habe ich sogar den Eindruck, dass sie mich absichtlich hinhalten."

Jack schwieg eine Weile. „Dazu kann ich nichts sagen", murmelte er schließlich. Alles Weiche war aus seinem Tonfall verschwunden, und er wirkte plötzlich sehr verschlossen.

Laura runzelte die Stirn. War das nicht fast so etwas wie ein Eingeständnis?

„Danke für den Cappuccino", sagte sie kühl und stellte die leere Tasse neben der Spüle ab. „Ich muss jetzt gehen."

„Du kannst wirklich jederzeit bei mir duschen. Nächstes Mal klopfe ich an, wenn ich nicht sicher bin, ob du da bist. Versprochen!" Das klang entschuldigend.

„Gar kein Problem, *ich* habe ja nichts zu verbergen", sagte Laura schnippisch.

Erst als sie wieder draußen auf der Straße stand, fiel ihr ein, dass man diesen Satz auch falsch deuten konnte. Aber sie selbst war sich jetzt ziemlich sicher: Jack wusste, warum die Handwerker nicht zu ihr kamen. Und sie hatte allen Grund, nun wirklich ärgerlich zu sein.

Kapitel 21

AN diesem Mittag ging Laura ins Dorf, um Nisha während ihrer Mittagspause im Museum abzupassen. Das schlichte flache Gebäude lag am anderen Ende von Kilfarosan. Draußen gab es einige Schaukästen, die über Eintrittspreise, Sonderausstellungen und Schulklassenführungen informierten. Sehr spektakulär sah es nicht aus. *Erkunden Sie das regionale Museum, und erfahren Sie alles, was die hiesigen Viertklässler im Heimatkundeunterricht lernen!* Welcher Tourist konnte da schon widerstehen? Aber Laura hatte ohnehin nicht vor, heute das Museum zu besuchen.

Sie hatte die Zeit dorthin richtig berechnet, denn sie kam genau zu dem Zeitpunkt an, als Nisha aus ihrem kleinen Büro trat. Sichtlich erfreut kam sie auf Laura zu, und nachdem sie einander begrüßt hatten, schlug sie vor, sich für den Lunch vor das Pub zu setzen. Laura war überrascht, wie warm die Sonne schien, als sie sich auf den robusten Holzbänken niedergelassen hatten. Plötzlich hatte der Sommer doch noch Einzug in County Clare gehalten, zumindest beinahe.

Die Bestellung nahm diesmal nicht Mrs Murphy, Nishas Großmutter, auf, sondern ein junger Mann namens Sean. Er war ungefähr siebzehn und offenbar ein Cousin von Nisha, der sich hier etwas Geld verdiente, bevor er im Herbst mit einem Studium beginnen würde. Er empfahl ihnen die Reste des gestrigen Stews, das offiziell gar nicht auf der Karte stand, aber eigentlich heute noch viel besser schmeckte, wie er ihnen versicherte.

Während die Mädchen den Eintopf löffelten, brachte Laura das Gespräch auf das Thema, das sie den ganzen Morgen beschäftigt hatte.

„Sag mal, kann es sein, dass Jack O'Reilly etwas dagegen hat, dass wir die Burg als Ferienhaus herrichten wollen?"

Nisha runzelte die Stirn. „Warum sollte Jack etwas dagegen haben?"

„Na ja, Touristen als Nachbarn können schon mal nervig sein, nehme ich an. Und für ein Unternehmen mit Versuchslaboren und so ist es vielleicht tatsächlich nicht ideal, wenn es allzu viel Tourismus drumherum gibt.“

Nisha zuckte mit den Schultern. „In dieser Gegend hat es immer Touristen gegeben. Nicht nur vom Kontinent, sondern auch Menschen aus Dublin, die hier ihre Wochenendhäuser haben. Ich hatte nie den Eindruck, dass Jack sich daran stört. Hat er denn etwas in diese Richtung gesagt?“

Laura nahm einen Löffel Stew, während sie sich die zumeist kurzen Gespräche mit Jack noch einmal durch den Kopf gehen ließ. Der Eintopf war richtig gut, sämig und aromatisch.

„Nicht wirklich – abgesehen davon, dass er meinte, er würde dann seine Balkontür nicht mehr unverschlossen lassen. Insgesamt ist er tatsächlich hilfsbereit. Er lässt mich bei sich duschen. Und er hat mir Paddy Harlow geschickt. Seither hat der Garten große Fortschritte gemacht, was man von den Innenräumen der Burg nicht behaupten kann.“

Nun ließ Nisha den Löffel sinken. „Paddy Harlow arbeitet für dich?“

„Ja. Kennst du ihn?“

„Sicher.“ Sie machte eine Pause. „Hier im Dorf kennt man doch jeden. Wir sind sogar miteinander verwandt. Aber im Dorf ist wahrscheinlich auch jeder mit jedem verwandt, wenn man es genau betrachtet.“ Sie ließ den Löffel wieder in den Eintopf gleiten, hob ein Stückchen Fleisch heraus und betrachtete es. „Er ist mein Großonkel.“

Nun war Laura überrascht. „Tatsächlich? Aber er hat dir nicht erzählt, dass er für mich arbeitet?“

„Na ja. Er redet nicht mit uns. Ich glaube, er redet mit niemandem aus dem Dorf.“

„Warum das denn?“

„Es gab einen Familienstreit, als ich noch ein Kind war. Er hat sich wohl mit meiner Großmutter und meiner Großtante zerstritten, als meine Urgroßmutter starb. Es war irgendwas mit dem Erbe – sie reden alle nicht gern darüber. Aber seither lebt Paddy sehr eigenbrötlerisch. Vielleicht war er auch früher schon so, keine Ahnung. Ich ging damals noch zur Schule. Ehrlich gesagt habe ich nie viel darüber nachgedacht.“

„Ich verstehe.“

Laura sah ihre Freundin von der Seite an und versuchte, ihre Gedanken zu lesen. Nisha wirkte ein bisschen verlegen. Vielleicht hatte sie es einfach immer als gegeben hingenommen, dass ihre Großmutter nicht mit ihrem Bruder redete, und ihr war nie aufgefallen, dass das kein sehr familiäres Verhalten war.

„Ist es dir unangenehm, dass er für mich arbeitet?“, fragte sie zögernd.

Nisha zuckte wieder mit den Schultern. „Ach wo. Vermutlich muss er irgendwie seine Rente aufbessern.“

„Ja, vielleicht hat ihn Jack darum auch an mich vermittelt“, meinte Laura und fügte dann trocken hinzu: „Er lässt sich von mir schwarz bezahlen. Das ist wiederum mir unangenehm.“

„Es spricht allerdings nicht für Jack, dass er dir jemanden geschickt hat, der nur schwarzarbeiten will.“

„Glaubst du, er möchte, dass ich mir auf diese Weise Ärger einhandele?“, fragte Laura misstrauisch.

„Keine Ahnung. Dass Jack vorhat, dich den Steuerbehörden zu melden, traue ich ihm eigentlich nicht zu. Aber dass er dich mit dem einzigen Menschen bekannt macht, der sich mit ganz Kilfarosan überworfen hat, ist schon eigenartig.“

„Vielleicht weiß er gar nichts von eurem Streit.“ Laura hatte plötzlich das unbestimmte Bedürfnis, Jack zu verteidigen.

„Das kann sein“, räumte Nisha ein. „Ich weiß nicht mehr genau, wann er hierherkam, aber es war vor ein paar Jahren. Von dem eigentlichen Streit hat er damals bestimmt nichts mitbekommen. Er könnte allerdings davon gehört haben, im Pub oder sogar von Paddy selbst.“ Sie schob den Teller zurück. „So, ich muss wieder ins Museum. Was hast du diese Woche vor?“

„Ich wollte die Klippen von Moher besuchen. Auf allen Reiseblogs steht, dass man sie gesehen haben muss.“

„Das muss man auf jeden Fall!“ Nun strahlte Nisha wieder. „Leider kann ich diesen Donnerstag nicht, ich hab einen Zahnarzttermin. Aber ich kann dir mein Auto leihen, wenn du möchtest. Ich fahre zusammen mit meiner Mutter zum Arzt, wir legen unsere Termine immer an denselben Tag, und wir nehmen ihren Wagen.“

„Das wäre super!“ Laura hätte den Ausflug lieber gemeinsam mit Nisha gemacht, aber das Angebot war erstens nett und zweitens zu hilfreich, um es abzulehnen.

„Kein Problem. Ich kann dir gleich den Schlüssel mitgeben, ich brauche den Wagen diese Woche nicht. Er steht vorn an der High Street, auf dem kleinen Parkplatz neben dem Museum.“

Laura atmete tief durch. „Vielen Dank! Ich bin wirklich froh, dass ich dich kennengelernt habe. Keine Ahnung, was ich hier ohne dich tun würde“, bemerkte sie und lächelte von ganzem Herzen.

Aber Nisha wich ihrem Blick aus. „Ist wirklich kein Problem“, murmelte sie noch einmal und verabschiedete sich dann, um rasch die Straße hinunterzugehen.

Kapitel 22

ZURÜCK auf der Burg stellte Laura fest, dass sie eine Textnachricht von Mick erhalten hatte.

Versuchen Sie es wegen der Elektroarbeiten mal bei Brian Dowd. Dahinter folgte eine Telefonnummer.

Die letzten drei Male, die sie bei Fred O'Toole angerufen hatte, war wie üblich niemand an den Apparat gegangen. Also beschloss sie, Micks Aufforderung sofort nachzukommen.

Bereits beim dritten Klingeln hob jemand ab und meldete sich mit freundlicher Geschäftigkeit. „Dowd, Elektrofachbetrieb, wir bringen Licht in Ihr Dunkel, was kann ich für Sie tun?“, sagte eine junge, männliche Stimme mit bemerkenswerter Geschwindigkeit.

Das klang doch vielversprechend.

„Guten Tag, ich habe einige Elektroarbeiten hier im Haus zu vergeben. Lampen und Lichtschalter müssen angeschlossen werden. Machen Sie solche Arbeiten, auch einigermaßen zeitnah?“

„Aber sicher, Madam, das können wir bestimmt für Sie übernehmen. Mr Dowd kann noch heute Nachmittag vorbeikommen, wenn Sie es wünschen.“

Laura jauchzte innerlich. Endlich jemand, der sich wirklich kümmern würde!

„Das wäre großartig.“

„Geben Sie mir einfach Ihre Adresse durch.“

Laura nannte den Namen des Dorfes und fuhr dann mit der Straße fort, als der Mann sie unterbrach.

„Ist das in der Nähe von Ballylavorn Castle?“ Sie konnte sein Stirnrunzeln buchstäblich durch das Telefon hören.

„Ja, das ist es. Um genau zu sein: Es ist Ballylavorn Castle.“

Schweigen. Dann: „Äh. Ich sehe gerade, dass Mr Dowd heute Nachmittag doch keine Zeit hat.“

„Das macht nichts. Kann er vielleicht morgen kommen? Oder übermorgen.“

„Nun ja, diese Woche ist ziemlich voll“, meinte die Stimme gedehnt. Sie hatte deutlich an Schwung verloren. „Wissen Sie was, ich notiere mir hier Ihre Telefonnummer, und wir melden uns, sobald wir Zeit haben. In Ordnung?“

„Wann wird das sein?“ Laura war verblüfft von dem Tempo, mit dem ihr Gesprächspartner seine Meinung geändert hatte, und sie wollte sich nicht sofort abwimmeln lassen.

„Nächste Woche, würde ich sagen. Wir rufen Sie nächste Woche an. Vermutlich. Vielen Dank für Ihre Anfrage.“ Dann wurde aufgelegt.

Fassungslos starrte Laura auf ihr Handy. Dieser Mensch war ja noch viel unhöflicher gewesen als die schwangere Mary mit ihrer Tintenpatrone. Sie brauchte erst einmal eine Tasse Tee. Und etwas Zuspruch.

Irische Handwerker!, postete sie in den L-Chat. *Halten nie ein, was sie versprechen!* Sofort nach dem Absenden hatte sie das Bedürfnis, ihr eigenes Gejammer ins Komische zu ziehen, also postete sie noch ein Selfie mit der Teetasse und schrieb darunter: *Fühle mich schon ganz irisch und spüle den Ärger mit einer Tasse Tee herunter.*

Sofort kamen die Reaktionen der ehemaligen Schulkameradinnen.

Nicht lieber Irish Coffee? Das war von Lilly.

Kann dich gut verstehen. Als Dirk neulich auf Geschäftsreise war, habe ich seinem Installateur nachtelefoniert, damit er endlich den Pool repariert. Schrecklich! Das war Lena 1, und sie versäumte natürlich nicht die Gelegenheit, wieder einmal ein Foto vom Haus ihres Freundes zu posten, in dessen Garten sich tatsächlich ein Pool befand. Ein Pool! Laura seufzte und legte das Handy beiseite.

Immerhin hörte sie in diesem Moment Paddys Wagen vorfahren. Das dumpfe, klappernde Geräusch war deutlich von dem aller anderen Autos zu unterscheiden.

Mit der Tasse in der Hand trat sie vor die Tür und begrüßte den alten Mann.

„Komme heute nur kurz, um den Grünschnitt abzuholen“, brummte dieser anstelle eines Grußes und stieß dann ein heiseres Husten aus.

„Hättest du vielleicht gern eine Tasse Tee?“, fragte Laura. Er klang, als bräuchte er dringend ein warmes Getränk.

Paddy schniefte. „Kann wohl nicht schaden. Ich räum das Gestrüpp kurz ein, und du brühst mir eine Tasse auf.“

Laura hatte bereits festgestellt, dass Paddy die Burg ungern betrat. Wenn sie ihm etwas zu trinken anbot, war es ihm lieber, sich damit auf die Stufen davor zu setzen. Also brachte sie ihm die Tasse nach draußen und nahm dann mit ihrem eigenen Tee in respektvollem Abstand zu ihm ebenfalls auf den Stufen Platz. Seit sie erfahren hatte, dass er keinen Kontakt mehr zu seiner Verwandtschaft pflegte, empfand sie leises Mitgefühl mit ihm. Er war ein knurriger alter Kerl, aber er war zuverlässig und hatte ihr wirklich sehr geholfen.

„Ist der Tee in Ordnung? Hättest du gern noch etwas Zucker?“, fragte sie höflich.

„Schon in Ordnung.“ Er nahm einen Schluck und nickte. Dann hustete er noch einmal leise.

„Fühlst du dich krank? Kann ich dir helfen?“

„Mir muss keiner helfen, junge Dame. Nur weil ich mal kurz eine Pause mache, heißt das noch lange nicht, dass ich tattrig bin und Hilfe brauche.“

„Entschuldigung.“

Es entstand eine kurze Pause, während sie ihren Tee tranken, und dann brummte er: „Ist recht. Du hast es ja gut gemeint.“

Von der Seite betrachtete Laura den Iren. Alt und hager war er ihr von Anfang an vorgekommen, heute aber wirkte er außerdem ungepflegt. Drahtige Bartstoppeln zierten das Kinn, und sein Hemd war schmutzig – nicht der erdige Schmutz der Arbeitskleidung eines Gärtners, sondern eher die Schmuddeligkeit eines Menschen, der in den letzten Tagen nicht die Kleidung gewechselt hat. Aus dem leisen Mitgefühl wurde plötzlich richtiges Mitleid.

„Ich habe gehört, dass du dich mit deiner Familie zerstritten hast“, platzte sie heraus.

Nun wandte er sich zu ihr und sah sie überraschend scharf an. „Wer hat dir das erzählt?“

„Meine Freundin Nisha Murphy.“

„Nisha. Ach so.“ Wenn er den Namen aussprach, klang es, als müssten darin noch ein paar undefinierbare Vokale mehr sein. Aber zumindest schien er gegenüber seiner Großnichte keine Vorbehalte zu haben, denn er wandte den Blick wieder ab und murmelte nur: „Stimmt. Können mir alle gestohlen bleiben.“

Laura konnte nicht anders, neugierig fragte sie: „Worüber habt ihr euch gestritten?“

„Streitsüchtige, intrigante Bagage!“

Das hatte er mit solcher Heftigkeit hervorgestoßen, dass Laura erschrak. Sie hätte nicht nachbohren sollen. Was für sie nach einer spannenden Geschichte geklungen hatte, war schließlich das Leben dieses alten Mannes.

„Entschuldigung“, sagte sie noch einmal hilflos.

„Ist lange her. Damals, als unsere Mutter starb, Gott hab sie selig. Ich brauch diese Biester nicht, nicht die Maggy und nicht die Keeva und auch nicht den Rest von der Sippe. Ich komm allein am besten zurecht.“

Laura traute sich nicht nachzufragen, wer Maggy und Keeva waren (wenn sie die Namen richtig verstanden hatte). Der ganze Streit ging sie überhaupt nichts an. Stattdessen meinte sie leichthin: „Möchtest du noch eine Tasse Tee? Das würde deiner Erkältung sicher guttun.“

„Nee, nee. Danke. War nett, dass du mir einen gemacht hast.“ Die Erinnerung an den Streit hatte kurz seine Lebensgeister geweckt, aber nun sah er nur noch müde aus. „Ich denke, ich geh nach Hause und mach ein Mittagsschläfchen. Ich komm dann am Freitag wieder.“

„Das klingt nach einer guten Idee.“

Laura nahm ihm die Tasse ab und sah zu, wie er zu seinem Auto schlurfte, langsamer und gebrechlicher als sonst. Hätte sie noch mehr für ihn tun sollen? Ihn nach Hause begleiten oder ihn davon überzeugen, dass er zum Arzt gehen sollte? Aber vermutlich wollte er einfach nur seine Ruhe haben. Und das war bestimmt auch das Beste bei so einer Erkältung, tröstete Laura sich selbst.

Kapitel 23

EGAL auf welchem Reiseblog sie herumsurfte, die Klippen von Moher schienen allen als wichtigste Sehenswürdigkeit der Region zu gelten. Überall sah man atemberaubende Fotos der Steilküste mit ihren Felsformationen, den zerschellenden Wellen in der Tiefe und dem weiten Blick auf den Atlantik hinaus, auf dem schemenhaft die Aran-Inseln zu sehen waren. Eigentlich hätte Laura nur ein paar dieser Fotos und die euphorischen Reiseberichte kopieren müssen, um für Ballylavorn als Ferienziel werben zu können. Erstens aber wollte sie keine Bilder aus dem Internet klauen, und zweitens war sie die Reiseexpertin und wollte sich selbst davon überzeugen, dass die Klippen ein lohnendes Ziel waren und nicht nur eine fotogene Touristenfalle.

Zuvor war sie in Nishas Auto eine Proberunde auf dem Vorplatz der Burg gefahren, um auszuprobieren, ob sie mit dem Rechtslenker zurande kam. Nach ein paar holprigen, aber ungefährlichen Verwechslungen beim Schalten mit der linken Hand und einer kurzen Verwirrung, weil zwar die Schaltung, nicht aber die Pedale vertauscht waren, ging es recht gut. Nur im Kreisverkehr würde sie verflixt aufpassen müssen.

Glücklicherweise war die Strecke nicht allzu lang. Der Parkplatz war groß und um diese Jahreszeit ungefähr halb voll, es standen auch einige Busse darauf. Laura zahlte die Parkgebühr und stufte sie als ziemlich hoch ein, obwohl Nisha sie vor dem beachtlichen Preis gewarnt hatte. Dann folgte sie dem nicht allzu dichten, aber stetigen Strom der Besucher auf die Klippe zu.

Das Besucherzentrum, das Ausstellungen, Souvenirläden und Cafés umfasste, war in den Hügel hineingebaut und sah ein bisschen aus wie die Hobbit-Höhlen aus *Der Herr der Ringe*. Es war hübsch, aber Laura war dennoch enttäuscht. Das hier war ein sehr touristisch anmutender Ort. Die Wege waren mit flachen Steinen gepflastert, damit man die

Klippen auch mit Kinderwagen oder Rollator besuchen konnte. *Die Klippen von Moher, eine Attraktion selbst für Menschen, die noch nicht oder nicht mehr laufen können ...* Sie ging an den Shops vorbei bis an den Rand, wo man über eine Brüstung aus Stein und Gras hinaus aufs Meer schauen konnte. Die Brüstung war so geschickt konzipiert, dass man von der See aus die vielen Touristen vermutlich gar nicht wahrnehmen würde. Dafür kam man allerdings nicht direkt an die Klippen heran. Es wäre wohl zu gefährlich, wenn sich hier im Sommer die Menschenmassen am Abgrund drängten.

Die Klippen selbst sahen spektakulär aus, musste sie zugeben. Hoch und majestätisch zogen sie sich die Küste entlang, während unten das Meer gegen die Felsen schäumte. Sie versuchte, ein paar Fotos zu machen, aber es war ein wolkenverhangener Tag, und alles sah grau in grau aus. Dann und wann versprühte eine der vielen Wolken einen kurzen Schauer aus Nieselregen über die Touristen, die Selfies machten und im Wind ihre Kappen festhielten.

Sollte sie sich einen Kaffee holen? Normalerweise mied sie die überteuerten Cafés an den Besucherattraktionen, aber ein warmes Getränk wäre jetzt doch sehr willkommen. Zögernd ging sie wieder zurück, auf die Hobbit-Höhlen zu.

Zu ihrer Überraschung sah sie plötzlich Jack aus der großen Eingangstür treten. Er trug einen dunklen Anzug und ein weißes Hemd, bei dem der oberste Knopf offen war, dazu einen kleinen Aktenkoffer, was zwischen all den Touristen in ihrer Freizeitkleidung ziemlich merkwürdig aussah. Als er Laura entdeckte, nickte er ihr zu und schien kurz zu überlegen, in welche Richtung er gehen wollte, kam dann aber auf sie zu. Für den Bruchteil eines Moments spürte sie Freude in sich aufkommen. Dann fiel ihr das letzte Gespräch mit ihm ein. Egal wie gut Jack aussah, er war der Grund, warum sie offenbar auf der schwarzen Liste aller Handwerker im Umkreis stand. Aber da war er schon bei ihr angelangt.

„Hallo, Laura. Auf Besichtigungstour?“

„Ja, ich bereite eine Informationsmappe für künftige Mieter vor“, meinte Laura reserviert. „Du bist doch sicherlich nicht als Tourist unterwegs?“

Er lachte kurz auf. „Nein. Wir planen hier eine Firmenveranstaltung für die Führungskräfte aus Dublin und London, und ich wollte mir die Location selbst ansehen. Aber tatsächlich habe ich mir gerade überlegt, ob ich noch Zeit für einen Spaziergang habe, bevor ich zurück ins Büro fahre. Ich liebe die Klippen“, gestand er mit einem Lächeln.

„Tatsächlich?“ Laura war überrascht. Er sah nicht aus wie jemand, der Selfies an einer rollstuhlsicheren Brüstung machte.

„Nicht hier“, meinte er schnell, „aber die Wanderwege entlang der Klippen sind großartig. Und es gibt viele Aussichtspunkte, an denen du fotografieren kannst.“ Er wies auf die kleine Kamera, die an ihrem Handgelenk baumelte. „Komm, ich zeig dir einen!“

Hatte er sie gerade zu einem Spaziergang eingeladen? Laura wusste nicht recht, wie ihr geschah, aber auf einmal gingen sie nebeneinanderher auf die Klippen zu.

„Wenn man noch ein Stück weiterwandert, lässt man diese gepflasterten Spazierwege hinter sich und kommt auf die schöneren schmalen Pfade“, erzählte Jack. „Man kann in mehreren Tagesetappen von Lahinch bis Ballyvaughan wandern und dann auch dem Burren Way weiter durch den Nationalpark folgen. Ich habe das vor ein paar Jahren mal mit Studienkollegen gemacht. Damals habe ich mich in die Landschaft von County Clare verliebt“, schloss er mit einem leicht verlegenen Lächeln.

„Du kommst ursprünglich nicht aus der Gegend?“ Wenn sie nun schon zusammen spazieren gingen, wollte Laura die Gelegenheit nutzen, mehr über ihren Nachbarn zu erfahren.

„Nein, ich stamme aus Dublin. Aber ich bin froh, dass es mich in diese Gegend verschlagen hat.“

„Seit wann bist du hier?“

„Seit drei Jahren – wobei ich am Anfang nur zeitweise hier gewohnt habe, während die Niederlassung aufgebaut wurde. Seit etwas mehr als zwei Jahren wohne ich dauerhaft in Kilfarosan.“ Er blickte sie von der Seite an. „Es war zuerst gar nicht so einfach, in die Dorfgemeinschaft hineinzufinden. Ehrlich gesagt ist das einer der Gründe, warum ich gelegentlich ins Pub gehe. Wenn man hier leben will, muss man sich auch integrieren. Das ist wichtig.“

Dieser Satz verwunderte Laura. Sie hatte bisher nicht den Eindruck gehabt, dass Jack viel mit den Menschen im Dorf am Hut hatte.

„Zum Beispiel das Céilí", erzählte er in beiläufigem Ton weiter. „Die Céilí-Band ist ein Herzstück des Dorfes – entweder man spielt mit, oder man ist ein Fan. Alles andere gilt nicht."

„Und, spielst du mit?" Laura lachte, als sie sich den zurückhaltenden Jack in seinem feinen Anzug mit einer Geige in der Hand vorstellte.

„Nein, nein. Also blieb mir nichts anderes übrig, als ein Fan zu werden. Und das Céilí selbst ist fantastisch, die Stimmung ist großartig und die Musik auch", versicherte er ihr nachdrücklich.

„Ach ja?" Laura erinnerte sich zweifelnd an das Gedudel, das ihr bei ihrem allerersten Pub-Besuch so auf die Nerven gegangen war.

„Ja. Du solltest es dir wirklich anhören." Er lächelte ihr ermunternd zu.

„Ich will ja nicht dauerhaft hier leben", bemerkte Laura und verspürte den Wunsch, das Thema zu wechseln. „Bei dir ist das etwas anderes, deine Firma ist hier. Ihr macht irgendwelche Pflanzenexperimente, oder?"

Das kam abfälliger rüber, als sie es beabsichtigt hatte. Aber Jack schmunzelte nur.

„Pflanzenexperimente, das klingt fast so gruselig wie Tierversuche. Wir sind kein *Little Shop of Horrors*, falls du dir so etwas vorstellst. Wir betreiben für einen Tiernahrungskonzern Forschung mit verschiedenen alten Sorten von Saatgut. Zur ökologischen Landwirtschaft gehört immer auch, dass eine Vielzahl von Sorten zum Einsatz kommt. Wir prüfen alte Sorten und ja, wir experimentieren auch mit neuen Rekombinationen."

Sie waren an einem Aussichtspunkt angekommen. Von diesem Ort konnte man das lange Band der Klippen kilometerweit sehen. Laura holte tief Luft. Von hier aus wirkte die Küstenlinie wirklich eindrucksvoll, die tiefen Klippen und das grüne, zur Ferne hin immer blasser werdende Land dahinter.

„Wunderschön, oder?"

Jack war neben sie getreten. In diesem Moment tat sich eine Lücke in den Wolken auf, und fahlgelbe Sonnenstrahlen fielen auf die Felsen und das glitzernde Wasser tief darunter. Lauras Herz hob sich unwillkürlich. Ja, so konnte sie die perfekten Werbefotos machen – aber für einen Augenblick stand sie nur still und spürte, wie sich trotz des Windes ein warmes Gefühl in ihr ausbreitete. Diese märchenhafte, unwirkliche Küstenlandschaft um sie herum und der gut aussehende Mann neben ihr … Vielleicht hatte die Frau im Flugzeug doch recht gehabt. Vielleicht konnte man sich tatsächlich in Irland verlieben?

Sie zückte die Kamera und machte beglückt ein paar Fotos, von denen sie sicher war, dass sie die Besucher der Burg an diese Küste locken würden. Ein paarmal fotografierte sie auch Jack, einfach weil er da war und sich vor der Kulisse so hübsch ausnahm.

Eine Weile sah er Laura beim Fotografieren zu. Dann bot er ihr an, auch ein Foto von ihr zu machen.

„Stell dich hier ans Geländer, so habe ich die Klippen direkt hinter dir. Ein Stück nach links. Noch ein Stück. Nein, einen halben Schritt zurück“, dirigierte er, während er durch den Sucher spähte. „Ja, das sieht gut aus! Aber warte kurz, darf ich?“

Er trat noch einmal zu ihr, um ihr vorsichtig eine Haarsträhne zurechtzulegen, die der Wind in eine falsche Position geweht hatte.

„Du bist ein Perfektionist“, bemerkte Laura lächelnd.

Jack hob eine Augenbraue. „Ich mag einfach schöne Dinge“, gab er zurück.

Kurz sah sie seine grünen Augen blitzen, bevor er das eine wieder zukniff und vor das andere den Sucher hielt. Lauras Herz fing an, spürbar zu klopfen. War das ein ernst gemeintes Kompliment gewesen? Sie gab sich Mühe, so hübsch und freundlich wie möglich in die Kamera zu strahlen.

Als er ihr den Apparat zurückgab, stießen ihre Hände aneinander, und obwohl es nur ein paar Quadratzentimeter Haut waren, spürte Laura die Berührung so deutlich, als hätte er ihren bloßen Arm gestreichelt.

Dann aber sagte er: „Um ehrlich zu sein, beneide ich dich ein bisschen um deine Burg. Ballylavorn Castle ist wirklich wunderschön. Ich wünschte, ich hätte das Geld gehabt, um das Anwesen zu kaufen und herzurichten.“

Das erinnerte Laura an Fred O'Toole. Und plötzlich war der zauberhafte Moment vorbei. „Das Herrichten lässt im Moment noch auf sich warten", bemerkte sie spitz und schaltete die Kamera aus.

Jack schwieg. Die Sonnenstrahlen über dem Meer verblassten, als sich die Wolken weiterschoben, und ein kühler Wind strich wieder über die Klippen. Wollte er dem Thema aus dem Weg gehen? Der Gedanke spornte Laura an, weiter zu sticheln.

„Fred O'Toole führt auch Arbeiten bei dir in der Firma aus, oder?"

„Ja, das stimmt." Auch dazu wollte Jack offenbar nicht mehr sagen.

„Kennst du auch Brian Dowd?"

„Den Elektriker? Sicher. Komm, lass uns gehen. Ich muss langsam wieder in die Firma zurück."

Sie schlugen den Rückweg ein, und Laura wurde immer ärgerlicher. Sollte sie ihn direkt mit dem Vorwurf konfrontieren?

„Sowohl O'Toole als auch Dowd legen einfach auf, wenn ich sie anrufe", platzte sie heraus.

„Ich sagte doch, es ist nicht so einfach, einen Platz in dieser Dorfgemeinschaft zu finden."

Das klang überheblich. Und in Lauras Ohren wie eine billige Ausrede.

„Ja, vor allem, wenn einem jemand dauernd die Handwerker abwirbt."

Jack presste die Lippen zusammen. „Mit diesen Menschen darf man es sich eben nicht verscherzen", erklärte er betont sachlich.

„Das klingt, als sei ich selbst daran schuld!", rief Laura empört. Sie beschleunigte ihre Schritte. Die Hobbit-Höhlen des Besucherzentrums waren bereits wieder in Sicht gekommen. „Und dabei bist es doch du, der mir hier Steine in den Weg legt."

„Ich? Du meinst, ich sei derjenige, der deine Handwerker von der Arbeit abhält?" Nun klang auch er sauer, hielt aber mit ihr Schritt.

„Ja, genau. Weil deine kostbare Firma so viel wichtiger ist als die blöden Touristen, die zur Burg kommen wollen."

„So lange all deine Touristen nicht bei mir duschen wollen, ist mir völlig egal, was du mit deiner Burg machst", gab er zurück.

Vielleicht war die Bemerkung sogar lustig gemeint gewesen, aber Laura empfand sie als Schlag in die Magengrube. Es war peinlich genug, bei einem Nachbarn duschen zu müssen, auch ohne dass er es ihr unter die Nase rieb. Darüber hinaus erinnerte es sie daran, wie er neulich in sein Badezimmer geplatzt war. Die Röte stieg ihr ins Gesicht.

„Keine Sorge, ich komme nie wieder zu dir zum Duschen. Leb wohl, Jack!“

Dann fing sie an zu laufen, ohne sich umzudrehen, weg von diesem Mann, so schnell wie möglich zum Auto zurück.

Kapitel 24

AN diesem Abend surfte Laura durch deutsche Stellenanzeigen. Diese blöde Burg! Und Lars mit seinem idiotischen Auftrag! Sollte er doch sehen, wo er blieb mit seiner kaputten Heizung und den nackten Glühbirnen, die immer noch von der Decke hingen!

Die Suche entpuppte sich als nicht gerade einfach. Bei ziemlich vielen Stellen in den größeren Reisebüros handelte es sich um Elternzeitvertretungen. Ein befristeter Job war sicher besser als gar keiner, doch die Vorstellung, in einem Jahr schon wieder nach etwas Neuem Ausschau halten zu müssen, widerstrebte ihr. Es gab auch kleine Reisebüros, die Angestellte suchten. Aber waren die nicht von den gleichen Problemen bedroht wie Herr Heimeier? Vielleicht sollte sie in eine völlig andere Richtung denken? Ein paar von den Mädchen, die dieselbe Ausbildung wie sie gemacht hatten, waren in größere Unternehmen gegangen. Sie buchten Flüge für ihre Chefs oder organisierten Incentive-Reisen, bei denen ganze Abteilungen in irgendwelche schicken Berghotels gefahren wurden, um dort in Klettergärten oder beim Rafting ihre Teamfähigkeit und ihr Engagement unter Beweis zu stellen. Diese Stellen waren nicht schlecht bezahlt, aber Laura hatte wenig Lust auf diese Aufgaben. Ziemlich gelangweilt schickte sie ihren Lebenslauf an zwei oder drei der Firmen, die solche Leute suchten, ohne große Hoffnung damit zu verbinden. Aber irgendetwas musste sie schließlich tun. Und falls sie eine Einladung zu einem Vorstellungsgespräch bekäme, hätte sie die allerbeste Ausrede, hier alles hinter sich zu lassen. Sogar Lars würde verstehen, dass sie einem neuen Job Priorität einräumen musste.

Sie hatte nicht einmal Lust, die schönen Bilder von heute auf ihren Laptop zu laden und ihrer Infosammlung hinzuzufügen. Die Erinnerung an den Streit mit Jack war ihr zu unangenehm. Am liebsten würde sie nie wieder an die irische Küste fahren – nichts als kaltes Wasser und alberne Touristenfallen, wenn man darüber nachdachte.

Sie versuchte, Nisha anzurufen, aber sie kam nur bis zur Mailbox. Noch nie in ihrem Leben hatte sie sich so allein gefühlt.

Immerhin würde Paddy am nächsten Tag kommen. Auch wenn sie Lars keine hübsch renovierte Burg präsentieren könnte, würde sie ihm doch einen ordentlichen Garten zurücklassen. Morgen wollten sie Gras säen an den Flächen, die nun von den Wurzelstöcken der Brombeeren befreit waren. Auch wenn Paddy ein kauziger alter Mann war, so war er doch der Einzige, der ihr Vorhaben wirklich vorangebracht hatte.

Der Gedanke, morgen Abend einen hübsch eingesäten Garten zu haben, war zutiefst befriedigend. Laura klappte den Laptop zu und beschloss, ins Bett zu gehen.

Sie hatte extra viel Teewasser aufgesetzt, damit sie Paddy gleich morgens eine Tasse anbieten konnte, doch das Wasser wurde erst kühl und dann kalt, ohne dass sein klappriges Auto vor der Burg vorfuhr. Eine ganze Weile saß Laura auf der Vortreppe in der spärlichen Morgensonne, doch nichts passierte. Sie war sich absolut sicher, dass er versprochen hatte, heute vorbeizukommen.

Vielleicht war er inzwischen richtig krank geworden? Sein Husten vom Anfang der Woche fiel ihr wieder ein. Sie sollte ihn anrufen und fragen, ob er irgendetwas brauchte. Dann fiel ihr ein, dass sie gar keine Telefonnummer von ihm hatte. Hatte er überhaupt einen Anschluss? Mit einem Handy hatte sie ihn jedenfalls nie gesehen. Wenn sie wüsste, wo er wohnte, könnte sie bei ihm vorbeigehen und ihm dort Tee kochen. Aber auch seine Adresse war ihr unbekannt. Nun ja – dann eben nicht.

Halbherzig begann Laura, auf eigene Faust im Garten herumzuwerkeln. Paddy hatte einen Teil seines Werkzeugs hiergelassen, sodass sie sich daran machen konnte, ein paar kleinere Sträucher herauszuhacken. Das ging deutlich leichter als bei den Brombeeren, aber die ganze Zeit ging ihr der alte Mann nicht aus dem Kopf.

Er hatte keinen Kontakt zu seiner Familie. Wahrscheinlich wusste niemand im Dorf, dass er krank war. Vielleicht hatte er noch nicht einmal Tee im Haus.

Und wenn es nicht nur eine Erkältung war? Was, wenn er mit einer richtigen Grippe zu Bett lag? Hatte er überhaupt einen Arzt? Oder noch schlimmer – vielleicht war er gestürzt? Der Gedanke an Paddy, der heute Morgen oder vielleicht schon gestern in seinem Badezimmer hingefallen war und nun hilflos auf dem kalten Boden lag, setzte sich in ihrem Kopf fest.

Du bist nicht verantwortlich für einen alten Herrn, der sich schwarz für Gartenarbeit bezahlen lässt, redete sie sich selbst ein.

Nein, verantwortlich war sie nicht. Aber sie war vielleicht der einzige Mensch, der wusste, dass er krank war. Sie musste einfach bei ihm vorbeischauen und nachsehen, ob alles in Ordnung war.

Sollte sie Nisha anrufen und nach seiner Adresse fragen? Aber Nisha hatte keinen Kontakt zu ihrem Großonkel. Vielleicht musste sie auch Mrs Murphy fragen, wo er eigentlich wohnte. Und dann wäre die Pub-Besitzerin womöglich auch sauer auf Laura, weil diese ihren abtrünnigen Bruder eingestellt hatte. Noch mehr Feinde im Dorf konnte Laura wirklich nicht brauchen.

Sie musste sich stattdessen an den Feind halten, den sie bereits hatte: Jack. Jack hatte ihr Paddy als Gärtner vermittelt. Er wusste bestimmt, wo der alte Mann wohnte.

Eilig und voll innerer Unruhe lief sie über die Straße hinüber zu Jacks Haus. Sie hoffte sehr, dass er heute Vormittag im Homeoffice arbeitete, so wie er es an mehreren Tagen der Woche zu tun schien, denn auch von ihm hatte sie keine Telefonnummer.

Sie hatte Glück: Jack öffnete kurz nach ihrem ersten Klingeln die Tür und sah sie erstaunt an.

„Oh, hallo, Laura! Möchtest du doch duschen? Sorry für die blöde Bemerkung gestern. Du kannst jederzeit …“

„Nein, ich möchte nicht duschen“, unterbrach ihn Laura. Sie verspürte keine Lust, das Thema wieder aufzugreifen, und außerdem hatte sie heute Morgen schon unter der eiskalten Dusche in der Burg gestanden. „Es geht um Paddy. Er wollte heute früh kommen, aber er ist nicht erschienen, und ich habe Angst, dass er krank ist. Ich möchte bei ihm vorbeigehen, aber ich weiß nicht, wo er wohnt.“

Jack runzelte die Stirn. „Paddy? Paddy Harlow?“

„Ja, Paddy. Du hattest ihn doch zu mir geschickt, damit er mir im Garten hilft. Das hat er jetzt schon ein paarmal getan. Als er zuletzt da war, wirkte er schon kränklich. Und jetzt mache ich mir Sorgen. Weißt du, wo er wohnt, oder hast du seine Telefonnummer?"

Langsam nickte Jack. „Verstehe. Eine Telefonnummer habe ich nicht, aber Paddy wohnt drei oder vier Kilometer westlich von hier. Die Straße entlang und dann Richtung Lisdooney. Es ist ein weißes, etwas heruntergekommenes Haus. Du erkennst es, wenn du sein Auto siehst."

„Danke!" Laura wandte sich um und wollte am liebsten gleich loslaufen.

„Warte!", rief Jack ihr hinterher, und als sie sich umdrehte, meinte er: „Ich fahre dich hin. Vielleicht braucht Paddy wirklich Hilfe. Ich hole nur kurz meine Autoschlüssel."

Laura wartete mit gemischten Gefühlen. Einerseits war da ihr Ärger wegen Jack und wegen des gestrigen Streits. Andererseits würde sie mit dem Auto viel schneller zu Paddy kommen, und sie war zudem dankbar, dass jemand mitkam. Sie wusste ja selbst nicht, was sie tun sollte, falls Paddy wirklich in einer hilflosen Lage war. Ein Auto und eine weitere Person könnten sehr hilfreich sein.

Gleich darauf kam Jack wieder aus dem Haus, und sie stiegen in den weißen Hybridwagen, der im Carport stand.

„Cooles Auto", murmelte Laura.

„Gehört der Firma", meinte er, und sie war sich nicht sicher, ob er eher stolz oder eher verlegen klang.

Mehr sprachen sie nicht auf der kurzen Strecke. Wenige Minuten später bog Jack in eine holprige Einfahrt ein und hielt gleich darauf an einem kleinen, einsam stehenden Häuschen, das hinter einer niedrigen Bruchsteinmauer stand. Unter einem dunklen Schieferdach war es weiß verputzt, aber der Putz war an etlichen Stellen abgeplatzt, und alles in allem passte das Haus ziemlich gut zu Paddy und seinem rostfleckigen Auto, das direkt davor parkte. Lediglich der Garten um das Haus herum sah hübsch aus. Blühende Büsche und ordentliche Blumenbeete bewiesen, dass Paddys Herz vor allem für seinen Garten schlug und nicht so sehr für das Häuschen selbst.

Sie stiegen aus, und Laura drückte den Klingelknopf. Es tat sich eine ganze Weile nichts. Dann hörte man innen ein Geräusch, ein Knarren wie von altem Holz, doch niemand öffnete.

„Paddy?“, rief Laura laut, das Gesicht nah an der verschlossenen Tür.

„Wer ist da?“

Erleichtert sahen sich Laura und Jack an, als Paddys heisere Stimme gedämpft aus dem Haus klang.

„Ich bin es, Laura. Laura Heller, und Jack O’Reilly ist auch hier. Geht es dir gut?“ Laura bemühte sich, laut und deutlich zu rufen.

Die Antwort war zunächst ein unverständliches Brummen, aber dann rief Paddy zurück: „Der Schlüssel ist in den Begonien.“

Laura sah sich um. Vor den Fenstern hing eine ganze Reihe von Blumenkästen, die voller bunter Blüten waren.

„Welches sind die Begonien?“, fragte sie ratlos.

Jack wusste es natürlich. Er trat auf eine rot blühende Zierpflanze zu und tastete vorsichtig unter deren Blättern. Triumphierend zog er dann den Schlüssel hervor, der in ein Stück Plastikfolie gewickelt war.

Laura grinste. „Ich hätte mir denken können, dass du so etwas weißt“, meinte sie.

„Natürlich weiß ich so etwas“, gab er zurück und schloss die Haustür auf.

Sie traten in einen muffigen, halbdunklen Flur. Auf der einen Seite hing Paddys schäbige Jacke, darunter standen zwei Paar derbe Lederschuhe, schon ziemlich abgelaufen, und ein paar lehmige Gummistiefel. Rechter Hand gab eine halb geöffnete Tür den Blick in eine kleine, altmodische Küche frei, aus der ein leichter, aber unangenehmer Geruch kam, eine Mischung aus zu vollem Mülleimer und etwas, das gestern oder vorgestern angebrannt war.

Geradeaus ging es in eine Stube, und von dort kam Paddys schwache und mürrische Stimme.

„Kommt rein, wenn ihr schon mal da seid.“

Sie betraten den Raum. Es gab hier einen Esstisch, um den vier Stühle standen. Zwei davon waren mit verschiedenen Pappkartons belegt, auf dem dritten lag ein Stapel gefaltete Wäsche. Nur einer wurde offenbar als Sitzplatz genutzt. Auf dem Tisch fand sich ein Durcheinander aus Zeitungen und schmutzigem Geschirr. Es gab auch ein Sofa, das Paddy offenbar in den letzten Tagen – und wer weiß wie lange schon – als Schlafplatz verwendet hatte. Davon zeugte das kleine Nachttischchen, auf dem sich ebenfalls mehrere benutzte Tassen und Gläser sowie einige Packungen mit Taschentüchern und eine angebrochene Tüte Hustenbonbons befanden.

Paddy selbst lag dort, zwischen einem großen alten Kopfkissen und einer räudigen Wolldecke. Nun setzte er sich mit einiger Mühe auf, was sofort einen Hustenanfall auslöste.

„Paddy, alles in Ordnung?“ Jacks Stimme klang ein wenig zu munter. Offenbar fühlte er sich leicht überfordert mit der Situation.

„Wir wollten nachsehen, wie es dir geht“, meinte Laura sanft, „weil du heute nicht zur Burg gekommen bist.“

„Mich kontrollieren, ob ich auf der faulen Haut liege?“, bellte der alte Mann.

„Aber nein. Jeder kann sehen, dass du krank bist.“ Im Gegensatz zu all den anderen Handwerkern, die mich im Stich gelassen haben, dachte Laura, sprach den Satz jedoch nicht aus.

„Tut mir leid, dass ich nicht Bescheid gesagt hab“, meinte Paddy versöhnlicher. „Wäre heute Morgen bei dir vorbeigefahren, bin nur nicht aus dem Bett gekommen.“

„Gar kein Problem“, versicherte sie. „Aber es geht dir nicht gut – warst du schon beim Arzt?“

„Ach, Ärzte! Doktor Hempstead war vor ein paar Tagen da. Will immer, dass ich Pillen nehme. Pillen! Ist nur eine Erkältung, wird schon vorbeigehen.“

Dann hustete er wieder. Laura war erleichtert, dass offenbar ein Arzt im Haus gewesen war. Die Verantwortung für diesen kranken alten Mann lag also nicht allein bei ihr. Trotzdem klang der Husten nicht gerade nach einer leichten Erkältung.

„Hast du denn genug im Haus? Sollen wir für dich einkaufen, Brot oder Tee oder solche Dinge?“, fragte Jack, der nicht nur hilfreich, sondern anscheinend auch praktisch veranlagt war.

„Alles da, alles da.“ Paddy winkte ab. „Oisín bringt mir ins Haus, was ich brauche, alle ein, zwei Wochen, wenn ich es nicht selbst abhole.“

„Oisín? Oisín Harlow vom Laden?“ Das war ja interessant. Offenbar hatte doch nicht das ganze Dorf mit Paddy gebrochen.

„Ja. Ist ein Cousin von mir. Fährt gelegentlich hier vorbei und stellt die Sachen dann in der Küche ab. Darum hab ich auch den Schlüssel draußen im Blumenkasten.“

Laura hätte selbst darauf kommen können. Natürlich waren Oisín Harlow und Paddy Harlow miteinander verwandt. Im Dorf waren das sowieso alle, hatte Nisha gesagt. Dann sah sie sich noch einmal im Zimmer um. Es sah wirklich furchtbar aus. Schön und gut, dass Oisín Nahrungsmittel vorbeibrachte, aber ansonsten hatte er hier nichts gemacht. Vermutlich war Paddy auch in gesundem Zustand alles andere als ein perfekter Hausmann, doch seit er krank war, hatte offenbar niemand mehr für Ordnung gesorgt.

„Weißt du was, ich mache dir frischen Tee. Und ich nehme rasch das hier mit.“ Sie wies auf die schmutzigen Tassen auf dem Nachttisch und mit einer vagen Bewegung auch auf den Essplatz. Und bevor der Alte protestieren konnte, hatte sie schon etliche Tassen und krümelige Teller eingesammelt und trug sie in die Küche.

Dort atmete sie erst einmal tief durch. Brr, was für ein schmutziges Chaos! Die Mulden des Gasherds waren verklebt mit einer eingebrannten Masse, was den unangenehmen Geruch verursachte. Die Spüle stand voller Geschirr, und die Arbeitsflächen waren klebrig. Nun ja. Paddy hatte ihr im Garten geholfen, also würde sie jetzt eben hier zupacken.

Eine Spülmaschine gab es nicht, und sie fing mit dem Abwasch an. Sie fand einen einigermaßen sauberen Spüllappen, ließ heißes Wasser in die Spüle und begann, die Tassen zu reinigen. Dass es in diesem baufälligen Häuschen Heißwasser gab und in ihrer herrschaftlichen Burg nicht, kam ihr dabei wie Ironie vor.

Nach ein paar Minuten kam Jack in die Küche. „Kann ich helfen?“

„Du kannst abtrocknen.“

Laura reichte ihm ein Geschirrtuch. Es war merkwürdig, in dieser kleinen alten Küche neben ihm zu stehen und den Abwasch zu erledigen. Gestern war sie sich noch fast sicher gewesen, dass er gegen sie arbeitete. Jetzt fühlte sich seine Nähe plötzlich unendlich vertraut an. Weil so wenig Abstellfläche frei war, reichte sie ihm die sauberen, nassen Teller einzeln an, und bald arbeiteten sie Hand in Hand, als hätten sie nie etwas anderes getan. Sie schwiegen und kamen rasch voran. Hauptsächlich handelte es sich um Teetassen und Teller mit Toastkrümeln, sodass das Abspülen leicht ging. Anscheinend hatte Paddy seit Tagen nichts Warmes mehr gegessen – vermutlich seit dem Zeitpunkt, als ihm auf dem Herd etwas übergekocht war. Den Spuren zufolge hatte er sich Haferbrei zubereiten wollen und war dann entweder eingeschlafen oder zu schwach gewesen, um rechtzeitig den Herd abzudrehen.

Nachdem sie das saubere Geschirr in den Küchenschrank geräumt hatten, schaltete Laura den elektrischen Wasserkessel an, während sich Jack mit einer alten Flasche Scheuermilch über die eingebrannten Speisereste auf dem Herd hermachte.

„Glaubst du, er ist wirklich nur erkältet?“, fragte er schließlich leise, während er energisch über die braun gesprenkelte Fläche rubbelte.

Damit sprach er aus, was Laura die ganze Zeit durch den Kopf gegangen war, und ihr wurde klar, dass Jack ebenso besorgt war wie sie selbst.

„Ich finde, er sieht viel kränker aus“, meinte sie ebenso leise. „Ich spreche noch mal mit ihm.“

Nachdem sie frischen Tee aufgebrüht hatte, nahm sie die gefüllte Tasse und ging zurück in die Stube. Paddy hatte sich wieder hingelegt, halb aufrecht, abgestützt durch das Kopfkissen und ein Sofapolster.

„Ich habe dir Tee gekocht. Wenn du möchtest, können wir auch etwas zu essen machen. Eine Suppe vielleicht?“

„Müsst ihr nicht“, knurrte der Alte.

„Können wir aber“, meinte Laura zuckersüß.

Er gab nach. „Im Küchenschrank müssten ein paar Suppendosen sein. Wenn ihr mir davon eine warm machen würdet … Mir wird schwindlig, wenn ich länger am Herd stehen muss.“

Das erklärte das Haferbreidesaster in der Küche.

„Gar kein Problem!“ Laura war froh, helfen zu können. „Ich warte noch einen Moment. Jack säubert gerade den Herd.“

„Jack O’Reilly putzt meine Küche?“ Der Alte lachte knarzend und wurde sofort mit einem neuen Hustenanfall bestraft.

„Du bist wirklich schwer krank“, stellte Laura ernst fest.

„Ach wo. Eine Erkältung, nichts weiter.“

„Was für Pillen hat dir der Arzt verschrieben? Antibiotika vielleicht?“

„Keine Ahnung.“ Er zuckte unwillig mit den Schultern und nahm einen kleinen Schluck Tee.

„Was hat er denn gesagt?“

„Na, dass ich die Pillen nehmen soll.“

„Hast du die schon hier im Haus?“

„Nein, natürlich nicht. Er hat ein Rezept dagelassen. Ich besorg sie erst, wenn es mir richtig schlecht geht, hab ich mir gedacht.“

„Noch schlechter als jetzt?“, fragte Laura streng. „Noch schlechter, als wenn du keine fünf Minuten aufrecht stehen kannst, um einen Milchtopf zu bewachen?“

Er grummelte etwas in sich hinein. „Das war nur ein Versehen“, bellte er dann, „das brauchst du mir nicht unter die Nase zu reiben. Bin nur noch nicht dazu gekommen, die Küche wieder sauber zu machen.“

„Wo ist das Rezept? Vermutlich irgendwo hier in diesem Durcheinander?“

Laura trat an den Esstisch und hob ein paar der Zeitungen hoch.

„Nein! Natürlich nicht! Für wie senil hältst du mich?“ Er musste schon wieder husten.

Laura wartete, bis er damit fertig war, dann fragte sie geduldiger: „Wo hast du das Rezept denn hingelegt?“

Der Alte seufzte und gab wiederum nach. „Im Schlafzimmer in der mittleren Kommodenschublade. Da tu ich alle wichtigen Sachen rein.“

Laura nickte ihm zu. „Ich hole es. Wo ist das Schlafzimmer?“

„Oben.“ Er wies auf eine schmale, steile Treppe in der Zimmerecke, die Laura bislang gar nicht aufgefallen war. Kein Wunder, dass Paddy sein Krankenbett hier aufgeschlagen hatte, wenn diese steilen Stufen zwischen Bett und Badezimmer lagen.

Laura erklomm die Stiege, die nur auf der Wandseite über ein Geländer verfügte. Oben gab es einen kleinen Absatz, der von einem Giebelfenster erhellt wurde. Eine Tür führte in den Schlafraum unter den Dachschrägen.

Das Zimmer war deutlich ordentlicher als das Untergeschoss. Ein gemachtes Bett – ohne Kopfkissen – stand unter der einen Schrägseite. Daneben befand sich ein Stuhl, auf dem Paddys zu einem sauberen Stapel gefaltete Arbeitskleidung lag. Der Teppich davor war fadenscheinig, aber sauber. Ein Kleiderschrank befand sich genau gegenüber der Tür an der einzigen Stelle, an der er aufgrund der Dachschrägen Platz gefunden hatte.

Neben der Zimmertür befand sich die Kommode, von der Paddy gesprochen hatte. Sie war aus massivem Holz und würde, wenn man sie aufpolieren und ein bisschen herrichten würde, auf einem Trödelmarkt vermutlich gute Preise erzielen. Falls man sie jemals die Treppe hinunterbekam.

Laura versuchte, die mittlere Schublade zu öffnen, aber sie klemmte. Anscheinend hatte sich das Holz über die Jahre verzogen.

„Du musst kräftig ziehen!“ Paddys knarzende Stimme erklang von unten. Offenbar kannte er das Problem.

Mit einem energischen Ruck zerrte Laura an der Lade. Diese widersetzte sich noch kurz, kam ihr dann aber so plötzlich entgegen, dass Laura sich mitsamt Schublade beinahe auf den Teppich gesetzt hätte. Die Schublade, die deutlich schwerer war, als sie erwartet hatte, rutschte aus der Führung, und Laura konnte gerade noch verhindern, dass sie zu Boden polterte. Allerdings kam dabei ein ganzer Schwall Papiere heraus, die sich, eng zusammengequetscht, in der Lade befunden hatten und sich nun, über die plötzliche Freiheit erfreut, auf den Holzboden ergossen.

„Mist.“ Laura fluchte leise vor sich hin, während sie die Schublade zurück an ihren Platz schob. Dann wandte sie sich den Papieren zu, die auf dem Boden verstreut waren. Falls das Rezept des Arztes ganz oben gelegen hatte, war es nun verschüttet unter einem Haufen anderer Zettel. Sie kniete sich hin und sammelte die Blätter auf, während sie nach dem benötigten Stück Papier suchte.

Arztrezepte gab es einige. Offenbar war Paddy auch in der Vergangenheit schon ein paarmal krank gewesen und wieder gesundet, ohne seine Rezepte einzulösen. Das älteste Rezept, das Laura in die Finger bekam, war auf 2006 datiert. Das sprach zumindest für eine eiserne Gesundheit, und sie legte es kopfschüttelnd beiseite. Sollte sie Paddy fragen, ob sie die veralteten Papiere wegwerfen sollte? Oder es einfach tun, ohne zu fragen? Oder doch einfach alles wieder in die Schublade stopfen?

Paddy hatte gesagt, dass er alles Wichtige in diese Schublade legte. Was mochte er noch für wichtig befinden? Laura fand einen Impfpass und ein paar ausgeschnittene Zeitungsanzeigen – Geburten, Todesfälle. Dann die Police einer Sterbegeldversicherung. Da Paddy mit seiner Familie gebrochen hatte, wollte er ihnen offenbar auch nicht posthum mit den Beerdigungskosten zur Last fallen.

Das nächste Papier, das ihr zwischen die Finger geriet, war handgeschrieben. Ob Paddy auch alte Liebesbriefe für wichtig hielt, falls er jemals welche bekommen hatte? Laura konnte ihre Neugier nicht bezähmen. Sie faltete das Papier auf und las. Zu ihrer Enttäuschung war es kein Liebesbrief aus dem Jahr 1968, sondern nur eine kurze Notiz, die auf 2002 datiert war: Aignéis Harlow bevollmächtigte ihren Sohn Pádraig, eine Kette mit einem granatbesetzten Goldmedaillon in ihrem Namen zu verkaufen. Wie kam Paddy zu diesem Zettel? Dann fiel Laura ein, dass Paddy vermutlich eine Abkürzung von Pádraig war. Diese irischen Namen fand sie immer noch verwirrend!

Ganz zuunterst lag endlich das Arztrezept, das an diesem Montag ausgestellt worden war: ein Antibiotikum, wie sie es vermutet hatte. Sie stopfte alle anderen Papiere zurück in die Schublade. Mochten Marie Kondo oder Paddy selbst hier einmal ausmisten! Es war wichtiger, dass der alte Mann nun endlich seine Medikamente bekam.

Als sie hinunterkam, erwärmte Jack gerade den Inhalt einer Suppendose auf dem Herd. Es sah lustig aus, wie der große, gut gekleidete Mann mit dem gepflegten rötlichen Bart sachte in dem kleinen alten Emailletopf rührte. Laura grinste in sich hinein, während sie einen Suppenteller und einen Löffel heraussuchte und den Tisch für eine Person deckte.

Sie mussten Paddy gemeinsam stützen, um ihn bis zum Tisch zu bringen. Die Hand, die sich um Lauras Arm krümmte, fühlte sich heiß und fiebrig an. Jack erbot sich, mit dem Rezept zur Apotheke zu fahren und das Medikament zu besorgen. Und während Paddy langsam und schlürfend aß, lüftete Laura das Bett und schüttelte das dicke, alte Kopfkissen auf.

Jack blieb nicht lange fort. Er brachte nicht nur die Medikamente, die der Arzt verschrieben hatte – ein Antibiotikum und Hustensaft –, sondern auch zwei neue Tüten Hustenbonbons mit Ingwer- und Minzgeschmack, mehrere Packungen Kräutertee aus biologischem Anbau, die Kundenzeitschrift der Apotheke als Lesestoff und ein Glas teuren Manuka-Honig. Vermutlich hatte er in dem Wunsch zu helfen die halbe Dorfapotheke leer gekauft. Leicht widerwillig musste Laura in Gedanken zugeben, dass er sich in dieser Situation doch als hilfsbereiter Mensch zeigte.

Zu zweit verfrachteten sie den alten Mann zurück in sein behelfsmäßiges Bett und legten alles zurecht, was er in den nächsten Stunden benötigen könnte.

Schließlich hatte Laura noch eine Idee. „Ich schreibe dir meine Telefonnummer auf, falls du etwas brauchst. Ruf ruhig an, jederzeit!“

Sie hatte in einer Ecke der Wohnstube ein Telefontischchen mit einem altmodischen Festnetzapparat entdeckt. Daneben lagen sogar ein vergilbter Notizblock und ein Bleistift. Sie notierte ihren Namen und ihre Handynummer darauf. Dann fiel ihr ein, dass sie vielleicht gar nicht mehr lange hier sein würde. Wenn sie zurück in Deutschland war, würde sie Paddy kaum von Nutzen sein.

„Ich schreibe dir auch Nishas Nummer auf“, beschloss sie spontan. „Sie ist so nett, sie hilft dir bestimmt, wenn du irgendetwas brauchst.“

Jack trat neben Laura. „Meine Nummer schreibe ich auch dazu, dann erreichst du auf jeden Fall irgendjemanden“, meinte er, während er Laura über die Schulter schaute.

Plötzlich stutzte er. „Nisha?“

„Ja, Nisha Murphy, die aus dem Museum“, erklärte Laura, die gerade Namen und Nummer ihrer Freundin aufgeschrieben hatte.

„Ich kenne Nisha“, meinte Jack amüsiert, „aber sie schreibt sich doch nicht N I S H A.“

„Sondern wie?“ Laura hatte über die Schreibweise noch nie nachgedacht.

„N A O I S E“, buchstabierte Jack.

Beschämt blickte Laura auf den Zettel. Diese verflixten irischen Namen! In ihrem Kopf hatte sie den Namen immer so vor sich gesehen, wie Nisha – halt! Wie *Naoise* ihn bei ihrer ersten Begegnung ausgesprochen hatte.

Energisch riss sie den Zettel ab, zerknüllte ihn und schrieb beide Namen und Nummern neu auf. Falls Naoise je hierherkommen würde, wäre es zu peinlich, wenn sie Lauras Irrtum bemerkte. Sie spürte, wie sich mit dem Namen auch ein wenig das Bild änderte, das sie mit der Irin verband. Nisha klang freundlich, unkompliziert, ein bisschen kindlich. Naoise wirkte erwachsener, tiefgründiger, traditioneller.

„Du bist nicht die Erste, die an der Schreibweise der irischen Namen scheitert.“ Jacks Stimme klang halb spöttisch, halb tröstend. Er stand nah bei ihr, und auf einmal hatte sie den Eindruck, er werde gleich einen Arm um sie legen. Aber er nahm ihr nur den Stift aus der Hand und notierte seinen eigenen Namen samt Telefonnummer auf dem neuen Blatt.

Dann verabschiedeten sie sich beide von Paddy.

„Nimm unbedingt deine Medikamente!“, schärfte Jack ihm ein. „Es ist wichtig bei Antibiotika, dass du die komplette verschriebene Anzahl an Tabletten einnimmst.“

„Ich komme morgen oder übermorgen vorbei und kontrolliere es“, drohte Laura und nahm sich vor, das auch wirklich zu tun.

Jack fuhr Laura bis vor das Burgtor.

„Es war eine gute Idee von dir, nach ihm zu sehen“, stellte er fest, als er das leise schnurrende Auto anhielt. Ganz kurz legte er seine Hand auf ihren Arm. Sie blickte in sein Gesicht und sah ein überraschend warmes Lächeln.

„Das war sehr aufmerksam“, fuhr er fort. „Du bist genau der Mensch, den man sich als Nachbarn wünscht.“

Das war nicht gerade ein romantisches Kompliment, aber Laura spürte dennoch, wie sie rot wurde.

„Ach, das war doch selbstverständlich“, murmelte sie.

„Wenn es selbstverständlich wäre, hätte es schon jemand anderes getan. Ich zum Beispiel. Oder seine Familie. Ich habe keine Ahnung, warum seine Angehörigen nicht nach ihm sehen, aber es ist nicht gut, wenn ein Mann in Paddys Alter ganz auf sich selbst gestellt ist.“

Laura nickte. „Solange ich hier in der Gegend bin, werde ich mich ein bisschen um ihn kümmern“, versprach sie und öffnete die Autotür.

„Hast du denn vor, bald wieder zu gehen?“ Jack klang überrascht.

Laura stieg aus, blieb aber neben der Autotür stehen und zuckte mit den Schultern. „Eigentlich bin ich ja nur hier, um die Renovierungsarbeiten anzustoßen. Da ich darin offensichtlich nicht besonders gut bin, kann ich genauso gut wieder zurückfliegen.“

Ihre Stimme klang flach. Sie hatte diesen Gedanken noch nie laut ausgesprochen. Neben ihr stand dieser graue Steinklotz von einer Burg und schien ihr stumm zuzuhören.

Jack wirkte noch immer überrascht. „Ich dachte, Mick hätte gesagt …“ Er unterbrach sich und schien kurz nachzudenken. „Lass dich nicht so schnell entmutigen“, meinte er dann nur sachlich, zog die Beifahrertür zu und fuhr los.

Laura sah dem weißen Auto erstaunt nach. Das hatte tatsächlich nicht danach geklungen, als würde er hinter ihrem Rücken gegen sie arbeiten. Irgendetwas schien er ihr dennoch zu verschweigen. Langsam ging sie die Stufen hoch und in die Burg hinein.

Als sie wenig später noch einmal bei Fred O’Toole anrief, nahm niemand ab. Und auch bei Brian Dowd ging keiner ans Telefon.

Kapitel 25

LAURA hatte keine Lust auf Gartenarbeit. Es regnete schon wieder, und auch mit Regenjacke und Gummistiefeln mochte sie nicht in den grauen, nassen Tag hinausgehen. Stattdessen machte sie sich daran, ihre Fotos und die gesammelten Informationen zu der Umgebung zu einer attraktiven Mappe zusammenzustellen. Irgendein dienstbarer Geist aus Lars' Firma hatte eine Website angelegt, in die sie alle inzwischen gesammelten Informationen zur Burg und den touristischen Attraktionen in der Nähe einstellen konnte.

Der Burren. Die Sandstrände. Die Klippen. Etwas unwillig stellte Laura auch ein Foto vom *Kilfarosan Arms*, Mrs Murphys Pub, ein. So etwas war wichtig für Touristen, auch wenn sie selbst das Pub in den letzten Tagen gemieden hatte.

Dann stieß sie auf die Fotos, die sie auf dem kleinen Friedhof von den Grabsteinen gemacht hatte. Würden sich die künftigen Gäste von Ballylavorn Castle auch für so etwas interessieren? Vermutlich eher nicht. Laura scrollte schnell durch die Fotos, um zumindest ein hübsches Bild der Dorfkirche zu finden. Plötzlich blieb ihr Blick an einem der Grabsteine hängen, die sie fotografiert hatte.

Aignéis Harlow, geliebte Mutter von Máighréad und Caoimhe, Großmutter von Sean, Cian und Imelda, Urgroßmutter von Naoise, Witwe von Breandán, Schwester von Éamonn, starb traurigerweise im Alter von 69 Jahren. Möge sie in Frieden ruhen!

Gleich zwei Namen kamen ihr bekannt vor. Naoise natürlich, der Name, dessen Schreibweise sie heute gelernt hatte. Bei ihrem Besuch auf dem Friedhof hatte sie die Inschrift nicht mit ihrer neuen Freundin in Verbindung gebracht, aber jetzt sprang sie ihr ins Auge.

Und dann Aignéis Harlow. Auch diesen Namen hatte sie heute schon einmal gelesen. Aber wo? Laura musste kurz nachdenken, bis es ihr einfiel: Aignéis Harlow hatte jene handgeschriebene Notiz verfasst, die ihren Sohn Pádraig ermächtigte, irgendein Schmuckstück zu verkaufen.

Verwirrt versuchte Laura, im Geiste den Stammbaum der Familie aufzuzeichnen. Pádraig, also Paddy, war das Kind von Aignéis. Ebenso wie offenbar Máighréad und Caoimhe. Naoises Vater mussten dann wohl entweder Sean oder Cian sein – wie auch immer sich diese Namen aussprechen mochten. Bei Máighréad könnte es sich tatsächlich um Mrs Murphy vom Pub handeln. Die meisten Menschen im Dorf schienen sie respektvoll mit dem Nachnamen anzureden, aber Laura meinte sich zu erinnern, dass im Pub auch der Vorname Maggy gefallen war. Maggy als Kurzform von Máighréad, das klang doch passend. Und Máighréad hatte einen unbekannten Mr Murphy geheiratet und diesen Nachnamen an ihren Sohn und damit auch an Naoise weitergegeben.

Aber warum stand der Name Pádraig nicht auf dem Grabstein, wenn man dort schon den halben Stammbaum aufgelistet hatte? Laura konnte sich das nicht erklären, und es war wohl auch nicht wichtig. Vielleicht war der Grabstein fehlerhaft ausgeführt. Oder vielleicht war Aignéis Harlow ein häufig vorkommender Name und der Grabstein hatte gar nichts mit Paddy und seiner weitläufigen Verwandtschaft zu tun. Das schien ihr sogar noch wahrscheinlicher.

Die Website nahm langsam Gestalt an. Wenn die Burg irgendwann bereit für Mieter wäre, würde sie bestimmt viele Interessenten anziehen. Laura legte auch eine Liste mit Ferienhausplattformen an, in die sie Ballylavorn Castle einstellen und die Website verlinken würde.

Zwischendurch versuchte sie weiter ihr Glück am Telefon, aber inzwischen fühlte es sich nur noch wie eine sinnlose alte Gewohnheit an, und sie wäre ehrlich überrascht gewesen, wenn jemand abgenommen hätte. Irgendwann am späten Nachmittag rief Naoise an. Laura hatte ihre Nummer unter dem Namen Nisha abgespeichert, und der Anruf erinnerte sie daran, dass sie den Eintrag noch ändern musste.

„Na, wie geht es dir?“, fragte Naoise munter.

Laura war froh, dass ihr die Englischlehrerin damals eingeschärft hatte, auf diese Frage auf Englisch immer mit „Fein, und dir?“ zu antworten. Alles andere wäre nur zu einer Jammertirade ausgeartet.

„Wie haben dir die Klippen gefallen?“

„Sehr schön, ich konnte tolle Fotos machen. Ich bringe dir nachher dein Auto zurück."

„Stell es einfach vor dem Pub ab." Naoise zögerte kurz. „Vielleicht wäre es gar nicht schlecht, wenn du selbst hinkommst und dich da abends mal wieder sehen lässt. Es ist Freitag, vermutlich wird das halbe Dorf da sein."

„Auch Fred O'Toole?", fragte Laura misstrauisch.

Naoise lachte. „Vermutlich auch Fred. Ich wüsste nicht, wo er Freitagabend sonst sein sollte."

„Prima, dann sehen wir uns da. Ich freu mich auf das gute Essen deiner Großmutter."

Laura seufzte, als sie auflegte. Sie fühlte sich nicht wohl dabei, den Handwerkern, die so offensichtlich nicht für sie arbeiten wollten, bis in ihren Feierabend nachzulaufen. Aber wenn Naoise auch da war und es etwas Gutes zu essen gab, würde sie schon damit klarkommen.

Kapitel 26

DIE Regenwolken hingen noch immer tief über Kilfarosan, als sich Laura mit Naoises kleinem Auto auf den Weg zum Pub machte. Sie war spät dran. Das lag daran, dass sie sich für den Abend hatte hübsch machen wollen. Aber wie machte man sich hübsch für einen Abend im Dorf-Pub? Ratlos war sie ihre Reisegarderobe durchgegangen, doch weder ihr einziges Sommerkleid noch die zwei oder drei etwas schickeren Tops, die sie eingepackt hatte, waren ihr passend vorgekommen. Schließlich hatte sie sich für ein anliegendes schwarzes Shirt und Jeans entschieden und ihre Locken gründlich ausgekämmt.

Genau in dem Moment, als sie einigermaßen zufrieden in den Spiegel schaute, kam eine Nachricht von Lena 1 rein: *Fertig für den Abend* lautete der Text, zu dem sie ein Foto von sich selbst in einem schicken kurzen Paillettenkleid postete, mitsamt Glitzer-Make-up und friseurgeföhnten Haaren. Laura hatte das Handy schnell wieder weggesteckt.

Schon beim Eintreten in das Pub spürte sie, dass etwas anders war als sonst. Der Gastraum war gut besucht, aber es lief keine Musik. Die meisten Menschen drängten sich in einer Ecke um einen der größeren Tische, schwatzten und lachten. Dann kehrte plötzlich Stille ein. Für einen Moment dachte Laura, die Stille bezöge sich auf ihre Ankunft, doch im nächsten Augenblick begannen mindestens zehn Personen gleichzeitig, auf Ukulelen zu spielen. Laura hatte die kleinen Instrumente in dem Gedränge gar nicht gesehen. Nach kurzer Zeit erkannte sie die Melodie von *This is the life*, und bald begannen fast alle Pub-Besucher zu singen.

Laura stand unsicher an der Tür. Es klang cool, nicht gerade musikalisch perfekt, aber man hörte den Spaß, den die Musizierenden hatten, und es weckte in ihr den Wunsch, sich dazuzusetzen und in den Chor einzustimmen. Und dabei konnte sie gar nicht singen. Außerdem gehörte sie nun mal nicht dazu.

Langsam ging sie auf den Tresen zu, hinter dem Mrs Murphy stand, mitsummte und sie gar nicht bemerkte. Laura erblickte Naoise, die selbst ebenfalls eine Ukulele spielte und Teil dieser fröhlichen Aktion war.

Der Song endete, und nach einem kollektiven Atemholen begannen alle zu lachen. Dann gingen die Gespräche wieder los. Laura winkte Naoise zaghaft zu. Daraufhin gab diese ihr Instrument an eine andere Frau weiter, erhob sich und drängte sich durch die Leute bis zum Tresen vor.

„Ich wusste gar nicht, dass du Ukulele spielst“, begrüßte Laura die Freundin.

Naoise lachte überrascht auf. „Das ist doch leicht. Jeder kann Ukulele spielen!“

„Ich nicht. Ich kann nicht einmal singen“, meinte Laura trocken.

„Ich singe auch nicht besonders gut, aber bei dem Song merkt man das ja glücklicherweise nicht“, sagte Naoise grinsend und setzte sich neben sie. „Hast du schon gegessen? Es gibt mal wieder Clam Chowder.“

Inzwischen hatte auch Mrs Murphy Laura bemerkt und stellte ihr ohne weitere Fragen einen Suppenteller hin.

„Na? Wie gefällt es dir bisher hier in Kilfarosan?“, fragte sie, und auch heute hatte Laura das Gefühl, dass es sich eher um ein Verhör als um normalen Small Talk handelte.

„Danke, gut. Die Gegend ist wirklich schön.“ Sie zwang sich zu einem Lächeln.

Mrs Murphy nickte befriedigt und wandte sich dann wieder den anderen Gästen zu. Laura bemerkte, dass Fred O’Toole in einem Grüppchen von Leuten an einem der kleineren Tische saß. Er schien ihren Blick zu bemerken und rutschte mit dem Stuhl etwas zurück, sodass er hinter einem anderen Mann verschwand. Laura beschloss, erst einmal ihre Suppe zu essen.

Naoise bekam einen Gin Tonic von ihrer Großmutter und plauderte munter weiter.

„Ich hatte ganz vergessen, dass heute Ukulele-Abend ist, sonst hätte ich meine eigene auch mitgebracht. Es ist immer total witzig. Du solltest es probieren – innerhalb von ein paar Stunden kann man schon ein Dutzend Lieder mitspielen. Und wenn so viele Leute da sind, macht es nichts aus, wenn man mal bei einem Akkord danebengreift.“

„Es klang schon gut, aber ich kann nicht mal richtig Noten lesen“, murmelte Laura.

„Das brauchst du auch nicht unbedingt. Du spielst ja erst einmal nur die Akkorde“, erklärte Naoise.

N A O I S E. Laura musste sich den Namen immer wieder geschrieben vorstellen, um ihn sich neu zu verinnerlichen. Es war komisch, wenn ein Mensch, den man kannte, plötzlich einen anderen Namen führte – selbst wenn es nur um die Schreibweise ging. Für einen Moment kam ihr die junge Frau neben ihr ganz fremd vor, obwohl sie sie jetzt schon seit ein paar Wochen kannte.

Im Hintergrund setzten die Ukulelen wieder ein. Diesmal spielten sie *With or without you*, aber es klang ziemlich dünn. Wenn Bono, die Ritterrüstung, den echten Bono beherbergt hätte, würde dieser bestimmt gleich das Pub stürmen, rachsüchtig sein Schwert schwingend. Nach kurzer Zeit ging die Musik in allgemeines Gelächter über. Nur ein paar leicht gereizte Stimmen forderten mehr Konzentration, gingen aber rasch wieder unter.

Laura beendete ihre Mahlzeit.

„Komm, wir setzen uns rüber“, meinte Naoise und stand wieder auf. „Egal wie schlecht du singst, es wird lustig.“

„Geh du ruhig rüber, ich stoße vielleicht später dazu“, meinte Laura. „Ich möchte erst einmal mit Fred O'Toole sprechen.“

Naoise stand einen Augenblick zögernd da. Erst als Laura ihr einen kleinen Schubs gab und ihre Aufforderung mit einem „Na los, geh schon!“ wiederholte, drängte sie sich rasch wieder zu der Ukulele-Gruppe durch.

„Du denkst auch an nichts anderes als an deine Burg.“ Diese tadelnde Bemerkung kam von Mrs Murphy.

„Er ruft mich schon seit zwei Wochen nicht zurück“, protestierte Laura.

Mrs Murphy nickte zustimmend, als hätte sie das bereits gewusst. „Ich hol ihn her.“ Sie griff nach ein paar Biergläsern und ging zu dem

Tisch, an dem O'Toole saß. Laura fragte sich, ob die Wirtin hilfreich war oder ob sie nur sicherstellen wollte, dass das Gespräch zwischen Laura und O'Toole am Tresen stattfand, wo sie am besten zuhören konnte. So oder so schien an ihr kein Weg vorbeizuführen. Und zumindest war sie erfolgreich: O'Toole erhob sich, reckte seinen Hals ein- oder zweimal zu beiden Seiten wie ein Boxer vor dem Kampf und kam dann zu Laura herüber.

„'n Abend."

„Hallo, Mr O'Toole." Laura holte tief Luft. In ihr hatte sich eine ganze Menge Ärger angestaut, wie sie jetzt spürte. „Sie hatten mir versprochen, dass Sie kommen, erinnern Sie sich? Sie hatten mir versprochen, dass alles ganz schnell gehen wird. Und jetzt gehen Sie nicht einmal mehr ans Telefon! Was bilden Sie sich eigentlich ein, mich dauernd abzuwimmeln?"

Das war vielleicht keine besonders konstruktive Gesprächseröffnung, aber sie musste Dampf ablassen.

„Immer mit der Ruhe, junge Dame." O'Toole klang defensiv. „Sie müssen sich nicht gleich so aufregen. Keine Sorge, wir kommen schon noch."

„Alles zu seiner Zeit", warf Mrs Murphy in das Gespräch ein. Laura ärgerte sich über diesen Allgemeinplatz, beschloss jedoch, sich nicht ablenken zu lassen.

„Und wann? Ich habe noch nicht einmal Ihr Angebot vorliegen, obwohl Ihre Sekretärin behauptet hat, es sei längst fertig."

„Ist es ja auch", verteidigte sich O'Toole, „das kriegen Sie schon noch." Das klang nach einer schwachen Ausrede, und Mrs Murphy mischte sich sofort wieder ein.

„Mary Donahue ist schwanger", sagte sie vorwurfsvoll. „Du darfst einer Schwangeren nicht so viel Stress machen."

„Ich mache keinen Stress. Sie machen mir Stress! Diese Burg sollte in ein paar Wochen bereit für Besucher sein, und sie ist immer noch praktisch unbewohnbar. Man kann dort noch nicht einmal heiß duschen!"

Nun wandten sich ihr tatsächlich etliche Blicke zu. Laura hatte das unangenehme Gefühl, dass mehrere Leute in ihre Richtung schnupperten, um zu prüfen, ob sie sich überhaupt gewaschen hatte. Sie wurde rot.

„Ich muss bei Jack O'Reilly duschen", erklärte sie verlegen, und ein paar Frauen lachten.

Sie wartete kurz, bis sich die meisten wieder ihren eigenen Gesprächen zugewandt hatten. Bis auf Mrs Murphy natürlich, die weiterhin hinter dem Tresen ganz in der Nähe stehen blieb.

„Es sind ein paar Sachen dazwischengekommen", fuhr O'Toole nun entschuldigend fort.

„Zum Beispiel?" Laura blickte ihn grimmig an.

„Na ja, wir hatten ein paar kleine Aufträge in Jacks Firma, und dann war da …"

Mrs Murphy unterbrach ihn. „Das geht die junge Dame doch gar nichts an", sagte sie fest.

„Und es interessiert mich eigentlich auch nicht", log Laura. „Alles, was ich wissen will, ist, wann Sie bei mir die besprochenen Arbeiten durchführen." Sie spürte, wie ein bisschen von der Durchsetzungskraft ihres Bruders durch ihre Adern floss. „Nein, Halt. Eigentlich will ich nur wissen, wann Sie endlich mit den besprochenen Arbeiten *fertig* sind."

„Ist ja gut, ist ja gut", murmelte O'Toole mit einem Seitenblick auf die Wirtin. „Wir kommen nächste Woche, okay? Versprochen!"

Lauras Ärger war noch nicht verpufft. „Ach ja? Warum sollte ich Ihnen das glauben? Sie sind der unzuverlässigste Handwerker, der mir je begegnet ist."

„Jetzt aber mal halblang, Mädchen!" Auch O'Toole klang inzwischen ungehalten, und er blickte sich um, wie viele der Gäste diesen Vorwurf wohl gehört haben mochten. „Ich hab hier in der Gegend einen Ruf zu verlieren."

„Den Ruf als langsamste Baufirma der Welt?", platzte Laura heraus.

„Hey!" O'Toole baute sich neben ihr auf, als wollte er gleich eine Schlägerei beginnen. „Du kommst hier aus dem Nichts, kaufst Burgen und willst, dass alle sofort nach deiner Pfeife tanzen …"

„Ich will überhaupt nicht mehr, dass Sie für mich arbeiten! Ich finde jemand anderen", giftete Laura zurück. Sie war noch nie in eine

Kneipenschlägerei verwickelt gewesen und würde gegen O'Toole garantiert den Kürzeren ziehen, aber es war ihr unmöglich, ihre Wut herunterzuschlucken.

„Jetzt seid gefälligst mal beide friedlich", rief Mrs Murphy sie zur Ruhe. „Fred, geh rüber und setz dich wieder hin. Und zwar sofort!"

Laura beobachtete leicht fassungslos, dass der kräftige Handwerker wie ein begossener Pudel zurück zu seinem Tisch schlurfte.

„Und du benimmst dich bitte anständig hier in meinem Pub." Mrs Murphy sah Laura streng an.

„Ich soll mich anständig benehmen? Sie mischen sich doch dauernd in Sachen ein, die Sie nichts angehen."

Laura hatte leise gesprochen, und in der Ecke begannen die Ukulele-Spieler nun ein neues Musikstück, das Laura bereits beim ersten Takt erkannte: *Losing my religion.* Der alte Song verbreitete fast augenblicklich seine gleichzeitig mitreißende und angespannte Atmosphäre im ganzen Raum. Aber trotz alledem hatte Mrs Murphy sie gehört.

„Was sagst du da, junge Dame?"

„Ich sagte, dass Sie sich in unser Gespräch eingemischt haben. Sie kümmern sich um Dinge, mit denen Sie gar nichts zu tun haben."

„Alles, was mit diesem Dorf zu tun hat, geht auch mich etwas an", schnaubte Mrs Murphy barsch.

„Aber darum, dass Ihr eigener Bruder krank im Bett liegt, kümmern Sie sich kein bisschen", sagte Laura aufgebracht.

Mrs Murphy fuhr zurück, als hätte Laura sie weggestoßen.

„Paddy? Was hast du mit Paddy zu schaffen?"

„Er ist der Einzige, der mir überhaupt hilft. Und Sie wissen nicht einmal, dass er schwer krank ist, oder?"

„Ich will es auch nicht wissen!" Mrs Murphy beugte sich wieder vor, und Laura spürte, dass sie einen wunden Punkt der allmächtigen Pub-Besitzerin getroffen hatte. „Er ist ein Schuft, ein gemeiner Dieb, und meinetwegen kann er den Rest seines Lebens krank im Bett versauern."

Plötzlich hatte Laura eine Art Eingebung. „Sie waren diejenige, die dafür gesorgt hat, dass er nicht einmal auf dem Grabstein seiner Mutter genannt wird."

„Ja, das war ich. Und es war richtig so! Als unsere Mutter im Sterben lag, hatte er nichts Eiligeres zu tun, als ihren Schmuck zu stehlen und zu verkaufen. Den Schmuck, der mir und meiner Schwester zustand! Er ist ein Dieb und hat keinen Funken Anstand im Leibe."

Laura schwieg einen Moment, während ein paar Dinge, die sie heute erfahren hatte, plötzlich einen Sinn ergaben.

„Er hat den Schmuck nicht gestohlen", sagte sie ganz ruhig. „Ihre Mutter selbst hat ihn beauftragt, ihn zu verkaufen. Ich habe die Vollmacht gesehen."

Für ein paar Sekunden starrten sich die beiden Frauen an.

„Warum sollte sie so etwas tun?"

„Ich habe keine Ahnung", gab Laura zu. Nun, da der Ärger entwichen war, fühlte sie sich plötzlich nur noch erschöpft. „Und es ist mir auch vollkommen egal. Da ich diese verdammte Burg nicht fertigstellen kann, werde ich nächste Woche heimfliegen. Und Sie können mir alle gestohlen bleiben mit Ihren Handwerkern und schwangeren Sekretärinnen und überhaupt."

Auf einmal war sie den Tränen nahe. Auf keinen Fall sollte Mrs Murphy sie weinen sehen!

„Was schulde ich Ihnen?"

„Geht aufs Haus", murmelte Mrs Murphy, die immer noch perplex vor sich hin starrte.

Laura raffte rasch ihre Jacke und die Handtasche zusammen und floh aus dem Pub, begleitet von den letzten Akkorden von *Losing my religion.*

Kapitel 27

DRAUßEN an der dunklen Straße atmete Laura erst einmal tief durch. Der Regen war stärker geworden und prasselte erbarmungslos auf sie herunter. Beim Aufbruch hatte sie tatsächlich daran gedacht, einen Regenschirm für den Heimweg mitzunehmen. Aber sie hatte den verflixten Schirm in Naoises Auto vergessen, und den Schlüssel hatte sie ihr vorhin zurückgegeben. Wie dumm von ihr!

Vernünftig wäre es gewesen, wieder hineinzugehen und Naoise kurz um den Schlüssel zu bitten. Das kleine Auto stand geduldig vor dem Pub, und Laura konnte sogar den blauen Faltschirm erkennen, der da unschuldig auf dem Beifahrersitz lag, keinen Meter von ihr entfernt. Aber jetzt noch einmal da hinein? Auf keinen Fall. Sie war doch nicht aus Zucker. Sie hatte inzwischen etliche kalte Duschen überlebt und würde auch die zwei Kilometer im irischen Regen überstehen. Grimmig machte sie sich auf den Weg.

Ihre Regenjacke, die sie als *wasserabweisend* gekauft hatte, erwies sich als nicht besonders hilfreich. Bald hatte Laura das Gefühl, bis auf die Knochen durchnässt zu sein. War der Regen tatsächlich schlimmer als eine kalte Dusche? Laura konnte sich nicht entscheiden, was von beiden scheußlicher war. *Sanus per aqua – genießen Sie das gesunde irische Klima, und kurieren Sie sich von aller dekadenten Wohlstandsverweichlichung!* Das und nichts anderes würde sie auf diese blöde Website schreiben.

Dicke Tropfen prasselten laut auf ihre Kapuze, und sie konzentrierte sich ganz auf den kleinen hellen Kreis, den ihre Taschenlampe auf den nassen Asphalt warf. Daher bemerkte sie das leise Brummen des Autos erst, als es neben ihr abbremste. War Naoise ihr gefolgt? Nein, es war nicht der Kleinwagen, sondern Jacks weißes Hybridauto, das da neben ihr hielt.

„Kann ich dich mitnehmen?“

Laura war immer noch in schlechter Stimmung und knapp davor, ihm ein patziges Nein entgegenzuknurren. Das wäre in dieser Situation allerdings wirklich dämlich gewesen. Also bedankte sie sich einsilbig und stieg ein.

Im Auto war es angenehm warm und trocken. Laura zog ihre triefnasse Kapuze herunter.

„Ich tropfe dein Auto voll", entschuldigte sie sich kleinlaut.

„Kein Problem."

Jack sah sie prüfend von der Seite an.

„Was ist los?", fragte er dann.

Laura seufzte missmutig. „Ich habe mich gestritten."

„Mit wem?"

Sie zuckte mit den Schultern. „Mit allen, glaube ich. Mit Fred O'Toole. Und mit Mrs Murphy."

„Tja. Wer sich mit Mrs Murphy streitet, streitet sich tatsächlich mit dem ganzen Dorf", bemerkte er trocken.

„Allerdings. Sie mischt sich in alles ein – und das habe ich ihr auch gesagt." Laura spürte, dass sich wieder die Tränen in ihren Augen sammelten. Sie putzte sich die Nase und zerknüllte dann das Taschentuch in ihrer Hand.

„Damit hattest du zweifellos recht. Trotzdem ist fraglich, ob es klug war, ihr das zu sagen." Jacks Einwand war sachlich, aber er klang mitfühlend. Sie war sich nicht sicher, ob er ihre Tränen bemerkt hatte.

„Ich weiß auch, dass das dumm war. Aber ich war so sauer, dass O'Toole mich derart patzig behandelt. Und alle tun so, als sei ich die böse Burgherrin, die hier alle herumkommandiert. Dabei gehört diese blöde Burg noch nicht einmal mir."

Das Auto bog gerade in die Auffahrt ein, die Fahrt hatte nur ein paar Minuten gedauert. Jack hielt vor der Treppe und stellte den Motor ab.

„Die Burg gehört nicht dir?", fragte er überrascht.

„Nein, natürlich nicht. Mein Bruder ist der stinkreiche Burgherr. Ich bin nur eine arbeitslose Tourismuskauffrau und soll mich hier in seinem Auftrag um alles kümmern. Ich soll die Renovierungen beaufsichtigen und eine hübsche Website machen, sonst gar nichts", schniefte sie.

Es entstand eine kleine Pause, während der Regen auf das Autodach prasselte. Dann lachte Jack.

„Was ist daran so komisch?“, fragte Laura böse.

„Ich glaube, Mick Duffy hat allen erzählt, dass du die Besitzerin bist. Viel Geld in der Familie, war seine Formulierung, wenn ich mich recht erinnere. Aber vielleicht hat er das auch nur mir so vermittelt.“

Laura runzelte die Stirn. „Warum?“

„Zumindest das kann ich erraten: um die Grundstückspreise hochzutreiben. Meine Firma hält seit einiger Zeit eine Option auf verschiedene Expansionsflächen in der Gegend. Solange sich kein anderer Investor dafür interessiert, kostet uns das nicht viel. Aber sobald jemand bereit wäre, hier Grundstücke zu kaufen – zum Beispiel um ein Hotel oder Ferienhäuser zu bauen –, müssten wir uns rasch entscheiden und natürlich auch mehr zahlen.“

Nun lachte Laura ebenfalls. „Jetzt verstehe ich, warum Mick mir immer von den touristischen Möglichkeiten der Region vorgeschwärmt hat. Er dachte tatsächlich, dass wir hier noch mehr Land kaufen wollen. Aber das ist Unsinn. Mein Bruder hat eine IT-Firma und will ganz bestimmt keine Ferienanlage in Irland hochziehen.“

„Gut, dass wenigstens das geklärt ist.“

Jack sah zu Laura hinüber und lächelte. Es war ein wirklich nettes, herzliches Lächeln, das mindestens ebenso gut wärmte wie die Sitzheizung in dem teuren Auto. Das einzige Licht im Auto bildete ein schwacher Schein aus dem Armaturenbrett, der sich in seinen grünen Augen spiegelte. Laura lächelte zaghaft zurück. Plötzlich klopfte ihr Herz ganz unvernünftig stark. Wahnsinnig gern hätte sie eine Hand nach ihm ausgestreckt, aber so unvermittelt traute sie sich das nicht.

Als hätte er ihre Gedanken gelesen, hob er selbst eine Hand und berührte ganz sacht ihre Wange. Es war eine kurze Liebkosung, seine Finger fuhren von ihrer Schläfe unterhalb ihrer Augen entlang. Hatte dort noch eine Träne geglitzert? Laura spürte, wie ihre Haut an der Stelle zu glühen begann.

Er senkte seine Hand wieder, noch immer lächelnd. Was sollte sie nun tun? Um überhaupt irgendetwas zu sagen, plapperte sie weiter:

„Warst du es denn nun, der die Handwerker von der Burg ferngehalten hat?“

Jacks Miene fror wieder ein. „Ich habe dir doch schon gesagt, dass ich damit nichts zu tun habe.“

Laura biss sich auf die Lippen. „Entschuldige.“

Er nickte schweigend, blickte dann wieder nach vorn und seufzte tief. Laura fühlte schon wieder die Tränen aufsteigen. Sie empfand die unausgesprochene Aufforderung, jetzt endlich zu verschwinden.

„Danke fürs Fahren“, meinte sie, als sie ausstieg.

„Gern geschehen.“

Die Autotür schloss sich hinter ihr. Der Motor startete mit einem leisen Brummen, und das weiße Auto wendete und fuhr durch den Regen davon.

Laura blieb im Regen stehen und fühlte, wie die angenehme Wärme ihren Körper sofort wieder verließ. Wie konnte es sein, dass sie sich in einem Moment so nahe waren und sie im nächsten schon wieder alles verdorben hatte? Nun liefen ihr wirklich die Tränen über die Wangen. Was für eine einzige große Katastrophe! Leise schniefend kramte sie den Burgschlüssel aus ihrer Tasche, während sie von Kopf bis Fuß das schmerzliche Gefühl durchströmte, eine ganz großartige Chance verpasst zu haben.

Kapitel 28

ALS Laura am nächsten Morgen zu Jacks Haus hinüberging, um zu duschen, nahm sie sich vor, sich noch einmal bei ihm zu entschuldigen. Zu ihrer Frustration war er jedoch nicht da. Missmutig kletterte sie über den Zaun und nahm eine schnelle heiße Dusche. Sie hätte gern noch einmal einen so warmen Moment mit ihm erlebt wie gestern im Auto, aber vielleicht war es besser so. Sie würde bald zurück nach Deutschland fliegen, was sollte sie da mit einem Mann in Irland?

Mit einem gut aussehenden Mann. Mit einem hilfsbereiten, intelligenten, gut aussehenden Mann. Mit einem hilfsbereiten, intelligenten, gut aussehenden und erfolgreichen … Laura unterbrach ihren eigenen Gedankenstrom. Sie würde nicht nur bald, sondern in Kürze zurück nach Deutschland fliegen! Was sollte sie also mit irgendeinem Mann in Irland?

Sie hatte sich außerdem vorgenommen, ab jetzt auf die täglichen Anrufe bei O'Toole zu verzichten. Das würde wohl ein klares Signal sein, dass sie nichts mehr mit ihm zu tun haben wollte. Aber auch dieser durchaus tröstende Gedanke löste sich in Luft auf, als ihr einfiel, dass heute Samstag war und niemand in O'Tooles Firma bemerken würde, ob sie sich meldete oder nicht.

Dann öffnete sie ihren Laptop und suchte nach Flügen. Zurück nach Deutschland, am liebsten noch heute. Oder morgen. Oder spätestens nächste Woche. Aber wenn sie auf Lars' Kosten fliegen wollte, musste vermutlich seine Sekretärin den Flug buchen. Bestimmt gab es irgendwelche Firmenrabatte, auf die Steffi Zugriff hatte. Also schrieb Laura ihr eine kurze Mail mit der Bitte, sich um den Flug zu kümmern. In dem Moment, als sie auf *Senden* klickte, fiel ihr wieder ein, dass Samstag war und Steffi ihre Mails vermutlich nicht vor Montag lesen würde. Na dann.

Laura packte ein bisschen Obst, eine Flasche Orangensaft und etwas Weißbrot zusammen und machte sich auf den Weg zu Paddy. Zumindest so lange sie da war, würde sie sich darum kümmern, dass der alte Mann seine Medikamente nahm und jeden Tag etwas zu essen kriegte.

Heute regnete es nicht. Grauweiße Wolken zogen an einem blassblauen Himmel über sie hinweg, während sie die schmale Landstraße zu Paddys Häuschen hinunterwanderte. Die Wolken ballten sich zusammen, als würden sie sich einen Spaß daraus machen, die vielen Schafe unten auf den Weiden nachzuahmen, an denen Laura vorbeikam.

Jedes Mal, wenn die Straße eine Hügelkuppe querte, bot sich Laura ein weiter Blick über die Landschaft. Grüne Hügel, Bruchsteinmauern, Schafe. Weiß und gelb blühende Hecken setzten sanfte Tupfer zwischen die Weiden. Weißdorn? Ginster? Jack hätte ihr sicher sagen können, welche Art Pflanzen hier wuchsen. An der höchsten Stelle des Weges blieb Laura kurz stehen, um das Bild noch einmal in sich aufzunehmen. Sie konnte es nicht ändern: Die irische Landschaft hatte sich in ihr Herz geschlichen, und sie würde diese grünen Hügel, diese alten, rauen Mauern vermissen, wenn sie nicht mehr hier war. Und auch den leicht salzigen, feuchten Wind, der vom Meer kam.

Sie könnte irgendwann für einen Urlaub zurückkehren, wenn es Lars gelungen war, Ballylavorn Castle zu einem Ferienhaus umzuwandeln. Aber vielleicht würde er die Burg auch einfach wieder verkaufen, wenn selbst einfachste Reparaturarbeiten so schwierig durchzuführen waren …

Paddy saß halbwegs aufrecht auf seinem Sofa, als sie kam. Die Antibiotika schienen bereits erste Wirkung zu zeigen. Er sah auch nicht mehr ganz so fiebrig aus wie gestern und begrüßte Laura einigermaßen freundlich. Zumindest für seine Verhältnisse.

„Na, junge Dame, schon wieder hier? Hast du nichts anderes zu tun?“

„Nein, gar nichts“, erwiderte Laura, und das stimmte sogar.

„Ach ja? Ich hab immer zu tun. Bleibt alles liegen, während ich krank bin. Nicht mal die Blumen konnte ich heute Morgen gießen, die kriegen unter dem Vordach viel zu wenig vom Regen ab.“

„Ich kann sie nachher wässern“, meinte Laura, „aber erst einmal bekommst du Tee und Toast, in Ordnung? Hast du heute schon deine Tablette genommen?“

„Bist du jetzt Krankenschwester, oder was?“

„Wenn es sein muss.“

Laura kontrollierte den Blisterstreifen neben dem Sofa und stellte befriedigt fest, dass die heutige Tablette tatsächlich fehlte.

„Sehr schön“, lobte sie Paddy, und dieser brummte:

„Ich will ja nicht länger als nötig unnütz hier herumliegen.“

Während Laura ihm in der sauberen Küche ein leichtes Frühstück zubereitete, schlurfte er aus eigener Kraft bis zum Esstisch.

„Mach dir auch eine Tasse Tee, dann frühstücken wir zusammen“, rief er ihr zu.

Laura war beinahe gerührt, weil er zum ersten Mal zugab, ihre Gesellschaft zu schätzen. Obwohl sie sich dessen schon ziemlich sicher gewesen war. Sie fand Butter und hausgemachte Brombeermarmelade im Kühlschrank und deckte den Tisch, so hübsch sie konnte.

Als sie sich bei Marmeladentoast und dampfendem Tee gegenübersaßen, fiel ihr plötzlich ihr gestriges Gespräch mit Mrs Murphy wieder ein. Was um alles in der Welt hatte dieser knurrige, aber ansonsten harmlose alte Mann getan, um die Familie derart gegen sich aufzuhetzen? Es ging sie nichts an, doch wieder einmal gewann ihre Neugier die Oberhand.

„Paddy, darf ich dich etwas fragen?“

Er zuckte die Schultern. „Frag oder lass es. Deine Entscheidung.“

„Warum hat deine Mutter dich damals gebeten, ihren Schmuck zu verkaufen?“

Verblüfft sah er sie an. „Wie kommst du denn jetzt auf meine Mutter?“

Vorsichtig versuchte Laura sich an einer Erklärung. Sie wollte nicht zu viel von dem Familienstreit aufwärmen.

„Deine Schwester, Mrs Murphy, meinte, du hättest den Schmuck genommen. Aber ich habe zufällig gestern gesehen, dass deine Mutter dich beauftragt hatte, ihn zu verkaufen.“

Paddy lehnte sich zurück. Er schwieg eine Weile, während er Laura musterte.

„Meine Schwester Maggy hast du kennengelernt, hm? Wahrscheinlich kann man hier nicht ein paar Wochen leben, ohne auf sie zu treffen.“

Laura nickte.

„Wir haben noch eine Schwester, weißt du. Keeva.“

Es klang wie Keeva, aber nachdem Laura das Bild des Grabsteins gestern so aufmerksam studiert hatte, erinnerte sie sich an die Schreibweise: Caoimhe.

„Na ja, Caoimhe und Máighréad stritten sich immer um alles. Du kannst dir ja denken, dass Maggy sich nicht die Butter vom Brot nehmen lässt, und Caoimhe ist vom gleichen Schlag. Sie lieben sich schon, wie Schwestern das tun, aber es war oft anstrengend für mich. Ich bin ein friedlicher Mensch und hab gern meine Ruhe. Auseinandersetzungen geh ich lieber aus dem Weg, musst du wissen. Ist vielleicht eine Schwäche von mir, je nachdem, wie man es betrachtet. Aber ich komm da ganz nach unserer Mutter: Für sie war es immer am schlimmsten, wenn die zwei sich stritten.“

„Das kann ich mir vorstellen.“

Die dominante Mrs Murphy zur Schwester zu haben, war sicher nicht leicht, und gleich zwei Töchter dieser Art müssten ausreichen, um auch die geduldigste Mutter in den Wahnsinn zu treiben.

„Na ja, als Mutter im Sterben lag, hatte sie Angst, dass die beiden sich wegen des Schmucks furchtbar in die Haare geraten würden. Beide hatten schon ein Auge darauf geworfen, das hatte auch unsere Mutter gemerkt. Ansonsten war nicht viel da, worüber man sich hätte streiten können, aber das mit dem Schmuck, das lag ihr am Herzen. Geld wäre leichter aufzuteilen als die Schmuckstücke, dachte sie sich. Also bat sie mich, die Sachen zu Geld zu machen und das Geld dann gerecht zu verteilen.“

„Ich verstehe.“ Laura hörte mit großen Augen zu.

„War ja eigentlich auch grundsätzlich eine gute Idee.“

Paddy knirschte mit den Zähnen. Offenbar kamen sie nun zu dem Teil der Geschichte, der ihm selbst am meisten zu schaffen machte.

„Aber dann starb unsere Mutter, und die beiden hatten nichts Besseres zu tun, als sofort nach dem Schmuck zu sehen. Wenn du mich fragst: Sie wollten vermutlich am liebsten gleich mit dem Krach anfangen. Die beiden lieben es einfach, sich zu streiten! Ansonsten hätten sie ja trauern und einander trösten müssen. Das Streiten waren sie gewissermaßen gewohnt, während die Trauer neu und anstrengend gewesen wäre. Na ja, der Schmuck war natürlich nicht da. Stattdessen fanden sie den Umschlag mit der Quittung und begriffen, dass ich alles schon verkauft hatte. War ein bisschen unglücklich, das geb ich gern zu. Aber das rechtfertigt noch lange nicht das, was Maggy danach tat."

„Sie ließ deinen Namen nicht auf den Grabstein setzen", platzte Laura heraus.

„Ja, genau. Und nicht nur das, der Grabstein kam ja später, sondern auch in der Todesanzeige, die in der Zeitung erschien, tauchte ich nicht auf. Einfach weggelassen hat sie mich! Als würde ich gar nicht zur Familie gehören, dieses Biest! Und das ganze Dorf hat es natürlich gesehen und sich das Maul darüber zerrissen. Sie dachten wahrscheinlich alle, ich hätte unsere Mutter in den Tod getrieben oder ihr Häuschen versoffen oder sonst was Schreckliches."

Paddy brach wieder in Husten aus, und Laura hatte sofort ein schlechtes Gewissen. Sie schenkte ihm Tee nach und wartete, bis der Anfall vorüber war.

„Warum hast du das Missverständnis nie aufgeklärt?", fragte sie schließlich sanft.

Paddy wirkte müde. „Weil ich wütend war. Zu wütend und zu traurig, als dass ich mit ihr diskutieren wollte. Wenn sie sich irgendwann mal entschuldigt hätte, hätte ich dasselbe getan. Aber das hat sie nicht, dazu war sie zu streitlustig."

„Und ihr habt seither nie wieder miteinander geredet?"

Laura dachte an ihren eigenen Bruder, über den sie sich so oft ärgerte und ohne den sie sich ein Leben trotzdem kaum vorstellen konnte.

Paddy saß zusammengesunken auf seinem Stuhl, aber seine Augen blitzten, als er ihr über die Teetassen hinweg einen scharfen Blick zuwarf. „*Grudge holding* ist ein nationales Hobby, wusstest du das nicht? Wir sind Iren. Wir sind so nachtragend, wie man es nur sein kann. Wenn unsereins so alt wird wie ich, dann nur deswegen, damit der Groll länger anhält."

Er beendete den Satz mit einem heiseren Lachen, aber Laura spürte, dass ihm der alte Streit noch immer nahe ging.

„Aber ist das nicht …" Laura suchte nach dem passenden Wort. „… dumm? Und nutzlos, sich so lange Zeit über so etwas zu streiten? Es ist doch eine richtige Energieverschwendung."

Paddy lachte. „Ihr Deutschen! Alles muss für euch immer einen Nutzen haben, alles muss effizient sein. So sind wir nicht. Wenn wir jemandem grollen, dann bleiben wir auch dabei."

Darauf wusste Laura nichts zu sagen. Sie räumte die Teller zusammen und brachte Paddy, den die Unterhaltung eindeutig angestrengt hatte, zu seinem Sofa zurück. Dann sorgte sie dafür, dass er genügend Saft, Tee und Kekse in Reichweite hatte, um den Tag zu überstehen. Die Tablette für morgen legte sie gut sichtbar daneben. Als sie ging, hatte er die Augen geschlossen. Vermutlich würde er bald einschlafen und hoffentlich nicht weiter seinen düsteren Gedanken nachhängen. Trotzdem war sie bekümmert, als sie ging. Auch wenn es inzwischen danach aussah, als würde er die Krankheit gut überstehen, würde es ihr doch schwerfallen, ihn hier so ganz allein zurückzulassen.

Kapitel 29

Es konnte keinen Zweifel geben: Der Blick vom Turmdach war atemberaubend. Und bevor Laura der Burg den Rücken zukehrte, wollte sie ihn noch einmal genießen. Da Naoise nicht ans Telefon ging, schnappte sie sich ein paar Kissen, eine Tafel der teuren englischen Schokolade sowie eine Tasse Tee und machte es sich dort oben bequem.

Es war schön hier. Man konnte allein sein, ohne sich einsam zu fühlen, während man auf die Welt hinunterblickte. Die Sonne, die zwischen den Wolken hindurchschien, hatte sogar die Steinplatten des Bodens etwas angewärmt. Ein bisschen schien ihr, dass die Burg sich nach all dem Ärger nun doch von ihrer freundlichen Seite zeigen wollte, ein alter Turm, der friedlich im Sonnenschein stand und einen klaren Blick auf das Land und auch auf die eigene Seele bot. Wie viele Menschen mochten hier über die Jahre gesessen und in dem weiten Ausblick nach Antworten Ausschau gehalten haben?

Laura seufzte. Sie wusste nicht mehr genau, wann sie die Entscheidung getroffen hatte, die Burg zurückzulassen und wieder nach Deutschland zu fliegen, aber inzwischen erschien es ihr als feststehender Fakt. Was sollte sie noch hier?

Sie hatte vorgehabt, im L-Chat ein weiteres Selfie zu posten, mit den grauen Zinnen und der grünen Landschaft im Hintergrund. Und dazu ein neutraler Kommentar wie *Good bye, Irland!* Aber nun, da sie das Bild auf dem Handy-Display vor sich sah, überkam sie plötzlich der unwiderstehliche Drang, ihr Versagen zu beichten.

Good bye, Irland. Ich hab's leider total versiebt: Die Burgrenovierung ist kein bisschen vorangekommen. Mit dem gut aussehenden Nachbarn hab ich es mir verscherzt, und das ganze Dorf ist sauer auf mich. Komme nächste Woche zurück und muss mir so schnell wie möglich einen neuen Job suchen.

Ihre Finger zitterten leicht, als sie auf den kleinen Pfeil klickte, der die Nachricht abschickte. So, nun wussten die alten Freundinnen Bescheid. Sie schaltete das Handy aus und legte es weg. Was jetzt? Sie musste ihren Bruder anrufen. Spätestens wenn Steffi am Montag ihre Mails las, würde er erfahren, dass sie ihre Rückkehr plante. Ganz bestimmt war es besser, wenn sie ihm das selbst erklärte.

Was würde er dazu sagen? Eigentlich wusste sie das bereits. Er würde nicht laut werden, das war nicht seine Art. Er würde ihr sachlich vorrechnen, wie viel er in ihren Urlaub (bestimmt würde er es Urlaub nennen) investiert hatte und wie viel Geld ihn die Burg kostete, solange sie nicht nutzbar oder vermietbar war. Dann würde er so etwas sagen wie: „Ich dachte, Ferienwohnungen gehören zu deinem Metier. Aber offenbar habe ich mich geirrt."

Seine Meinung von ihrer Ausbildung war ohnehin nie besonders hoch gewesen, und auch wenn sie argumentieren würde, dass solche Bauarbeiten kein Teil ihres Berufs waren, würde diese Meinung jetzt noch weiter sinken. Aber so war das eben. Sie hatte es nicht anders verdient. Alle anderen wussten mehr und konnten mehr und hatten ihr Leben besser im Griff als sie.

Es war wohl besser, wenn sie den Anruf hinter sich brachte. Also schaltete sie das Handy wieder ein. Es waren etliche neue Nachrichten in der Chatgruppe hereingekommen, und Laura wappnete sich für eine weitere Runde schaler Mitleidsbekundungen.

Die erste Nachricht kam von Lena 1 und zeigte tatsächlich nur ein vorgefertigtes GIF mit dem albernen Text *Cheer up, Buttercup.*

Die zweite Nachricht kam von Lena 2 und war deutlich länger. Neugierig begann Laura zu lesen: *So ein Mist, Süße! Halt die Ohren steif. Bei der Jobsuche können wir ein Team bilden. Mein letztes Projekt lief auch nicht so toll, und jetzt suche ich nach einem Absprung, bevor mir hier irgendwas auf die Füße fällt. Wir lesen uns gegenseitig die Bewerbungen Korrektur, okay?*

Das war überraschend tröstlich und hilfreich. Tröstlich, weil offenbar auch bei Lena 2 etwas schiefgegangen war, und hilfreich, weil sie sicher konstruktive Tipps für die Bewerbungen haben würde. Laura las weiter.

Lilly schrieb: *Wenigstens habt ihr bei euren Jobs erwachsene Menschen um euch herum! Mir fällt hier total die Decke auf den Kopf, und alle Gespräche lauten entweder dada-dudu oder drehen sich um die perfekte Windelcreme. Und als Mutter bin ich auch miserabel. Das ist jetzt schon der dritte von den teuren Wolle-Seide-Bodys, der mir in die Vollwäsche geraten ist und danach nur noch einem Playmobil-Männchen passt.*

Sie postete sogar ein Foto mit dem eingelaufenen Kleidungsstück. Das mit dem Playmobil-Männchen war eindeutig übertrieben. Das graugrün geringelte Teil sah eher aus wie ein Topflappen aus Filz. Laura konnte nicht anders, sie musste lachen.

Es folgte eine Nachricht von Lisa. *Ach Mädels, ich kann mich direkt bei euch einreihen. Mein Job ist zwar nur langweilig und sonst nichts. Aber dafür hat mich mein Freund vor zwei Wochen komplett geghostet, von einem Tag auf den anderen. Und der Typ, mit dem ich mich gestern zur Ablenkung treffen wollte, ist erst gar nicht erschienen.*

Nun kam noch etwas von Lena 1, es war natürlich ein GIF mit *Life sucks!* und danach: *Ihr Armen! Wir müssen uns unbedingt treffen, sobald ich von den Seychellen zurück bin!* Dann kam ein Selfie aus einem hübschen Strandcafé. Offenbar war gerade Kaffeezeit auf Mahé.

Na klar. Auch wenn es allen anderen mies ging, konnte sich Lena 1 ihre tollen Urlaubsfotos nicht verkneifen. Laura wusste plötzlich, dass sie Lena eigentlich schon lange nicht mehr zu ihren Freundinnen zählte. Sie würde ihre Beiträge im Chat künftig einfach ignorieren.

Dann meldete sich, zu Lauras und vermutlich auch zur Überraschung der anderen Freundinnen, plötzlich Lea, die seit Jahren nicht mehr geantwortet hatte. *Hallo zusammen! Tja, was soll ich sagen? Habe die letzten Jahre fünfundfünfzig Stunden in der Woche gearbeitet und mich jetzt erst mal krank gemeldet, Diagnose Burn-out. Lasst uns den Chat umbenennen in* Klub der Loser*! Aber ich kann gern für euch Arbeitsverträge gegenlesen. Ihr glaubt nicht, was ich in den letzten Jahren da alles gesehen habe …*

Echt? Erzähl. Das war wieder Lena 2. Und dann entspann sich ein längeres Gespräch über illegale Zeitverträge und unklare Kündigungsfristen, falsch berechnete Elterngelder und unbezahlte

Überstunden, das sich nach und nach anfühlte wie ein wirkliches Gespräch unter Freundinnen. Nur Lena 1 postete nichts mehr, aber niemand schien darauf zu achten.

Laura saß auf ihrem Turmdach, las und tippte, lachte und schniefte, trank ihren Tee, aß ihre Schokolade und fühlte sich so in das warme Gefühl der Gemeinschaft vertieft, dass sie vollkommen vergaß, ihren Bruder anzurufen.

Kapitel 30

AM Sonntag blieb Laura lange im Bett liegen. Sie fand einfach keinen guten Grund, um aufzustehen. Später würde sie nach Paddy sehen, ansonsten gab es heute nichts zu tun für sie. Sie hatte noch nicht einmal Lust, Naoise anzurufen, und diese hatte sich gestern auch nicht mehr gemeldet. Stattdessen blieb sie im Schlafanzug, dem gleichen kuschlig-karierten, den sie getragen hatte, als Lars' Textnachricht zu dem Burgkauf eintraf. Sie stopfte sich das Kopfkissen hinter den Rücken, zog die Bettdecke über die Knie und sah sich auf dem Handy wahllos Videoblogs im Internet an – Schminktipps von namenlosen Youtuberinnen, Oscar-Reden von Ricky Gervais und Adelstratsch in willkürlicher Reihenfolge. Sobald ein Video endete, begann ein neues, und wenn es nach ihr gegangen wäre, hätte sie den ganzen Tag damit zubringen können.

Gegen elf Uhr klopfte es unten an die Burgtür. Für einen Moment überlegte Laura, ob sie das einfach ignorieren sollte, aber dann stand sie doch auf, zog einen Hoodie über den Schlafanzug und ging hinunter, um zu öffnen.

Vor der Tür stand Jack. Ausnahmsweise trug er keines seiner eleganten dunklen Hemden, sondern Jeans und einen grünen Sweater. Der kurze, akkurat geschnittene Bart schimmerte kupferfarben.

„Hi", sagte er.

„Hi", murmelte Laura und strich sich verlegen die ungekämmten Locken aus dem Gesicht.

„Hab ich dich geweckt?", fragte er erschrocken, als sein Blick auf die Schlafanzughosen fiel.

„Nein, ich war wach. Nur noch nicht angezogen."

„Soll ich später wiederkommen?"

Sie zuckte mit den Schultern und lächelte dann. „Wenn du kurz wartest, ziehe ich mich um."

„Ist doch ein süßer Pyjama. Aber ich kann auch in die Küche gehen und Tee kochen. Und du kommst runter, wenn du fertig bist. Okay?“

Das Gute an einer nur halb eingerichteten Wohnung war, dass man nicht allzu viel Unordnung machen konnte. Also überließ Laura Jack guten Gewissens den Speisesaal. Als sie nach ihrer Katzenwäsche und einer kurzen, aber heftigen Auseinandersetzung mit ihrer Haarbürste herunterkam, hatte er nicht nur Tee gekocht, sondern auch Milch und Zucker auf den Tisch gestellt und Brotscheiben in den Toaster geschoben.

„Du kannst nachher gern noch bei mir duschen, wenn du möchtest“, meinte Jack über seine Teetasse hinweg.

„Ach, egal.“

Jack sah sie an, offensichtlich erstaunt über ihren resignierten Tonfall.

„Ich fliege sowieso bald zurück nach Deutschland“, erklärte Laura, während sie Butter und Marmelade aus dem Kühlschrank holte.

Er stellte seine Tasse ab und hob die Augenbrauen. „Warum denn das?“

Auch wenn Lauras Stimmung im Keller war, fand sie es doch ein wenig tröstlich, dass er ernsthaft betroffen klang.

„Na ja, es ist wohl klar, dass hier gar nichts vorangeht. Ich sollte besser zu Hause sein und mir einen richtigen Job suchen“, antwortete sie sachlich. „Einen Job, den ich beherrsche.“

Er runzelte die Stirn und schien nachzudenken.

„Darüber wollte ich mit dir sprechen. Du hattest gesagt, dass du eine Website für die Burg machst, richtig? Darf ich sehen, wie weit du damit gekommen bist?“

Laura zuckte mit den Schultern. „Na klar!“

Sie holte ihren Laptop und öffnete den Browser. Während sie eine Scheibe Toast mit Marmelade aß, klickte er sich durch die Seiten hindurch, die sie in der letzten Woche mit Bildern und Texten gefüllt hatte.

„Das sieht doch schon ziemlich gut aus“, meinte er nach einer Weile. „Und genau darum wollte ich dir einen Vorschlag machen. Hast du schon daran gedacht, auf deiner Seite auch das Céilí zu bewerben?“

Laura hob überrascht die Augenbrauen. „Das Céilí? Du meinst dieses Musikfestival, das hier demnächst beginnt?“

„Ja, genau.“

„Nein. Von Musik verstehe ich leider wenig bis gar nichts“, erklärte sie, „und ich bin mir auch nicht sicher, ob sich Touristen wirklich für diese komische Volksmusik interessieren.“

Er lächelte. „Kann sein, kann aber auch nicht sein. Traditionelle irische Musik ist etwas anderes als deutsche Volksmusik, nehme ich an. Ist aber eigentlich auch egal. Wichtig wäre nur, dass du heute Abend in den Pub gehst, den Leuten diese Seiten zeigst und sie bittest, dir noch ein paar hübsche Fotos zuzuschicken, damit du den Touristen das Céilí vorstellen kannst.“

„Mit ‚den Leuten‘ meinst du Mrs Murphy, oder?“, fragte Laura misstrauisch.

„Sicher.“ Er grinste breit. „Wen sonst?“

„Du weißt doch noch, dass ich mich am Freitagabend mit ihr gestritten habe?“ Laura blickte ihn grimmig an, aber er lächelte immer noch.

„Mach es einfach. Vertrau mir.“ Dann verdüsterte sich sein Lächeln ein wenig. Er stand auf, als wollte er gehen, lehnte sich dann aber gegen den Türrahmen. „Ach ja, richtig. Du denkst, dass ich irgendwelche gemeinen Pläne gegen dich schmiede.“

Laura atmete tief aus. „Nein. Nein, das glaube ich nicht mehr. Und ich wollte mich bei dir entschuldigen, dafür, dass ich das jemals geglaubt habe. Du warst von Anfang an freundlich und hilfsbereit. Und es tut mir wahnsinnig leid, dass ich das erst kapiere, kurz bevor ich abreise.“

Er blickte sie eine Weile stumm an. „Nett, das zu hören“, meinte er schließlich gedehnt.

„Entschuldigung angenommen?“, fragte Laura zaghaft.

Nun lächelte er, sein Blick hielt immer noch ihren fest. „Entschuldigung angenommen“, sagte er nachdrücklich.

Laura fühlte, wie von den vielen Steinen auf ihrem Herzen einer hinunterfiel. Erstaunlicherweise war es anscheinend der schwerste gewesen, denn auf einmal fühlte sich ihr Herz deutlich leichter an. Und weil sie in ein paar Tagen nicht mehr hier sein würde, traute sie sich etwas, das sie sonst nie getan hätte: Sie stand auf, ging zu ihm hinüber, stellte sich auf die Zehenspitzen und gab ihm einen Kuss auf die Wange.

Dann trat sie einen Schritt zurück. Er blickte an ihr vorbei.

„Es ist wirklich schade, dass du so bald gehen willst“, sagte er leise.

„Ja“, meinte sie. So schön es war, dass sie sich versöhnt hatten, so traurig war es doch, dass es ausgerechnet jetzt passierte.

Für einen Moment standen sie still da. „Ach, egal“, sagte er plötzlich.

Er trat auf sie zu, nahm ihr Gesicht in seine Hände und küsste sie auf den Mund. Seine Lippen schmeckten wunderbar, warm und fest und ein ganz kleines bisschen wie Sticky Toffee Pudding. Lauras Hände tasteten sich auf seine Schultern, und eine wundervolle kleine Ewigkeit verging, während sie einander küssten. Im Staat Iowa wären sie bestimmt dafür verhaftet worden.

„Wirklich schade“, wiederholte sie sehnsüchtig, nachdem der Kuss ein viel zu frühes Ende genommen hatte. „Wenn ich mich am Flughafen nicht so danebenbenommen hätte, hätten wir vielleicht wenigstens zwei schöne Wochen zusammen gehabt.“

Er lachte. „Und dabei hat sich doch da schon herausgestellt, dass wir denselben Geschmack in Sachen Rucksäcke haben. Als ich dich dann am Gartenzaun sah, war mir gleich klar, dass du die hübscheste und eigensinnigste Nachbarin bist, die ich je hatte. Und als du plötzlich in meinem Badezimmer standest, hat mich das völlig aus der Fassung gebracht.“ Aber dann wurde er wieder ernst und holte tief Luft. „Geh heute Abend ins Pub. Schlag das vor mit der Webseite für das Céilí. Vielleicht …“, er zögerte kurz, „vielleicht klären sich dann ein paar Dinge.“

Er sah ihr aufmunternd in die Augen, was ihrer Konzentration nicht gerade zuträglich war.

„Was immer du willst“, meinte sie schwach.

Dann küsste er sie noch einmal. Diesmal legte er seine Arme fest um sie, während sie sich an seinen Körper schmiegte. Es war ein überwältigendes Gefühl, neu und aufregend und trotzdem auf wundervolle Weise selbstverständlich. Laura spürte seine Hände auf ihrem Rücken und gleichzeitig die feinen Härchen des kurzen Bartes auf ihrem Gesicht. Ihre eigenen Hände ließ sie von seinen Schultern über seine Oberarme und zurück gleiten und ertastete die Muskeln seines Rückens durch den Stoff des Sweaters hindurch. Wie wunderbar musste sich erst die Haut darunter anfühlen? Am liebsten hätte sie ihre Hände jetzt und hier unter den Pullover geschoben.

In diesem Moment klingelte völlig unpassenderweise sein Handy. Er zögerte kurz, aber Laura ließ die Arme sinken.

„Na, geh schon ran. Vielleicht ist es etwas Wichtiges. Und wenn nicht – fass dich kurz.“ Sie lächelte.

Also zog er das Telefon aus der Tasche und führte ein nicht allzu langes Gespräch. Soweit Laura verstand, schien es sich um ein widerspenstiges automatisches Bewässerungssystem zu drehen und eine besonders empfindsame Gerstenzüchtung in Gewächshaus 4.

„Mist, ich muss in die Firma“, erklärte Jack gestresst, als das Gespräch beendet war.

„Kein Problem“, sagte Laura, obwohl sie in jeder Zelle ihres Körpers bedauerte, dass er gehen musste.

Er küsste sie noch einmal. „Ich melde mich. Und bitte untersteh dich, einfach nach Deutschland abzuhauen, ohne dass wir uns noch mal sehen“, murmelte er.

„Werde ich nicht“, versprach Laura, obwohl sie nicht genau wusste, wie schnell ihr Steffi tatsächlich einen Rückflug besorgen würde.

Bevor Jack die Burg verließ, drehte er sich zu ihr um. „Denk an das Céilí“, meinte er noch einmal.

„Okay.“ Laura nickte. Das Céilí hatte sie in der letzten Viertelstunde tatsächlich völlig vergessen. Aber wenn Jack dieser Punkt so wichtig war, würde sie eben tun, was er vorgeschlagen hatte. Dann sah sie zu, wie er in sein Auto stieg und in Richtung der Firma davonfuhr, während sie den letzten Kuss noch immer wie ein Versprechen auf ihren Lippen spürte.

Kapitel 31

EIN letztes Mal würde Laura also ins Pub gehen. Den ganzen Nachmittag hatte sie an Jack gedacht. Das warme Gefühl, das sie in seinen Armen empfunden hatte, und der süße Geschmack seiner Küsse hatten sie begleitet. Über den Tag hinweg kamen Textnachrichten von ihm, und mit jeder eintreffenden Nachricht tat ihr Herz einen kleinen Hüpfer. Es waren keine großen Liebesbekundungen oder dergleichen, nur kurze Texte darüber, dass er gern länger geblieben wäre und sich auf ein Wiedersehen freue. Seine Worte bewiesen ihr, dass die Küsse heute Vormittag kein Ausrutscher gewesen waren, den er bereits bedauerte, und genau das wollte er ihr damit vermutlich auch sagen.

Nachdem er gegangen war, hatte Laura noch eine Stippvisite bei Paddy gemacht. Dem alten Mann ging es heute deutlich besser. Er war aufgestanden und trug frische Kleidung. Als Laura kam, schlurfte er gerade durch den Garten und inspizierte seine Blumentöpfe. Sicherheitshalber kontrollierte Laura dennoch, ob er seine Tablette genommen hatte, und stellte beruhigt fest, dass alles in Ordnung war. Der Alte hatte sogar sein Schlafzimmer in der oberen Etage wieder bezogen, sodass das durchgesessene Sofa in der Stube seinem ursprünglichen Zweck wieder zugeführt worden war.

Auch während des Besuchs hatte der Gedanke an Jack sie begleitet, und das war sogar Paddy aufgefallen.

„Was hast du denn heute gefrühstückt?“, hatte er sie prüfend, aber im üblichen knurrenden Tonfall gefragt.

Sie hatte nur geheimnisvoll gelächelt. Die Verliebtheit war zu frisch, als dass sie irgendjemandem davon hätte erzählen wollen.

Je mehr Zeit an diesem Tag verging, desto öfter zog trotz allem ein leichtes Unwohlsein auf wie eine Regenwolke am irischen Himmel. An ihrer Frustration wegen der Handwerker und ihrer eigenen Unfähigkeit hatte sich grundsätzlich nichts geändert. Dazu kamen der Ärger über Mrs Murphy und eine vage Unsicherheit, wenn sie an

Naoise dachte. Warum hatte sie sich gestern nicht mehr gemeldet? Nach einigem Zögern schickte Laura ihr eine Nachricht und teilte ihr mit, dass sie später ins Pub gehen würde, und Naoise schrieb bald zurück. Sie würden einander also dort sehen, aber das Verhalten ihrer Freundin fand Laura trotzdem merkwürdig.

Am späten Nachmittag wanderte sie los in Richtung des Dorfes, nicht gerade enthusiastisch, aber doch fest entschlossen, Jacks Rat umzusetzen. Ihren Laptop hatte sie in den Rucksack gesteckt. Sie wollte früh im Pub sein, bevor der kleine Gastraum voll wurde. Zwar würde am Sonntagabend vermutlich nicht allzu viel los sein, aber sie wollte auf Nummer sicher gehen. Sie hoffte nur, dass Naoise schon da war, denn das würde ihr den Einstieg in ein Gespräch über das Céilí-Festival erleichtern. Als sie auf den Eingang zuging, sah sie, dass das Auto noch genau da stand, wo sie es am Freitag abgestellt hatte. Das schien ihr ein gutes Zeichen.

Tatsächlich war das Pub nicht übermäßig voll, aber doch gut besucht. Die meisten Gäste hatten bereits ein Bier vor sich, und auch das Grüppchen junger Dartspieler stand genau dort, wo sie immer standen. Von Naoise allerdings gab es keine Spur. Vielleicht hatte sie ihr Auto einfach vor dem Pub stehen lassen, weil sie bei dem Ukulele-Abend etwas getrunken hatte und den Wagen über das Wochenende nicht benötigte. Auch die Handwerker waren nicht zu sehen. Der einzige Mensch, den Laura kannte, war Mrs Murphy, die hinter der Theke stand und saubere Gläser in ein Regal aus dunklem Holz räumte.

Nun gut. Dann würde sie eben mit Mrs Murphy sprechen müssen, trotz des Streits am Freitagabend. Laura wäre in diesem Moment lieber in die eiskalte Irische See gesprungen, als jetzt ein Gespräch zu eröffnen. Was natürlich völlig idiotisch war. Im Wasser konnte man ertrinken oder erfrieren oder von einer Welle gegen einen Felsen geschleudert werden. Das Schlimmste indessen, was ihr hier passieren konnte, war, dass ein paar Menschen, die ohnehin schon schlecht von ihr dachten, ein paar unfreundliche Worte fallen ließen. Also kein Grund, ängstlich und zaghaft zu sein. Trotzdem war sie es.

Als sie an die Theke trat, warf ihr Mrs Murphy nur einen kurzen Blick über die Schulter zu.

„Das Essen ist noch nicht fertig“, sagte sie zur Begrüßung.

Es klang nicht sehr ermutigend, aber immerhin redete die Wirtin noch mit ihr.

„Danke, ich habe es nicht eilig“, meinte Laura, holte tief Luft und fuhr dann fort: „Eigentlich wollte ich sowieso noch etwas anderes fragen: Haben Sie vielleicht schöne Fotos vom letzten Céilí? Oder vielleicht die Druckdatei von dem Plakat da hinter der Theke?“

Mrs Murphy ließ die Pint-Gläser sinken, die sie gerade in der Hand hielt.

„Wozu brauchst du das?“, fragte sie misstrauisch.

„Für die Website“, erklärte Laura.

„Was für eine Website?“ Mrs Murphy klang immer noch skeptisch.

„Die Website von Ballylavorn Castle.“

Dann erinnerte sie sich an das, was Jack gesagt hatte, und zog den Laptop aus dem Rucksack.

„Schauen Sie, ich zeige Ihnen, was ich meine.“

Energisch klappte sie den kleinen Computer auf. Sie öffnete die Website, die sie sicherheitshalber lokal gespeichert hatte, weil sie sich nicht erinnern konnte, ob das *Kilfarosan Arms* über WLAN verfügte.

„Auf dieser Seite stellen wir die Burg vor. Und dann haben wir mehrere Unterseiten für die verschiedenen Attraktionen rundherum. Hier der Burren und die großartigen Wanderwege. Dann hier die Klippen von Moher. Und der Strand. Es soll nicht nur eine Infoseite über die Burg werden, sondern auch eine gute Anlaufstelle für Touristen, die die Gegend erkunden wollen. Wir können auch“ – das war ihr gerade eingefallen – „eine Seite über die irische Küche machen und das Pub verlinken, wenn Sie das möchten. Und auf jeden Fall soll es auch eine Seite zu dem Céilí geben. Ich habe das Grundgerüst bereits angelegt.“

Sie öffnete die halb fertige Seite, die sie heute Nachmittag bereits gestaltet hatte. Vorläufig hatte sie Fotos aus dem Internet verwendet, die teilweise noch das Wasserzeichen der Bilddatenbanken trugen.

Trotzdem sah die Seite schon richtig gut aus, und Laura redete sich langsam in Fahrt.

„Die irischen Festivals und Musikveranstaltungen locken sicher viele Besucher an, und wir werden darstellen, dass es gerade in dieser Region noch traditionelle, ursprüngliche Musikfeste gibt. Das hiesige Céilí werden wir natürlich besonders hervorheben. Darum brauche ich authentische Fotos. Vielleicht gibt es ja auch Videos oder Musikaufnahmen, von denen wir kurze Ausschnitte zeigen können." Diese Ansprache hatte sie sich vorher zurechtgelegt.

Mrs Murphy blickte immer noch stumm auf den Laptop. Plötzlich meldete sich einer der Dartspieler zu Wort.

„Ich hab letztes Mal auf dem Handy ein paar Stücke mitgeschnitten." Der Junge tippte auf seinem Handy herum und kam dann zu Laura, um ihr ein paar kurze Filme mit tanzenden und musizierenden Menschen zu zeigen. „Hier sieht man die ganze Band. Und hier hab ich die Jungs gefilmt, das zeigt ziemlich gut die Atmosphäre, finde ich."

„Zeig her!", meinte einer seiner Freunde, und einem anderen fiel ein: „Ich habe auch gute Fotos gemacht!"

Dann stand eine Frau von einem der Tische auf und zückte ebenfalls ihr Handy. „Falls du noch Bilder vom Ukulele-Abend brauchst, kann ich dir ein paar schöne anbieten", meinte sie eifrig.

„Ja, wenn das ein regelmäßiger Event ist, nehme ich ihn gern auf die Seite auf", beeilte sich Laura zu sagen.

Rasch bildete sich um sie herum eine Traube von Leuten, die ihr alle ihre Fotos zeigen wollten. Sie notierte ihre Telefonnummer auf einer Papierserviette, die im Nu herumgereicht wurde. Bald piepte ihr Handy im Sekundentakt wegen der Fotos und Filme, die ihr die Menschen von Kilfarosan bereitwillig zuschickten. Rundum war sie belagert von Leuten, die ihr erzählten, was sie noch alles auf ihre Website nehmen sollte.

Eine halbe Stunde lang stand Laura vollkommen im Mittelpunkt des Interesses. Dann verlagerten sich die Gespräche langsam wieder. Die Leute bestellten sich Getränke, plauderten gut gelaunt über das kommende Céilí und tauschten Erinnerungen über die zurückliegenden aus. Laura spürte, wie wichtig ihnen allen die Musik war, und fast bedauerte sie es, dass sie zu der Veranstaltung nicht mehr hier sein würde.

Mrs Murphy hatte auch ihr etwas zu trinken gebracht. Als es etwas ruhiger um Laura geworden war, kam sie noch einmal zu ihr. „Na, dann werden wir mal dafür sorgen, dass deine Burg rasch fertig wird. Das Plakat mit den Daten schicke ich dir per Mail zu."

„Danke", antwortete Laura automatisch, doch dann runzelte sie die Stirn. „Was meinen Sie damit: ‚Wir werden dafür sorgen …'?"

Unschuldig zuckte Mrs Murphy mit den Schultern. „Nun, eigentlich wollten wir ja, dass du bis zum Céilí hierbleibst. Also gab es keine Eile mit der Burg. Wir hätten dich gern davon überzeugt, wie großartig die Veranstaltung ist. Aber so ist es auch in Ordnung."

Laura starrte die Wirtin an, die in aller Seelenruhe ein Bier zapfte.

„*Sie* wollten, dass die Renovierung nicht vor dem Céilí fertig wird?"

„Sicher. Du solltest doch noch eine Weile bleiben, um es selbst zu erleben. Aber das hier", sie wies auf den Laptop, „das hier ist auch gut." Befriedigt nickte sie Laura zu und marschierte dann in Richtung Küche davon. „Ich bring dir eine Portion vom Stew, das müsste gleich fertig sein", rief sie noch, bevor sie verschwand.

Fassungslos blickte Laura ihr nach. Der Hunger war ihr vergangen. Stattdessen hatte sie das Gefühl, dass sie dringend aus diesem Pub raus musste, an die frische Luft. Sie ließ Glas und Laptop stehen und lief zur Tür.

Vor dem Pub war niemand, aber die Abendsonne hatte sich zwischen den Wolken durchgezwängt und fiel auf die massiven Holzbänke, die dort standen. Die Sitzflächen waren noch feucht, also ließ sich Laura auf der Kante der Rückbank nieder, die Füße auf dem Sitz. Und dort wurde ihr einiges klar.

An ihrem allerersten Abend im Pub hatte sie sich, müde und entnervt, wie sie gewesen war, ziemlich missbilligend über die Musik geäußert. Das hatte Mrs Murphy gehört. Jeder im Dorf hörte wiederum auf Mrs Murphy, auch Fred O'Toole. Laura hatte selbst beobachtet, wie er sich von der Wirtin herumkommandieren ließ. Mrs Murphy hatte O'Toole angewiesen, die Renovierungsarbeiten zu verzögern, das hatte sie praktisch gerade zugegeben.

In diesem Moment hörte Laura, wie sich Schritte näherten. Naoise kam die Straße entlang auf das Pub zu. Die Sonne leuchtete auf ihren Locken, und gleich darauf blieb sie neben Laura bei der Bank stehen.

„Warum bist du nicht drinnen?“

Laura biss sich auf die Lippen. Dann fragte sie zurück:

„Deine Großmutter wollte dafür sorgen, dass ich bis zum Céilí hierbleibe.“

Naoise hockte sich neben sie auf die Holzlehne der Bank.

„Das Céilí ist ihr sehr wichtig, weißt du. Wer es einmal erlebt hat, kommt mit Sicherheit wieder.“

„Du hast das gewusst?“ Laura starrte ihre Freundin an.

Naoise blickte die Straße hinunter. Die Sommersprossen traten dunkel auf ihrer hellen Haut hervor.

„Du musst das verstehen. Meine Großmutter möchte immer das Beste für unser Dorf, für Kilfarosan. Du als neue Burgbesitzerin …“

„Verflixt! Ich bin nicht die neue Burgbesitzerin, auch wenn Mick Duffy das allen gesagt hat! Ich hatte dir doch von meinem Bruder erzählt – die Burg gehört ihm allein. Und er hat sie auch nicht gekauft, weil er hier eine Ferienanlage oder so etwas hochziehen will, sondern nur, weil er es so cool findet, Burgbesitzer zu sein.“

„Oh, wirklich?“ Naoise hob überrascht die Augenbrauen. „Ich dachte, die Burg gehört euch gemeinsam oder zumindest deiner Familie.“

„Von wegen. Sie gehört meinem Bruder, und ich bin nur ein Handlanger.“ Laura wandte sich Naoise zu und sah sie scharf an. „Aber wenn du wusstest, dass deine Großmutter mich bis zum Céilí hierbehalten wollte, warum hast du mir das nicht erzählt?“

Naoise verzog unbehaglich das Gesicht. „Ich kann doch meine eigene Großmutter nicht hintergehen“, murmelte sie hilflos.

„Stattdessen hast du mich hintergangen.“ Laura war empört, und die Enttäuschung kroch wie kalter Wind an ihrem Rücken hinauf.

„Na ja. Ich dachte, es würde dir Spaß machen, erst mal ein bisschen die Umgebung zu erkunden. Es hat dir doch auch wirklich gefallen, oder?“ Naoise klang kleinlaut.

„Es hätte mir noch mehr gefallen, wenn ich nicht jeden Tag zwanzigmal bei Fred O'Toole hätte anrufen müssen", entgegnete Laura säuerlich und erhob sich.

„Jetzt sei doch nicht sauer! Gib zu, dass du es hier schön findest."

„Die Landschaft ist wunderschön. Aber die Leute? Das ganze Dorf hat sich gegen mich verschworen." Laura war immer noch verärgert. Doch dann fiel ihr Jack ein. „Na ja, fast das ganze Dorf."

„Du hattest eben einen unglücklichen Start hier, als du diese blöde Bemerkung über unsere Céilí-Band gemacht hast. Meine Großmutter wollte einfach, dass du die Veranstaltung erlebst. Ebenso wie ich wollte, dass du die Gegend erleben kannst."

„Ja, aber doch nur, weil ihr dachtet, dass meine angeblich reiche Familie hier in den Tourismus investiert."

Naoise biss sich auf die Lippen. „Zumindest für mich gilt das nicht. Mir hat es wirklich Spaß gemacht, mit dir etwas zu unternehmen. Ehrlich. Seit ich nach Kilfarosan zurückgekommen bin, hatte ich keine enge Freundin hier." Sie blickte Laura von der Seite an. „Ich hatte das Gefühl, dass wir uns wirklich gut verstehen. Und dass ich endlich wieder eine richtige Freundin gefunden habe", setzte sie am Schluss leise hinzu.

Betreten blickte Laura vor sich hin. Dieses Gefühl hatte sie auch gehabt. Eine Weile herrschte Schweigen. Die Sonne sank langsam tiefer und spiegelte sich golden in den Fensterscheiben der Häuser entlang der kleinen Hauptstraße von Kilfarosan.

„Und?", fragte Naoise schließlich. „Bleibst du nun bis zum Céilí?"

„Ist doch egal." Laura schmollte immer noch ein bisschen. „Ich hab auf unserer Website eine Unterseite für euer Céilí erstellt. Das scheint deiner Großmutter auszureichen."

„Klingt gut. Nebenbei bemerkt: Es war wirklich nicht besonders nett von dir, dich gleich am ersten Abend im Pub über die Musik zu beschweren."

Damit hatte sie wohl recht. Vermutlich hatte Laura durchaus einen Anteil an der ganzen Misere.

Vorsichtig lächelte sie Naoise an. „Das war blöd", gestand sie, nun ebenfalls kleinlaut.

Naoise lächelte zurück. „Es war auch blöd, dass ich dir nicht die Wahrheit sagen konnte. Sind wir noch Freundinnen?"

„Wir sind Freundinnen. Auf deine Großmutter bin ich immer noch sauer. Aber warte mal – mir fällt gerade etwas ein, mit dem sie ihre Intrige wiedergutmachen kann."

Naoise machte große Augen. „Was denn?"

„Sie weiß doch immer, was das Richtige für alle anderen ist, stimmt's? Für das Dorf und überhaupt. Aber in diesem Fall weiß ich, was das Richtige für *sie* ist!"

Kapitel 32

Es war gar nicht so kompliziert gewesen, Mrs Murphy von ihrer Theke loszueisen. Laura hatte kurz überlegt, ob sie sie erpressen müssten – *Entweder Sie kommen mit, oder ich lösche die komplette Webseite wieder!* –, aber das war unnötig gewesen. Wie sich herausstellte, reichte es schon, die Neugier der Wirtin zu wecken.

„Granny, wir wollen dich kurz entführen. Es geht um eine Sache hier im Dorf, etwas Wichtiges“, hatte Naoise gesagt. Und weil alles, was mit dem Dorf zu tun hatte, Mrs Murphy direkt betraf, erklärte sie sich schnell bereit, Naoise und Laura zu begleiten. Sie kommandierte einen von Naoises jüngeren Cousins ab, die Zapfhähne zu überwachen, wusch sich kurz die Hände und folgte dann ihrer Enkelin zu deren Auto.

Tatsächlich war es fast schwerer für Laura selbst gewesen, das Pub zu verlassen, nachdem sie wieder hineingegangen waren. Mindestens ein halbes Dutzend Leute hatten sie sofort umlagert, weil sie auf ihren Handys doch noch Filme oder Fotos gefunden hatten, die sie bei den letzten Céilís aufgenommen hatten, oder weil ihnen noch irgendetwas anderes eingefallen war, das Touristen unbedingt über die Gegend wissen müssten.

„Hast du das Hügelgrab erwähnt? Es ist keine große Anlage, aber man sollte es unbedingt gesehen haben.“ – „Wenn du noch ein paar Informationen über die Höhlen im Burren brauchst, kann ich sie dir heraussuchen. Ich hab in der Schule mal ein Referat darüber gehalten.“ – „Kennst du die Kunstgalerie in Lisdoonvarna? Bestimmt wäre die auch interessant für den einen oder anderen. Du solltest sie auf jeden Fall erwähnen.“ Und während Laura ihre E-Mail-Adresse und Handynummer herumgereicht und sich in alle Richtungen für die vielen Bilder bedankt hatte, hatten sich zwei Eindrücke verfestigt: Zum einen hatte sie in der kurzen Zeit wirklich nicht einmal die Hälfte dessen gesehen, was es zu sehen gab. Und zum anderen lag es allen hier sehr am Herzen, ihrer Liebe zum Dorf, zur Landschaft und zur Musik Ausdruck zu verleihen. Es herrschte ein unglaublicher Zusammenhalt in dem kleinen Dorf Kilfarosan.

Mrs Murphy nahm selbstverständlich den Beifahrersitz, und Laura musste sich auf die winzige Rückbank des Kleinwagens quetschen. Zum Glück war sie weder besonders groß noch besonders breit, und die Fahrt würde ohnehin kurz sein.

„Nun, Mädchen, wohin bringt ihr mich?", fragte die Wirtin, sobald Naoise den Wagen auf die Straße gelenkt hatte.

„Wir fahren zu Paddy", sagte Laura und bedauerte es sofort, dass sie hinten saß und Mrs Murphys Gesicht nicht sehen konnte.

„Zu Paddy? Zu meinem Bruder? Was soll der Unsinn?" Verärgert wandte sie sich im Sitz zu Laura um.

„Ich finde, Sie schulden ihm eine Entschuldigung. Immerhin haben Sie seinen Namen nicht auf den Grabstein Ihrer Mutter setzen lassen."

„Weil er den Familienschmuck gestohlen hat!"

„Das hat er nicht. Ich sagte Ihnen doch neulich schon: Ihre Mutter wollte, dass er den Schmuck verkauft. Und wissen Sie auch, warum? Sie wollte nicht, dass die Geschwister darum streiten. Vor allem wollte sie nicht, dass Sie mit Ihrer Schwester in Streit geraten."

„Wie bitte?" Mrs Murphy hatte sich wieder nach vorn gedreht, und Laura konnte ihr konsterniertes Stirnrunzeln nur erahnen.

„Das hätte er Ihnen sicher auch selbst erzählt, wenn Sie ihn gefragt hätten. Aber Sie mussten ja gleich in der Zeitung eine Todesanzeige ohne seinen Namen abdrucken lassen, die dann alle Welt gesehen hat. Und Sie haben auch nichts getan, um die Gerüchte, die daraufhin im Dorf umgingen, richtigzustellen."

Für einen Moment war Mrs Murphy sprachlos. Dann knurrte sie: „Das geht dich überhaupt nichts an, junge Dame!"

„Es geht mich ebenso viel an, wie es Sie angeht, ob ich zum Céilí bleibe oder nicht", gab Laura schnippisch zurück. „Paddy ist mein Nachbar und mein Freund. Er war tagelang schwer krank, und niemand von der Familie hat ihm geholfen – nur weil Sie ihm etwas nachtragen, für das er gar nichts kann."

„Ich möchte nicht mit Paddy reden. Und er sicher auch nicht mit mir. Wir haben seit Jahren nicht mehr miteinander gesprochen“, meinte Mrs Murphy starrsinnig.

Nun mischte sich Naoise ein, wenngleich sie schüchtern klang. „Ihr müsst euch ja nicht gleich in die Arme fallen. Aber wegen eures Streits habt ihr die ganze Familie entzweit. Paddy ist auch mein Großonkel. Dass er krank in diesem Häuschen liegt und keinen von uns um Hilfe bittet, ist einfach falsch. Ihr könntet zumindest das Missverständnis ausräumen.“

An dieser Stelle hörte sie auf zu sprechen, weil sie gerade ihren Wagen in Paddys holprige, von Schlaglöchern durchzogene Einfahrt steuerte.

Der Wagen hielt, aber Mrs Murphy blieb sitzen.

„Ich will nicht mit ihm reden.“ Nun klang sie eher wie ein schmollendes Kleinkind, und Laura nahm automatisch den Tonfall einer Kindergärtnerin an.

„Nun machen Sie schon, es wird nicht wehtun! Bringen Sie es einfach hinter sich, dann ist alles wieder gut.“

Mrs Murphy wandte sich wieder zu ihr um. „Er war krank, sagst du?“

Laura nickte. „Schwer krank.“

„Denk daran, was die anderen Leute im Dorf sagen würden. Denk daran, was Vater O’Malley sagen würde.“ Das kam von Naoise.

Mrs Murphy seufzte tief. Gegen die Erwähnung des Priesters schien es kein Argument zu geben. Laura stieg aus und hielt ihr die Autotür auf, und folgsam kletterte die ältere Dame aus dem Wagen. Sie strich ihren Rock zurecht, überprüfte den Sitz ihrer Frisur im Außenspiegel und wandte sich dann dem heruntergekommenen Häuschen mit den vielen Blumenkästen zu, das friedlich in der Dämmerung des Sommerabends lag.

„Na, dann los.“ Energisch ging sie auf die Tür zu. Sie mochte herrschsüchtig und bestimmend sein, aber ängstlich war sie offenbar nicht. Entschlossen drückte sie auf den Klingelknopf.

Es dauerte eine Weile, bis sie innen Paddys schlurfende Schritte hörten. Dann öffnete sich die alte Holztür.

„Maggy?“ Paddy starrte seine Schwester überrascht und nicht gerade freundlich an. Laura fürchtete, dass er die Tür gleich wieder zuschlagen würde, also schob sie sich schnell an Mrs Murphy vorbei.

„Guten Abend, Paddy. Dürfen wir reinkommen? Ich habe Naoise und, äh, deine Schwester mitgebracht.“

Dann schob sie den alten Mann einfach nach hinten in sein Wohnzimmer. Mrs Murphy blieb im Türrahmen stehen, während Paddy sich auf sein Sofa setzte und grimmig vor sich hin starrte.

„Ich mache uns Tee“, sagte Naoise rasch und verschwand in die kleine Küche. Laura seufzte. Ja, Naoise war eine gute Freundin, aber sie war eben auch ein bisschen konfliktscheu – ganz wie ihr Großonkel.

„Warten Sie hier kurz, ich hole etwas“, sagte Laura entschlossen zu den beiden älteren Menschen, von denen offensichtlich keiner das erste Wort sprechen wollte. Dann lief sie eilig die schmale Stiege hoch und öffnete noch einmal die Schublade in der Kommode, in der sich vor ein paar Tagen das Tablettenrezept befunden hatte. Diesmal gelang es ihr, die Lade herauszuziehen, ohne dass sich der Inhalt über den Boden ergoss. Und sie fand auch rasch den zusammengefalteten Zettel, den sie auf den ersten Blick für einen Liebesbrief gehalten hatte. Damit ging sie zurück ins Wohnzimmer.

„Sehen Sie hier, Mrs Murphy: die Vollmacht für den Verkauf.“

Die Wirtin starrte lange auf das Blatt. Schließlich murmelte sie: „Warum hast du das nie gesagt?“

„Du hast mich nicht gefragt“, brummte Paddy. „Stattdessen hast du meinen Namen gleich aus der Familie gestrichen.“

Es folgte ein weiteres Schweigen.

Irgendwann holte Mrs Murphy tief Luft. „Es tut mir leid“, sagte sie fest.

„Hm, hm“, brummte Paddy vor sich hin. „Mir tut es auch leid“, murmelte er schließlich.

Die Geschwister sahen sich an. Dann, fast gleichzeitig, lächelten sie beide zaghaft. Naoise kam mit einem Tablett voller Teetassen herein, und zum ersten Mal verstand Laura die magische Wirkung, die die Iren dem Getränk zuschrieben. Der würzige, warme Duft zog durch die

Stube, und plötzlich war das Treffen zu einer behaglichen kleinen Familienfeier geworden.

„Wie viel war der Schmuck eigentlich wert?“, platzte Laura neugierig heraus, nachdem jeder einen Schluck getrunken hatte.

Paddy zuckte mit den Schultern. „Ach, ich weiß es gar nicht mehr so genau. Zweihundert Euro vielleicht?“

„Es waren hundertachtzig Euro“, korrigierte Mrs Murphy scharf. „Genau hundertachtzig Euro.“

Und dann fingen alle gemeinsam zu lachen an.

Kapitel 33

MONTAGMORGEN um kurz nach sieben klopfte es heftig an die Burgtür. Noch nicht richtig wach, dachte Laura, sie hätte verschlafen, konnte sich aber nicht an irgendeinen Termin erinnern. Als sie aus dem Fenster sah, erblickte sie direkt vor der Burg Fred O'Tooles Transporter.

„Na, dann wollen wir als Erstes Ihre Heißwassertherme in Ordnung bringen", begrüßte der Handwerker sie gut gelaunt, während Liam und Connor bereits ihre Werkzeugkästen die Treppe hochschleppten. „Sie wollen doch bestimmt gleich heiß duschen, nicht wahr?"

Worin auch immer der Schaden bestanden hatte: Es dauerte genau zehn Minuten, die Therme zu reparieren. Dann kamen die Handwerker wieder die Treppe hinunter.

„Hier, ich hab Ihnen auch das Angebot für die restlichen Renovierungsarbeiten mitgebracht. Lesen Sie es sich in Ruhe durch, das mit der Heizung geht jedenfalls auf meine Kappe. Und auch sonst sind das alles keine großen Posten. Für die paar Stromleitungen setze ich mal drei Stunden an. Kann sein, dass wir auch früher fertig werden. Liam wird gleich damit anfangen, wenn es Ihnen passt. Sie können sich schon mal ein paar hübsche Lampen für die einzelnen Zimmer aussuchen. Ich hab Ihnen hier einen Prospekt mitgebracht. Aus dem Badezimmer sind wir raus, Sie können also entspannt Ihre Dusche nehmen."

„Danke", antwortete Laura perplex. Eigentlich sollte sie sich ärgern, dass sie wegen dieser zehn Minuten Arbeit wochenlang kalt geduscht oder bei ihrem Nachbarn über den Zaun geklettert war. Aber dann entschied sie, dass es dumme Zeitverschwendung war, nachtragend zu sein. Das hatten Paddy und Mrs Murphy gestern wahrhaft deutlich bewiesen.

Das Wasser aus der Dusche war wundervoll heiß und kam mit genau dem richtigen Druck aus der Leitung. Eigentlich war so ein uriges

Badezimmer mit dicken Steinmauern in Kombination mit modernen sanitären Anlagen eine ziemlich coole Angelegenheit, fand Laura. Trotzdem konnte sie ihre Dusche nicht ganz genießen, denn mittendrin klingelte ihr Handy. War das Jack? In aller Hektik wickelte sie sich in ein Handtuch und wäre in dem Bemühen, möglichst schnell am Apparat zu sein, fast auf den Fliesen ausgerutscht.

Es war nicht Jack. Es war Lars.

„Steffi hat gesagt, du kommst zurück? Ist meine Burg fertig?“ Lars klang kurz angebunden, vermutlich rief er wieder einmal zwischen zwei Terminen an.

Verflixt, die E-Mail an Steffi hatte sie ganz vergessen. Es war so viel passiert seither … Sie hätte sich lieber noch einmal bei ihr melden sollen. Der Gedanke, morgen oder gar heute schon zum Flughafen zu fahren, war plötzlich unerträglich.

„Hat Steffi schon einen Flug gebucht?“, fragte sie rasch.

„Keine Ahnung, sie wollte heute …“

Es war niemals leicht, ihren Bruder zu unterbrechen, aber diesmal gelang es ihr: „Kannst du ihr bitte sagen, dass ich doch noch eine Weile bleiben möchte?“

„Okay.“

„Jetzt gleich?“

Sie hörte Lars seufzen. Dann konnte sie gedämpft seine Stimme hören, wie er in Richtung seines Sekretariats rief: „Steffi, warte noch mal kurz, bevor du für Laura einen Flug buchst!“

Aus dem Hintergrund war Zustimmung zu hören, und Laura atmete so erleichtert auf, als sei eine große Gefahr abgewendet.

„Also was jetzt?“ Lars sprach nun wieder ins Telefon. Er klang ungeduldig. „Erst willst du heim, dann doch wieder nicht? Was ist los?“

„Ach, ich hatte am Samstag einen kleinen Durchhänger.“ Laura wurde ein bisschen rot bei dieser Untertreibung, aber es war ja niemand da, der es sehen konnte. „Insgesamt geht es jetzt richtig gut voran. Auch die Website ist fast fertig, ich muss nur noch ein paar Bilder einbauen.“

Und davor erst einmal die passenden aus den ungefähr zweihundert Fotos auswählen, die ihr die Dorfbevölkerung von Kilfarosan seit gestern Nachmittag zugeschickt hatte. Aber auch das musste Lars nicht wissen.

„Die Heizung funktioniert jetzt, und Liam verlegt gerade die Stromkabel in den Schlafzimmern.“

„Ah, das klingt doch gut. Für wann soll dir Steffi denn nun den Flug buchen?“

Laura zögerte. Sie spürte ganz deutlich, dass sie im Moment überhaupt nicht weg wollte aus Irland. Vor allem wegen Jack. Aber auch wegen Naoise und Paddy, wegen dieser eigensinnigen Burg, wegen ganz Kilfarosan und der herrlichen Landschaft … Plötzlich fiel ihr eine gute Ausrede ein.

„Demnächst ist hier ein Musikfestival, ein Céilí. Alle sagen, dass man das unbedingt mal erlebt haben muss. Mindestens bis dahin will ich bleiben. In der Zwischenzeit werden wir auch mit dem Garten vorankommen, der Gärtner war nämlich krank.“

„Ach so. Na dann.“ Lars hatte schon wieder kein Interesse an weiteren Details. „Sollen wir dir für danach schon die Rückreise organisieren?“

„Nein. Ich melde mich noch mal mit dem finalen Termin, okay?“

„Meinetwegen.“ Nun war er eindeutig genervt, aber das störte sie nicht weiter. „Schick mir einen Link zu der Website, wenn sie fertig ist.“ Dann legte er auf.

Laura setzte gut gelaunt ihre Dusche fort. Sie fühlte sich, als hätte sie gerade eine wichtige Prüfung bestanden. Beschwingt hüpfte sie schließlich, in ein großes Handtuch gewickelt, die Treppe hinunter ins Schlafzimmer, um sich frische Kleidung zu holen.

Gerade als sie ein sauberes T-Shirt aus dem Schrank gezogen hatte, hörte sie hinter sich ein Geräusch und drehte sich um. In der Zimmertür stand Liam, in der einen Hand ein Kabelende, in der anderen einen Seitenschneider.

Sie starrten einander an, und Laura konnte sehen, wie Liam, den sie bisher noch nie auch nur ein Wort hatte sagen hören, schön langsam rot im Gesicht wurde.

In diesem Moment kam jemand die Treppe hoch. Es war Jack.

„Die Tür unten war offen …“, begann er. Dann bemerkte er Liam neben der Tür.

„Es ist nicht das, wonach es aussieht“, stammelte Laura.

Jack runzelte die Stirn und blickte von einem zum anderen. Laura war nur in ein Handtuch gehüllt, das sie mit einer Hand festhielt, während Liam, eigentlich ein hübscher Kerl mit dunklem Haar und blauen Augen, mit offenem Mund und dem Stromkabel in der Hand dastand und ziemlich verdattert schaute.

„Es beunruhigt mich sehr“, meinte Jack mit hochgezogenen Augenbrauen, „wenn das hier *nicht* das ist, wonach es aussieht.“

Laura blickte besorgt in sein Gesicht und merkte dann, dass er ganz offensichtlich ein Grinsen unterdrückte.

„Die Sicherung ist draußen“, sagte in diesem Augenblick Liam, als sei das eine plausible Entschuldigung. „Ich bin dann mal …“ Rasch verschwand er die Treppe hinunter.

Laura ließ sich auf ihre Bettkante sinken, bemüht, ihr Handtuch an Ort und Stelle zu halten.

„Immer, wenn wir uns sehen, passieren mir irgendwelche Peinlichkeiten“, sagte sie zerknirscht.

„Das macht nichts“, gab Jack zurück. „Ich finde es unterhaltsam. Gibt es noch mehr Männer in der Burg, von denen ich wissen sollte?“

„Nur Bono und Pierce. Warte kurz, bis ich mich angezogen habe. Dann stelle ich sie dir vor.“

Kapitel 34

Es war der erste wirklich sommerliche Tag, seit Laura in Irland war. Die Sonne stand hoch am Himmel. Der Wind war zu einem angenehmen Lüftchen abgeschwächt und schmeckte leicht nach Salz. Das Meer lag so blau und friedlich vor ihnen, als würde sich die Irische See irrtümlich für das Mittelmeer halten. Der Sand fühlte sich warm an unter den Füßen, und kleine Muscheln schimmerten darin.

„Und du bist tatsächlich seit deiner Kindheit nicht mehr im Meer geschwommen?", fragte Jack.

Er streifte gerade sein Hemd über, und Laura konnte den Blick kaum von seinem schlanken, aber durchtrainierten Oberkörper abwenden. Seine Haut war gar nicht milchweiß wie bei vielen anderen Rothaarigen, sondern gleichmäßig cremefarben, mit einem leicht goldenen Schimmer. Wie sich herausgestellt hatte, schwamm Jack einmal in der Woche im Meer, sobald sich im Frühjahr die Eisschollen Richtung Nordpol verzogen hatten (so stellte Laura sich die Irische See im Winter zumindest vor).

„Wirklich nicht. Es war mir immer ein bisschen unheimlich."

Vor ein paar Tagen hatte sie sich ein Herz gefasst und ihm von ihrer Angst vor dem Meer erzählt. Und nun waren sie hier, zusammen, am Strand.

Auch Laura zog sich aus. Jetzt hatte sie doch noch das bügelfreie Sommerkleid tragen können, das sie beim Packen des Rucksacks zögernd eingesteckt hatte. Darunter trug sie bereits ihren Bikini.

„Keine Angst. Falls zufällig ein Seeungeheuer vorbeikommt, werde ich dich retten."

Jack nahm sie in die Arme, und seine warme Haut fühlte sich wundervoll an. Laura schmiegte sich an seine Brust und genoss das angenehme Herzklopfen.

„Ist deine Website schon online?", fragte er, nachdem sie sich aus der Umarmung gelöst hatten, um sich mit Sonnencreme einzureiben.

„Ja, seit gestern“, antwortete Laura, „aber ich kann gleich weitermachen. Mrs Murphy hat mich gefragt, ob ich für das *Kilfarosan Arms* eine Website machen kann, bei der sie immer das aktuelle Tagesessen eingeben kann. Und Naoise meinte, die Internetpräsenz des Museums sei auch schon zehn Jahre alt. Vielleicht wäre das ebenfalls ein Auftrag für mich. Wir hatten die Idee, eine ganze Reihe von regionalen Websites mit ähnlichem Layout miteinander zu vernetzen. Sie meinte, es würde dem Tourismus in der Gegend guttun.“ Laura sah Jack von der Seite an. „Vorausgesetzt, das kommt deiner Firma nicht in die Quere.“

„Ach wo.“ Jack lachte. „Mick Duffy wollte mich nur provozieren mit dieser Idee, auf den Brachflächen hier könnten ganze Ferienanlagen entstehen. So schnell geht das nicht – und wenn doch, würde man die Ferienanlage sicher lieber direkt in Strandnähe planen.“

Jack cremte Laura die Schultern ein, sehr sorgfältig und sehr behutsam.

„Dann bleibst du also noch eine Weile in Irland?“

Laura konnte sein Gesicht nicht sehen, aber seine Stimme klang vollkommen sachlich. Sie bemühte sich um einen ebenfalls neutralen Tonfall.

„Na ja, es scheint einen Bedarf für regionale touristische Websites zu geben. Das klingt nach einem logischen Karriereschritt für mich, wenn man bedenkt, dass immer mehr richtige Reisebüros nach und nach schließen. Und wenn ich so etwas machen möchte, ist es fast egal, von wo aus ich arbeite.“

„Wie lange kannst du in der Burg bleiben?“

„Wir haben beschlossen, ab August die ersten Mieter aufzunehmen. Das sind noch ein paar Wochen. Und bis dahin gibt es genug zu tun. Heute kam die große Lieferung vom Möbelhaus – die nächsten zwei Wochen werde ich also sowieso gut damit beschäftigt sein, Schränke zusammenzuschrauben. Und danach …“

Sie verstummte. Es war zu früh, um weiter in die Zukunft zu blicken.

„Danach sehen wir weiter“, kam er ihr zu Hilfe und gab ihr einen entschlossenen Kuss auf die letzte nicht eingecremte Stelle ihres

Nackens. Und dann bearbeitete er auch dieses Stück Haut gründlich mit Sonnencreme.

Wer zum ersten Mal nach Irland kommt, verliebt sich unweigerlich. Plötzlich klang Laura der Satz ihrer Fluggenossin in den Ohren. Nun hatte die ältere Dame doch recht behalten. Laura war nach Irland gekommen und hatte sich, völlig gegen ihre Pläne, hier verliebt. Der Satz musste unbedingt auch auf ihre Website.

Und mit Mrs Murphy hatte sie sogar den Prototyp der irischen Mutter kennengelernt, auf die alle hörten und die immer wusste, was am besten war. Auf einmal bekam sie es mit der Angst zu tun. Was für eine Mutter mochte Jack haben?

„Sind deine Eltern eigentlich beide aus Irland?", fragte sie zaghaft.

„Nein, nur mein Vater. Meine Mutter ist halb englisch, halb schottisch – ich bin also eine britische Mischung, wenn du so willst."

„Ausgezeichnet!"

Jetzt fühlte Laura sich mutig genug, es mit der Irischen See aufzunehmen. Sie sprang auf und lief direkt in die sanfte Brandung hinein.

Ja, das Wasser war kalt. Andererseits, dachte sie, während sie sich langsam voran bewegte, auch nicht kälter als das heimische Freibad am Anfang der Sommerferien. Man musste sich eben kurz daran gewöhnen.

Schritt für Schritt kam sie in tieferes Wasser. Als die erste Welle ihren Bauchnabel berührte, fasste sie sich ein Herz und ließ sich ganz ins Wasser gleiten. Mit kräftigen Zügen schwamm sie hinaus. Jack war kurz hinter ihr.

Und dann, auf einmal, war das Meer gar kein unheimlicher Ort voller gefährlicher Geheimnisse mehr. Das Wasser hatte sie aufgenommen und trug sie sanft, während die Möwen über ihr einander ihre unverständlichen Kommentare zuschrien. Am Ende der Angst kam nicht der Mut, das wurde ihr plötzlich klar. Am Ende der Angst kam die Freiheit.

Lachend und glücklich drehte sie sich zu Jack um. Er blickte sie fragend an, schließlich konnte er nicht wissen, worüber sie sich gerade so freute. Aber das war auch gleichgültig. Hierher gehörte sie, in dieses spröde, etwas verrückte Land, das wusste Laura plötzlich, und hier würde sie bleiben.

ENDE

Eine kleine Bitte zum Schluss …

Wir hoffen, Ihnen hat dieses Buch gefallen …

Der schnellste Weg, andere Leser da draußen an Ihren Erfahrungen mit diesem Buch teilhaben zu lassen, ist eine Rezension im Online-Buch-Shop. Ihr Feedback hilft nicht nur anderen Lesern, Neues zu entdecken, sondern auch dem Autor, zu verstehen, was aus Lesersicht in diesem Buch gut und weniger gut ist. So kann sich der Autor weiterentwickeln und Ihnen sowie anderen Lesern in Zukunft noch schönere Geschichten präsentieren. Außerdem sind Ihre Erfahrungen, Erkenntnisse und Eindrücke als ehrliches Leser-Feedback eine enorme Wertschätzung vieler liebevoller Arbeitsstunden, die in dieses Buch geflossen sind.

Danke also schon im Voraus, wenn Sie sich zwei bis drei Minuten Zeit nehmen und eine kleine Bewertung zum Buch z.B. auf Amazon veröffentlichen.

Mehr zur Autorin finden Sie auf

www.hannaholmgren.de,
www.instagram.com/hannaholmgren.autorin,
www.facebook.com/hannaholmgren.autorin und
www.feuerwerkeverlag.de/holmgren

Eine kleine Bitte zum Schluss

Gratis Kurzroman sichern

Ein romantisches Hotel am Meer, die unendliche Weite der Ostsee und eine unerwartete Liebe…

Als Lisa ihrem besten Freund Lennart eine vergessene Weinlieferung in sein traumhaftes Strandhotel an der Ostsee bringt, ahnt sie nicht, welches Abenteuer sie dort erwartet. Denn gleich am ersten Nachmittag lernt sie am Strand Johannes kennen, der ihr auf Anhieb sympathisch ist. Wie es der Zufall will, trifft sie ihn ein zweites und auch noch ein drittes Mal, allerdings auf gänzlich andere Weise als erwartet. Die beiden kommen sich näher, und sie verbringen einen wunderschönen Abend miteinander, einen Abend, der sich nach mehr anfühlt: Das Rauschen der See, der helle Mond und Johannes‘ blaue Augen lassen Lisas Herz schneller schlagen. Doch als die gemeinsame Zeit auf Rügen sich dem Ende zuneigt, macht Johannes ihr ein Geständnis, und Lisa muss sich entscheiden, ob sie ihn wiedersehen will oder ihn lieber ganz schnell wieder vergessen sollte …

Den 50-seitigen Kurzroman hier komplett kostenlos herunterladen:

https://hannaholmgren.de/#kurzroman

Weitere Bücher des Verlags

<u>Pinienduft im Hotel Toscana Mare</u>

Hanna Holmgren

Nach einigen beruflichen und privaten Rückschlägen erhält Emilia die Chance, ein kleines Boutique-Hotel in der Toskana neu aufzubauen. Sie träumt von gutem italienischem Essen, romantischen Weinbergen und temperamentvollen, liebenswerten Menschen. Voller Vorfreude startet sie in ihren neuen Lebensabschnitt. Doch vor Ort muss sie feststellen, dass das Hotelmanagement in Deutschland den Zustand des Anwesens in Italien völlig falsch dargestellt hat. Sie steht vor einer schier unlösbaren Aufgabe, die nicht nur durch ihren grummeligen Nachbarn Gianni erschwert wird, der das Hotelprojekt um jeden Preis verhindern will, sondern auch durch den charmanten Musiker Aurelio, der Emilia bis in ihre Träume verfolgt ...

<u>Küss mich durch die Blume</u>

Janka Friedrich

Juli lebt ihren Traum und führt voller Herzblut und Leidenschaft einen kleinen Blumenladen. Bei ihr gibt es nicht nur farbenfrohe Sträuße, sondern auch persönliche Beratung und ein nettes Pläuschchen. Wären da nur nicht ihre Geldsorgen.

Als dann auch noch genau gegenüber die Konkurrenz einen Billig-Blumenladen eröffnet, sieht Juli schwarz. Dessen Besitzer Ben ist obendrein äußerst charmant und sieht wahnsinnig gut aus. Und auf der Hochzeit ihrer besten Freundin stellt sich dann auch noch heraus, dass Ben ein alter Freund des Bräutigams ist.

<u>Immer der Liebe entgegen</u>

Hanna Holmgren

Frisch getrennt von ihrem Freund verlegt Maja ihren Arbeitsplatz kurzerhand für vier Wochen auf die Sonneninsel Rügen. Als sie an ihrer Unterkunft ankommt, wird sie völlig ungläubig von Bent, dem gutaussehenden Besitzer des Hofes, in Empfang genommen - denn die Wohnungen werden eigentlich nicht mehr vermietet. Schnell wird klar, dass Bents Tante Fine ihre Finger im Spiel hat. Charmant überredet diese Maja, zu bleiben und gemeinsam mit ihr die verstaubten Wohnungen heimlich aus ihrem Dornröschenschlaf zu erwecken. Als Bent davon Wind bekommt, ist er gar nicht begeistert. Maja will schon aufgeben und sich eine andere Unterkunft suchen, doch dann passiert etwas, das sie zum Bleiben bewegt.

Vier ereignisreiche, emotionale und sonnige Wochen auf Rügen beginnen, die am Ende nach einem ganzen Leben schmecken - wäre da nicht Bents komplizierte Vergangenheit…

<u>Auf den Spuren unserer Liebe</u>

Josefine Weiss

Während die 85-jährige Henni nach dem Tod ihres Mannes den Weg zurück ins Leben sucht, hat die 33-jährige Danielle ihren Platz darin bisher noch nicht gefunden. Gemeinsam begeben sich die beiden Freundinnen auf eine besondere Reise in Hennis Vergangenheit und wagen einen Neuanfang auf einer idyllischen Farm in Cornwall. In der malerischen Natur Südenglands suchen beide Frauen nach ihrem Glück und werden gleichzeitig mit ihren persönlichen Schicksalen konfrontiert.

Für Henni heißt es am Ende, eine Entscheidung zu treffen, und für Danielle bahnt sich eine große Liebesgeschichte an…